MELISSA

どうせ捨てられるのなら、最後に好きにさせていただきます

JN247395

碧 貴子

Illustrator
すらだまみ

この作品はフィクションです。
実際の人物・団体・事件などに一切関係ありません。

どうせ捨てられるのなら、
最後に好きにさせていただきます

MELISSA

一

私には大好きな人がいる。

子供の頃《ころ》、初めて彼と会った時からその思いは変わっていない。お父様に〝お前の旦那《だんな》様になる人だよ〟と言われて以来、ずっとずっと夢見てきた私の王子様。

会ってみれば、夢見た通り、いいえ、私の思っていた以上に素敵な人だった。

月の光を集めたかのような輝く銀の髪に、冷たく透明な青銀の瞳《ひとみ》。私と同い年のはずなのに、すでにその瞳には理知の光が。

一瞬で恋に落ちた。

でも、私を見詰める彼の瞳は凍えるようで。政略的に定められた私との婚約が、嫌で嫌でしょうがないのだということを如実《にょじつ》に語っていた。

それでも、努力をすれば、彼に相応《ふさわ》しい女性になれれば、いつかは彼も私に心を開いてくれるのではないかと、私は必死になった。

涙ぐましいほどに。


まあでも、それら全《すべ》ては無駄だったのだけれど。

今、私の目の前に座る彼、この国の王太子、リュシリュール・ドミエ＝マギノビオ、通称氷の王子の隣には、愛らしく儚《はかな》げな美少女が。

リーリエ・ウィルスナー伯爵令嬢、私の恋敵《こいがたき》であり、父の政敵の娘でもある。

彼の腕は彼女の腰に回され、二人はピッタリと寄り添っている。時折彼が彼女に向ける視線は、優しく、蕩《とろ》けるほどに甘い。ほんのり上気してそれに応《こた》える彼女の頬《ほお》は、白いミルクにバラの花弁を浮かべたかのようだ。

そこに私が入り込む余地など、微塵《みじん》もない。それはどこからどう見てもお似合いの、愛し合う二人、だ。

「アニエス・ドラフィール侯爵令嬢、今日君をここに呼び出した理由《わけ》はわかっているね」

そう言って私を見据える彼の瞳は、どこまでも冷たい。

凍《い》てつくようなその視線を受け止めて、私は優雅に微笑《ほほえ》んでカップに口を付けた。

「何のことでしょう。私にはサッパリ」

嘘《うそ》だ。

彼が今日のために、様々な根回しをしていたのを私は知っている。もちろん私も、侯爵である私の父もそれには対抗した。

しかし今日、ここに私が呼び出されたということは、私は敗れたのだろう。そしてお父様も。

「……本当、君は相変わらずだな。全く、可愛《かわい》げのない」

冷たく、吐き捨てるようにそう言う。

もう随分と前から凍り付いてしまった私の心は、彼のそんな態度にも傷つくことはない。

そもそも、これ以上傷つきようがないほど傷ついているのだから。

「まあいい、無駄に時間を割《さ》くこともあるまい」

「……」

「単刀直入《たんとうちょくにゅう》に言う。アニエス、お前との婚約はこの度正式に破棄されることになった」

斬《き》りつけるように言い渡される。

しかし、私が揺らぐことはない。そんなの、とっくに想定済みだ。

「既にこのことは、国王陛下の御裁可《ごさいか》も済んでいる」

私に言い渡すということは、まあそうでしょう。彼のことだ、やるとなったら徹底的に私を潰《つぶ》しに来るだろうことはわかっていた。良くて我が家は降格処分といったところか。つまり私の人生は、これで詰み、というわけだ。

スッと、私の腹が決まった。

「……わかりました」

「……」

「ではせめて、一つだけ条件を」

私の言葉に、リュシリュール——彼が嫌そうに眉《まゆ》を寄せる。私の出方を、警戒しているのだろう。しかし、相当なことでなければ、彼が私の条件を呑《の》まざるを得ないことを私は知っている。だから多分、彼が拒むことはないはずだ。私はゆっくりと、口を開いた。

「……今からひと時、殿下と二人きりで過ごす時間をいただきたいのです」

「……何を、企《たくら》んでいる」

「何も」

一旦《いったん》視線を落とし、寂し気な微笑みを浮かべる。今、警戒されるわけにはいかない。

「……私が殿下に思いを寄せていたのは、ご存じのはず。せめて哀れと思《おぼ》し召しならば、少しの間で構いませんから、二人きりでお茶を飲む時間をいただきたいのです……」

「……」

「……気持ちに、区切りを……つけたいのです」

嘘ではない。どうせ叶《かな》わぬ恋ならば、最後に彼と過ごした思い出が欲しい。

「……お茶を飲むだけで、いいんだな？」

「ええ」

静かに、頷《うなず》く。

「本当に、それだけだな？」

「はい。なんなら誓約魔法を交わしても」

「いや、いい。……わかった」

彼が諦《あきら》めたようにため息を吐《つ》いた。今から婚約の誓約魔法を解くのだというのに、新たに誓約を交わすのも面倒だと思ったのだろう。

そう、彼が私と婚約を破棄するには、互いに交わした婚約の魔法を解かねばならない。こればかりは、本人が本人の意思で解除に臨まねばならないのだ。だから余程のことでなければ、彼は条件に応じると私は踏んでいた。

「殿下……」

「大丈夫だ、リーリエ。このまま座って茶を飲むだけだ。第一、彼女が私に何かできようはずもなかろう？」

心配する恋人に優しい眼差《まなざ》しを送って、なだめるようにその髪を撫《な》でる。

「それに、私の思い人はリーリエ、そなたただ一人だけだ」

「……はい」

優しく額にキスを落とされて、頬を染めてようやく彼女が引き下がる。

退室の際、ちらりと私を見た彼女の瞳には、優越の色が。どちらが愛されているのか、見せつけることができて嬉《うれ》しいのだろう。

ようやく部屋に彼と私、二人だけになって、その場に沈黙が落ちる。私のことなど見たくもないのだということを強調して、窓に顔を向けてお茶を飲む彼に、私は小さく笑みを漏らした。

何と、都合のいい。

彼に気付かれないよう、お茶を飲むふりをしながら口の中で声にならない魔法の詠唱を紡ぐ。

今日この時ほど、自分の魔術の才能に感謝したことはない。

「殿下」

私の呼び掛けに、嫌々ながらこちらに顔を向けた彼の瞳を覗《のぞ》き込んで、私はにっこりと微笑んだ。

「――っ!!」

次の瞬間。

驚愕《きょうがく》に瞳を見開いたまま、体から力が抜けた彼が、ズルズルとソファーにもたれるように倒れ込んだ。

彼を微笑んだまま見詰めて、ゆっくりと立ち上がる。胸の間に隠してあった魔道具を取り出した私は、部屋全体に魔法の結界を張った。

高名な魔導師に法外な値の金を渡して作らせたそれは、時間すらも操ることができる。これでもう、この部屋には何人《なんぴと》たりとも立ち入ることは不可能だ。防音魔法も掛けられたこの部屋では、何が起こっているのか悟られることもない。

首尾よく事を運ぶことができた私は、今日初めて、心からの笑みを浮かべて最愛の人を見下ろした。

指一つ動かせず、声も出せないリュシリュール、彼に、重力魔法を掛けてその体を抱き上げる。所謂《いわゆる》お姫様抱っこだ。

いや、この場合、王子様抱っこか。さぞかし屈辱的なことだろう。くつくつと笑みをこぼす私を、青銀の瞳に激しい怒りを滲《にじ》ませて睨《にら》みつけてくるが、それすらも私にとっては愉悦《ゆえつ》でしかない。

「殿下、油断しましたわね。どうです？　馬鹿《ばか》にしていた取るに足らない女の私に、いいように嵌《は》められたお気持ちは」

私の言葉に、彼の顔が怒りで赤く染まる。そんな様子すら嬉しくて、私は楽し気な笑い声を上げた。

だって。いつだって私には冷たく無感情な彼が、今、こんなにも感情を剥《む》き出しにしているのだ。

たとえそれが怒りの感情だとしても、初めて彼の気持ちを乱せた喜びに、私の胸は高揚《こうよう》していた。

「ふふふふふ！　いい眺めですこと！　何ともお可愛らしゅうございましてよ？」

これまでも、そしてこの先も、彼にこんなことをする人間はいないだろう。彼を抱き上げたままスタスタと部屋を横切り、続きの間である隣室へと向かう。こういった部屋の作りの常で、隣の部屋にはベッドが。

ベッドの前で一旦足を止めた私を見上げた彼の瞳には、焦りの色が浮かんでいる。今から何をされるのか、悟ったのだろう。そんな彼を優しく見下ろして、しかし私は乱暴に彼をベッドに放《ほう》り投げた。

「————っ!!」

「ふふふふふ。……優しく下ろすとでも、思いました?」

驚く彼に、ふわりと微笑んで声を掛ける。

「でも、重力制御が効いている今、大して痛くはなかったはずですよ?」

「——っ!」

「……それとも、乙女《おとめ》のように優しくされるのをお望みで……?」

私の言葉に、彼の顔が真っ赤に染まる。屈辱と、憎しみのこもった視線を向けられて、私はゾクゾクとする感覚を味わっていた。

知らぬ内に、口の端が吊《つ》り上がる。どんなに睨んでも、今この場で絶対的な支配者は私、だ。

「ふふふふふふ。ご安心なさって? 言われなくとも、乙女を抱くように優しく抱いて差し上げましてよ?」

そうは言いつつも、手首に拘束《こうそく》魔法を掛け、魔法の蔓《つる》で縛り上げる。縛り上げたその腕を頭上に上げさせて、念のためヘッドボードに固定した私は、ベッドの上に乗り上げ、彼の体の上に跨《また》がった。

彼の頬に添えた手を、滑らすように下へと移動する。軽く首筋を撫でた私は、彼の首元のクラバットを解き、見せつけるようにそれを抜き取った。羽織ったジュストコールと同じ素材の、青地に銀糸で刺繍《ししゅう》をされたウエストコートのボタンを全て外し、次いでシャツのボタンに手を掛ける。

すると、彼の喉元《のど》が大きく上下したのがわかった。

「…………あら。……期待、してますの……？」

彼に跨ったまま、意地悪く微笑んで見下ろす。私の挑発の言葉に、彼の瞳にますます険が増す。射殺さんばかりの青銀の瞳を受け止めて、私は静かに彼のシャツをはだけさせた。

現れたのは、薄らと筋肉の乗った白い胸元。板のような腹部は、腹筋がほんのりとその筋を浮かび上がらせている。自然と、いつか練習場で見た騎士達の体を思い描いていた私は、彼の予想外の細さに、意外な思いでそれらを眺めた。

「……もっと、逞《たくま》しいかと思っておりましたけど……」

「……」

「まあ、そうですわよね。殿下は別に鍛えてらっしゃるわけじゃありませんものね……」

私の言葉に、彼の頬にサッと赤みが差す。これは、羞恥《しゅうち》、だろうか。

初めて見る彼のそんな顔に、胸の奥が甘く疼《うず》くとともに痛みを訴える。彼を動揺させられたことの喜びと、それでも決して私には、彼の心を得ることができないだろうことの悲しみだ。

そう、私が何をしようと、彼が私に心を分け与えることは絶対にない。その事実に、胸の隙間《すきま》に寒風が吹き抜けるような虚《むな》しさが湧《わ》き起こる。

とはいっても、その虚しさは今に始まったことではないのだが。

気を取り直した私は、そっと彼の胸板に手を置いた。肌の感触を楽しむように何度かそこを撫で、ゆっくりその手を下へとずらしていく。薄い腹筋の溝を辿《たど》った私の手が、下腹を通り過ぎた辺りで、彼が息を呑んだのがわかった。しかしそれを無視して、そっとウエストの隙間からズボンの中に手を差し入れる。

すぐに私の手は、目当てのものの感触を探り当てた。

「……っ」

そっと握り込んだそれは、熱くて、驚くほど滑らかな手触りで。何より、弾力を持って硬く、その存在を強く主張している。

その事実に安堵《あんど》すると同時に、意外な思いで銀の光を弾《はじ》く青い瞳を覗き込むと、彼が初めて私から瞳を逸《そ》らした。

「………ふ」

「……」

「……ふふふふふ。……殿下に、こんなご趣味がおありとは……驚きましたわ……」

怒ったように瞳を逸らしているが、そこには気まずさがありありと見て取れる。彼は既に、首筋まで真っ赤だ。

しかし、嘲弄《ちょうろう》されたにもかかわらず、握り込んだそれが萎《な》える気配はない。ますます怒張を強めた感触に、私は意地悪な笑みを漏らした。

一旦服の中から手を引き抜き、焦《じ》らすように腹部を撫でながらズボンの前を寛《くつろ》げていく。全て寛げ終え、両腰の辺りでズボンに手を掛けると、なるようになれとでも言いたげに、彼がきつく目を閉じた。そんな彼に笑みをこぼし、下穿《したば》きごと一息にズボンをずり下げる。

その途端、勢いよく反動をつけ、べちりと音を立てて赤黒い怒張が彼の腹を打ち付けた。

「…………まあ」

実物を見るのは初めてだ。

本で見て、形状は知っていたが、まさかこんなんだとは。

見目麗しい涼し気な容貌《ようぼう》に反して、彼自身は何ともグロテスクだ。ゴツゴツと反り返り、幾筋も血管が浮かび上がったそれは、まさしく怒張と呼ぶに相応しい。

途端に私は、不安になった。

まさか、こんなに大きいとは。

こんなものが本当に、私の中に入るのだろうか。

そんな私の怯《ひる》みがわかったのだろう、目を上げると、冷たく見据える氷の視線が私を射抜いてきた。

そこには侮《あなど》りが。

所詮生娘《しょせんきむすめ》の私に何ができる、とでも言いたげだ。こんな状況だというにもかかわらず、視線一つでこの場の力関係が逆転する。

しかし私は、そんな彼の瞳を真っ向から受け止めて、目を閉じ、大きく息を吐き出した。

「……申し訳ありません、殿下。私、このようなものは初めて見たものですから……」

そう言って、ゆっくり瞼《まぶた》を開ける。

「でも、もう大丈夫ですわ」

ニッコリと微笑めば、彼が嫌そうに半眼になった。

嫌悪も露《あら》わな目つきだが、それにもかかわらず、彼のものは変わらず硬く立ち上がったままだ。

つまり。

嫌だと思ってはいても、結局のところ彼は期待しているわけだ。だって、私が刺激を与える前からこうなっているということは、そういうことだろう。そのことが嬉しくて、思わずクスクスと笑いがこぼれる。

再び彼の胸に手を置き、つっと滑らせると、面白いくらいにビクリと彼のものが跳ね上がった。

「ふふふふふ。……そんな目をしても、殿下のここは、正直でしてよ？　期待、してらっしゃるのでしょう……？」

何ともわかりやすい。

楽しくなってきた私は、体を屈《かが》めて彼の首元に唇を寄せた。

「……っ」

舌を出し、ちろりと首筋を舐《な》めれば、少し塩味を感じさせる肌の味と、麝香《じゃこう》と白檀《びゃくだん》を合わせたような香りが。その香りを深く吸い込めば、体の奥が騒めく感じがする。今度はしっかりと舐め上げると、更に香りが強くなった。

触れる肌も、熱い。自分がやっている行為とその香りに、頭がくらくらする。軽い酩酊《めいてい》感に身を任せ、私は手で彼の胸を弄《まさぐ》りながら、ゆっくりと唇を鎖骨へと這《は》わせた。

そのままさらに口付けながら、唇を下へと移動させる。目的の場所の一歩手前で、私は唇を肌に付けたまま、小さくクスリと笑った。

「……殿下のここも、硬くなっていましてよ?」

言いながら、サンゴ色の飾りにベロリと舌を這わせる。

その時、私は声にならない呻《うめ》きが聞こえた気がした。

感じているのだ。私に舐められて。

ますます高まる肌の熱と強くなる香りが、彼がこの行為で感じていることを如実に教えてくれる。

その事実に、私は恍惚《こうこつ》となった。

「ふふふふふ……なんて……お可愛らしい……」

「……っ」

「あれほど馬鹿にして邪険にしていた女に辱《はずかし》められてるというのに、殿下は感じてらっしゃるのですね……?」

王太子としての立場を固めるために私と婚約し、さんざん我がドラフィール侯爵家の力を利用してきたくせに、これまで彼は私を取るに足らない女として邪険に扱ってきたのだ。挙句、立太子が済み、それが確実なものとなった途端に彼は私を捨てた。もちろん私の恋心を、彼は知っている。

こんなの、許せるはずもない。

「私に舐められて、感じてらっしゃるんですね。……本当、女の子のようですわね?」

言いながら、カリリと反対の尖《と》りに爪《つめ》を立てる。その刺激に、彼の体がビクリと跳ね上がった。

その後は、ひたすらに舐めて吸い、時に軽く歯を立て、彼の反応を引き出していく。徐々に荒くなる彼の呼吸に、私は夢中になって彼の胸を苛《いじ》め抜いた。

気付けば、彼の胸の頂はすっかり熟れて赤くなり、私の唾液《だえき》にまみれて光っている。両の手を縛り上げられ、上気した顔をしかめて息を乱した彼のその様子は、まさに凌辱《りょうじょく》に耐える女性と何ら変わりがない。

そしてそこには、壮絶なまでの色気が。

ちらりと私を見上げた彼の目が、快感に蕩けたようになっていることに気付いた私は、ずくりと下腹の奥が疼くのがわかった。

視線を下に落とせば、だらだらと涎《よだれ》を垂らす彼のものが。見れば、それが当たっていた私の腹の辺りの布が、ぐっしょり濡《ぬ》れている。

その様子に、私は徐々に笑いが込み上げてきた。

「ふふっ……ふふふふふっ……」

「……」

「……殿下……今ご自分がどうなっているか、ご存じ？」

ビクビクと震えるそれを、筋に沿って指を滑らせる。最後に先端の溝を強く押すようにして、溜《た》まった液体をすくい上げれば、それが彼の腹の上で大きく跳ね上がった。

「……こんな、粗相をなさって……」

「……」

「そんなに、感じたんですの……？」

意地悪く口の端を吊り上げて、微笑む。嫌がらせのように体液の付いた人差し指を彼の顔の前に持っていけば、嫌そうに顔をしかめる。

しかし私は、問答無用《もんどうむよう》でそれを彼の唇に塗りつけた。

「……っ！」

「あら。ご自分のものでしてよ？」

言いながら、彼の顔に自分の顔を近づける。

「ふふふふ……仕方が、ありませんわね……」

唇に口付け、彼のものを舐め取りながら、顔を離す。しょっぱいような、少し生臭い味がする。それを飲み込んで、私は慈愛の微笑みを浮かべて体を起こした。

次いでスカートを持ち上げ、彼の腰の辺りを跨《また》ぐ。ゆっくり腰を落とした私は、彼のものを秘所の溝に沿わせるように宛《あて》がった。

「……っ」

最初から下着などつけてはいない。片手を彼の腹の上に置き、もう片方の手と陰唇《いんしん》で包み込むようにして彼のものを擦《こす》れば、頭が痺《しび》れるような快感が湧き起こる。

次第にそこから、ニチャニチャと粘性の高い音が聞こえてきた。

「……ふ」

既にそこは、どちらのものともわからない体液でぐちゃぐちゃだ。そして私自身も、奥に熱と疼きが溜まっていく。手の中のそれは、今では発熱する石の如《ごと》くに硬い。

ふと視線を感じて顔を上げれば、何かを訴えるような、切羽詰まったかのような彼の瞳が。

そう、限界が近いのだ。

本能的に理解した私は、腰を持ち上げ、そっとその先端を私の秘めた蜜口に宛がった。

「……んっ」

ぬるりと彼の先端が、私の中に入り込む。

途端、体を引き裂かれるような激痛に、私は顔をしかめて動きを止めた。

それまで快感に浮かされていた頭が、痛みで急にはっきりとする。きっと狭くてきついのだろう、彼までもが苦しそうだ。

だが、ここまできて、やめるわけにはいかない。

しばらくして、痛みが治まってきたのがわかった私は、再び腰を落として彼のものを私の中に埋め込む作業を開始した。

「……うぅ……はっ……」

痛みで、額には汗が。まるで灼熱《しゃくねつ》の杭《くい》を埋め込むかのようだ。

一体私は、何の苦行を行っているのか。

それでも途中何度も休みつつ、少しずつそれを体の中に入れていく。

呻き、苦しむ私に、しかしどういうわけか、彼の瞳に労《いたわ》りの色が浮かんでいることに私は気が付いた。そこには、いつもの私を見下し、拒絶する光はない。

その瞬間、私は彼と心が通じ合ったかのような感覚に襲われた。不思議と、痛みも和《やわ》らいだ気がする。

しかしそれも一瞬で、一息に腰を下ろした私は、閉じた体を抉《こ》じ開ける激痛で目の前が赤く染まるのを感じた。

「……はぁっ！　……うぅうっ……！」

余りの痛みに、視界が涙で霞《かす》む。必死に叫びたいのを我慢して、呻き声を漏らす。

痛みのせいか、私の中はドクドクと脈打ち、奥に熱が広がっていくかのようだ。

だが、徐々に痛みが治まっていくにつれ、私はある違和感に気が付いた。

「……え……？」

何故《なぜ》か体内にあるものの質量が、明らかに減っているのだ。異物の存在感はあるものの、最初のような熱く硬く主張する勢いがない。

驚いて彼の顔を見れば、真っ赤になって視線を彷徨《さまよ》わせている。

つまりこれは。

そう。出てしまった、ということだろうか。

思わずポカンと口を開ければ、ますます彼の顔が赤くなる。

そのことに唖然《あぜん》とすると同時に、私はホッと胸を撫で下ろした。

とりあえず、目的は達成されたのだ。なによりこれで、あの苦行をこれ以上続ける必要はなくなったわけだ。

安堵した私の体から、自然と力が抜けていく。ふうっと息を吐き出し腰を浮かせば、ずるりと彼のものが抜けた感覚と、中からボタリと温かいものがこぼれ出る。

そして目の前には、何故か焦ったような顔の彼が。

彼は王族だ。彼の種が私の胎に宿ったならば、それは大きく政治を変えかねない。妊娠の可能性があるうちは、余程のことがなければ私に手を出すことは不可能だ。

実際は、事前に避妊魔法を施してあるのだが、もちろんそれを彼に告げる気などない。これで多少は時間稼ぎになるだろう。

スカートの裾《すそ》を直してベッドから下りた私は、優しく微笑んで彼の胸に口付けた。同時に、婚約の誓約魔法の解呪《かいじゅ》を小さく唱える。

口付けたところ、心臓の上辺りに、ぼんやりと光の魔法陣が浮かび上がり、すぐに消えた。

解呪するのに口付ける必要などないのだが、私と彼の唯一の繋《つな》がりが消えることへの感傷だ。後は私がどこにいようと彼が解呪の文言を唱えれば、私達の繋がりは綺麗《きれい》さっぱり消えることになる。

一瞬、胸が苦しくなるような痛みに襲われるも、私はそれを綺麗に隠して微笑んだ。

「……これでいつでも、殿下が好きな時に解呪ができますしてよ？」

約束を違《たが》える気はない。

それに、見返りのない愛を捧《ささ》げることに、とっくに私は疲れ切っていた。

「ね、嘘は言っておりませんでしたでしょう？　殿下御自身がしたのは、ただお茶を飲んだだけ、ですもの」

ニッコリと、笑ってみせる。

そう、彼がしたのは、お茶を飲んだことだけだ。後は私が勝手にやったことであって、彼は何もしていない。言葉遊びの詭弁《きべん》に過ぎないが、彼がこれまで私にしてきた仕打ちと、我が侯爵家に下そうとしていた裁断を考えれば大したことではない。

睨みつける彼をものともせず再び微笑んだ私は、そっと彼の唇に自身の唇を重ね、別れの口付けをした。


リュシリュール、彼に魔法を掛けて眠らせた私は、彼の麻痺《まひ》と縛《いまし》めを解いてから寝室を後にした。

次いで、応接の間のドアを開けて外に出る。すると、ドアの外で待機をしていた彼付きの護衛が、部屋の中と私を素早く観察して、その目つきをきつくした。

「……殿下は……？」

「隣の間でお休みに……。では、私はこれで……」

「待て」

去ろうとする私の行く手を遮り、鋭く見据えてくる。

「……何が、あった？」

「……」

「まさか……」

この展開は予想済みである。むしろ、第三者に私と王太子との間で起こったことがすぐわかるようにと、敢《あ》えて少し着崩れたまま部屋を出たのだから。

無言で顔を背けた私に、護衛の彼、ディミトロフは確信を強めたようだ。頃合《ころあ》いを見計らい、私は動揺した振りをして、わざと手に持ったハンカチを床に落とした。

「あ……」

「……これ、は……っ！」

ひらりと二人の間に落ちたハンカチを見て、ディミトロフがサッと顔を青ざめさせる。それを確認してから、私は慌てた様子でハンカチを拾い、身を翻《ひるがえ》してその場を立ち去った。

今頃ディミトロフは、半裸で眠る王太子の姿を見つけたことだろう。先ほど彼に見せたハンカチは、行為後に拭《ふ》き清めるために使用したものだ。そこにはべったりと、彼のものと私の破瓜《はか》の印が。

一目見てディミトロフがそれに気付かなかった場合はどうしようかと、ヒヤヒヤしていた私は、彼がすぐに察してくれたことに心からホッとしていた。リュシリュール、彼にあんなことをしておいて今更だが、私にだって乙女の恥じらいぐらいはあるのだ。

しかしながらまさかディミトロフも、王太子が私によって襲われて、既成事実が成ったなどとは思うまい。それにプライドの高い王太子のことだ、口が裂けても自分が襲われたとは言うわけがないだろう。それらは全て織り込み済みだ。つまり、私が王太子に不敬を働いたかどで訴えられることはないわけだ。

私如きに出し抜かれ、どこまでも屈辱を味わわされる羽目になった王太子を思って、思わずクスリと笑みをこぼす。

気の毒だと思う気持ちもあるが、どうせあのまま何もしなければ、貶《おとし》められ、屈辱を味わわされていたのは私の方なのだ。それに、散々今まで王太子には辛酸を舐めさせられている。せめてこの程度の復讐《ふくしゅう》ぐらい、よしとしてもらわねば。

未《いま》だ喪失の痛みに体が強張《こわば》るが、それでも私の胸は今までになく晴れやかだった。


「……お父様。全ては予定通りに」

急いで帰邸した私は、すぐさま侯爵である父のもとへと向かった。

私の報告に、一瞬複雑な顔を見せた父ではあったが、父親としての感傷はすぐに侯爵の顔へと取って代わられた。

「よくやった。……ではアニエス、急ぎ隣国へと向かうのだ」

「はい」

頷いて答えた私に、父も頷きを返す。

「……気を付けて。情勢が落ち着いたら、すぐに迎えに行く」

「お父様こそお気を付けて。御身《おんみ》のご無事をお祈りしております……」

父に抱きしめられて、思わず涙が溢《あふ》れそうになる。次に父に会えるのは、いつになるかわからないのだ。事後処理のために父と兄は王都に残るが、既に母や弟妹達は自領へと退避している。王太子とウィルスナー伯爵派閥の人間が、我がドラフィール侯爵家の取り潰しを画策していることを事前の情報で得ていた私達は、それに対抗すべく策を講じていたのだ。

その一番の要《かなめ》は、私、だ。

隣国との交易の港を有する我が領地を封鎖して、王太子の子供を身籠《みごも》ったとする私を隣国へと送る。そして隣国は私を得ることで、我が国の王位継承権に口出しする権利を持つことができるわけだ。それはこの国にとって最《もっと》も避けたい事態であり、隣国の干渉を回避するためならば、国は、彼等は、ほぼどんな要求だって呑まざるを得ないだろう。つまり、私の立ち回り一つで、政治の勢力図が変わるのだ。

いつものように父に優しく髪を撫でられた私は、涙を見られないよう、そっと体を離した。

追手に捕らえられることもなく、無事隣国に辿《たど》り着くことができた私は、名前と出自を偽って静かに潜伏していた。

母国を発《た》ってからもう、ふた月が経《た》つ。当然だが、もちろん妊娠はしていない。妊娠の可能性があると匂《にお》わせるだけで、この際私が妊娠していようがいまいが別にいいのだ。王太子の子供を妊娠しているかもしれない私が隣国にいる、それこそが彼等にとって脅威なのだから。

それに、妊娠の有無を彼らが知ることはない。何故《なぜ》なら、交渉材料足るために、私の所在は隣国の人間にも母国の人間にも知られるわけにはいかないし、知られることは絶対ないだろうからだ。どちらにしろこの一年以内に、全《すべ》て決着がつくだろう。

しかしながら、私は首を捻《ひね》っていた。二カ月も経つというのに、王太子側に何の動きもないのだ。しかも、当初予定されていたはずの、我が家の取り潰《つぶ》しの一件も全く動きが見られない。私が交渉材料となって隣国にいるとわかっていたとしても、それでもこちらに接触する様子すら見られないのは明らかにおかしいだろう。

それともう一つ。王太子と私の婚約の誓約魔法だが、未《いま》だに王太子が解呪《かいじゅ》を行っていないのだ。ウィルスナー伯爵令嬢に骨抜きの王太子のことだから、できるとなったらすぐにでも私との誓約魔法など解呪すると思っていたが、どうやら違ったらしい。

私にあれだけのことをされて、プライドの高い彼がよくもまだ私との繋《つな》がりを残しているものだと、私は意外だった。

そしてそれが厄介なことに、私を悩ませていた。

婚約の誓約魔法は、互いに互いの居場所がわかるようになっている。それは誓約そのものであると同時に、互いの絆《きずな》にもなっているわけだ。

ただ今の状態は、私側から解呪が行われた不完全な契約状態であり、本来の魔法効果は失われているはずなのだが、極細い繋がりとはいえ王太子と私の物理的絆が切れていないということが、私は不安だった。

不完全な契約状態で、彼から私の居場所を知ることはできないはずだが、万が一ということもある。念のため事前に遮断魔法も施したため、この契約を辿ることは理論上不可能なはずだ。

しかし、王太子に動きが見られないという予想外の事態も相まって、私は胸騒ぎに似た嫌な予感を拭えずにいた。


それから更にひと月が経ち、未だ我がドラフィール侯爵家になんのお咎《とが》めもない状況で、その日私は久し振りに街に降りていた。

それまで、潜伏中ということもあってなるべく人目に付かないよう、ほぼ邸《やしき》に閉じこもっていたのだが、さすがに三カ月もその状態が続けばさしもの私も気が滅入ってくる。家族と離れ、言葉も気候も何もかもが違う見知らぬ土地に一人でいるのだからなおさらだ。

そんな状態で食欲が落ち、暗い表情《かお》の私を心配した家令や私付きの侍女が、気分転換にと街に行くことを提案してくれたのだった。

変装魔法で目や髪の色を変え、別人のような風貌《ふうぼう》になった私は、ちょっと裕福な商家のお嬢様といった出《い》で立ちで街に降りることになった。これなら誰《だれ》にも私だとわかる心配はない。

天気も良く、久々の外出ということで、私も、私の周りの者も、久し振りに明るい笑顔を見せていた。

「お嬢様見て下さい！　これも果物《くだもの》だそうですよ！」

「まあ！　こんな形のものは初めて見るわね！　買ってみましょうか！」

実際この土地に来たのは初めてで、見るもの聞くもの全てが真新しい。市場は非常に活気があり、その場にいるだけで気持ちが浮き立つのがわかる。

何より、この国には私を知る人間は一人もいないのだということに、私はかつてないほどの解放感を感じていた。

「あら、あれはお菓子なのかしら？」

「そうみたいですよ。揚げ菓子のようですね」

揚げたパンのようなものに砂糖をまぶした食べ物を、道行く人々が手に持って食べている。見れば、この先の屋台で売っているもののようだ。人気があるのか、屋台には長蛇の列が。

「お嬢様、折角ですし食べてみましょう！」

「そうね！」

「では私、買ってまいりますので、お嬢様はそこでお待ちください」

そう言って屋台の列に加わった侍女を見送って、私は広場に設置された簡易ベンチに腰掛けた。

そこには、同じように屋台の揚げ菓子を食べる人達がいる。四、五歳くらいの女の子を連れた家族連れが、仲良く菓子を食べている姿に目を留めた私は、思わずその微笑《ほほえ》ましい光景に笑顔になった。

しかしそれは、私には決して得ることがない幸せだ。父が権力を取り戻し、ドラフィール侯爵家の国内での立場が確立されたとしても、今回の騒動の元である私が誰《だれ》かと結婚することはない。領地で一人静かに、兄の仕事を手伝いつつ暮らしていくことになるだろう。

でも、私はそれでいいと思っている。愛のない結婚をして、相手に振り回されるよりかは、家族とともに静かに穏やかに暮らしていけることの方が余程幸せだ。なにより、愛されない苦しみに苛《さいな》まれるのは、もう懲り懲りだった。

その時。何故か左の胸の辺りが、皮膚がチリチリするような小さな痛みを訴えた。

思わず手を胸に当て、首を傾《かし》げる。

そんなベンチに座る私の目の前に、大きな影が差した。訝《いぶか》し気に顔を上げ、そしてそのまま、私は驚愕《きょうがく》に眼《め》を見開いた。

「……アニエス、見つけたぞ」

目の前には、私を冷たく見下ろす青銀の瞳《ひとみ》が。

光を弾《はじ》く銀の髪が目立たぬよう、マントのフードを被《かぶ》り、旅人に身をやつしているが、私が彼を見間違うはずがない。

王太子、彼、だ。

「ミレーゼッ――――!!」

慌てて大声を上げ、侍女の名前を呼んで立ち上がろうとするも、逃《のが》れられるはずもなく。

腕を掴《つか》まれ、手で口を塞《ふさ》がれて、次の瞬間、私の視界は暗転した。

目を覚ました私の視界に飛び込んできたのは、見慣れぬベッドの天蓋《てんがい》だった。

一瞬、何が起こったのかわからず混乱する。

慌てて体を起こそうとして、しかし、両手を頭上に上げた状態で拘束《こうそく》されて、身動きが取れないことに私は気が付いた。

「なっ……!?」

両手首には、罪人に付けられるような金属の枷《かせ》が。

枷には鎖が繋げられており、それはヘッドボードに固定されている。着衣に乱れはないものの、とてもいい状況とは言えない。

非常に、まずい。

冷や汗を掻《か》く私に、足元から底冷えのするような声が掛けられた。

「……起きたか」

視線を向ければ、私を見据える王太子が。簡素なシャツとズボンという出で立ちに、長い足を組んで椅子《いす》に座り、肘《ひじ》掛けに片肘を突いて私を冷たく見据えている。その瞳は、凍《い》てつく氷のようだ。

「……殿下……」

瞬時に状況を理解した私は、震えださないようにするので精一杯になった。

失敗、したのだ。

私が捕まったということは、我が家はもうお終《しま》いだ。そして間違いなく、今から私は報復を受けるのだろう。

素早く視線を巡らせた私は、部屋に私と王太子の二人だけであることを確認した。

部屋は意外にも、品の良い豪奢《ごうしゃ》なつくりの調度品で揃《そろ》えられている。罪人を捕らえておく部屋にしては、やけにいい部屋だ。

しかし私が訝しく思ったのも一瞬で、手首を縛《いまし》める硬い金属の感触が、私に現状を突きつける。

無表情に立ち上がった王太子が、私の目の前でゆっくりナイフを取り出した。

「……アニエス、いい眺めだな？」

「……」

「今度は自分が逆の立場になってみて、どうだ……？」

言いながらベッドに乗り上げてくる。

「……命乞《ご》いをするなら、今の内だぞ……？」

彼が私の体に跨《また》がり、抜き身のナイフを見せつけるようにかざす。

危険な光を弾くその銀の瞳に、私は覚悟を決めた。

この国の王太子に、あれだけのことをしたのだ、どちらにしろただで済むわけがない。本来であれば地下牢《ろう》に入れられた後に、良くて縛り首だ。

きっと様々な辱《はずかし》めを受けることだろう。であれば、このまま一思いに彼の手に掛かる方が余程いい。

「……そうか。いい、覚悟だ」

ナイフが振りかぶられ、ギュッと目を閉じる。

次の瞬間、空気を切り裂く音とともに、私の体に衝撃が走った……ような気がした。

「……？」

が、しかし。いつまで経っても、痛みは襲ってこない。

恐る恐る閉じていた瞳《め》を開ければ、目の前に彼の顔が。

氷のように冷たいその目は、私を観察しているかのようだ。よく見れば、顔のすぐ横にナイフが突き立てられている。呆然《ぼうぜん》とする私に、王太子、彼が、綺麗《きれい》に口の端を吊《つ》り上げた。

「……私がお前を、一思いに殺すとでも思ったか？」

「……」

「まあ、殺してやりたいほど、憎いがな？」

そう言って、枕《まくら》に突き立てられたナイフを引き抜く。

「……安心しろ、すぐに殺しはしない……」

「なっ……！　やめっ……！」

彼が何をしようとしているのか気付いた私は、慌てて身を捩《よじ》って逃げようとした。しかし、縛められ、体の上に乗られた状態で逃れられるはずもなく。

そんな私にニコリと微笑んで、彼が私の胸元にナイフを差し入れ、下着ごと服を切り裂いた。

「……っ！」

「アニエス、動くな。……ああ、ほら。お前が動くから、傷がついてしまったではないか」

真っ二つに引き裂かれたドレスから、私の白い体が彼の眼前に晒《さら》される。

つっと、指を胸の谷間に添わされて、ピリッとした痛みが体に走る。多分、傷になっているのだろう。

顔をしかめる私を見下ろして、彼が何とも楽しそうに微笑んだ。そのまま顔を、そこに近づける。

次の瞬間、ぬるりと傷を舐《な》め上げられて、痛みと彼の舌の感触に、私の皮膚が粟立《あわだ》った。

「……っ！　殿下っ……やめっ…………んっ！」

傷口を、何度も舐められ、吸い上げられる。同時に胸のふくらみを脇《わき》からすくい上げるように掴まれて、私の体がビクリと跳ねた。

乱暴にされるのかと身構えるも、意外にもその手つきは優しく、やわやわと解《ほぐ》すような手の動きに体の力が抜けていく。徐々に私は、舐められる度、揉《も》まれる度に、体の奥が熱くなるような、ズクズクと疼《うず》くような、変な気分になっていくのがわかった。

傷の痛みの奥に、痛みだけではない何かが。

傷口を舐められるという、ぞわぞわするような忌避《きひ》感は、どこか性的な感覚にも似て。いつしか私は、もっと痛みを、刺激を求めていることに気が付いた。

「……んっ……」

気付いてしまえばあっという間だ。彼が与える刺激、全てが快感に変換されていく。

そんな私の変化がわかったのだろう、顔を上げた彼が、意地の悪い顔で口の端を吊り上げた。

「……こんなことをされて感じるのか。アニエス、お前は本当にはしたない女だな？」

「――ああっ！」

言いながら、掴んだ手の指先で、ぐりっと胸の頂を押し潰す。

途端、電流が走るようなその快感に、私は喉《のど》を仰け反らせて嬌声《きょうせい》を上げた。

「……んっ……ふぅっ……」

ぐりぐりと指で摘《つま》まれ、押し潰されて、ビリビリと痺《しび》れるような快感が体を襲う。

顔を逸《そ》らして唇を噛《か》み、必死に耐える私に、しかし彼が強引に私の顎《あご》を掴んで目を合わせてきた。

「唇を噛むな。傷になる」

そう言って、無理矢理親指を口の中に捻《ね》じ込んでくる。指先で、ザラリと舌を撫《な》でられて、体の奥がズクリと疼いた。

「舐めろ。お前のような女には、お似合いだ」

命令されて、大人《おとな》しく彼の指を咥《くわ》える。女の指とは違う、太く筋張った男の指を、舌で包み込むようにして舐めて、吸う。

ピチャピチャ、チュパチュパと、静かな部屋に響く水音が、何とも卑猥《ひわい》だ。彼は、そんな私を無表情に見詰めている。

次第に私は、指を咥えて舐めるという行為に、驚くほど興奮していることに気が付いた。

しかし、唐突に指を引き抜かれて、私は驚いて彼の顔を見上げた。

冷たいその顔貌《がんぼう》の、眉間《みけん》にはくっきりとしわが。蔑《さげす》み、何とも嫌そうな表情で私を見下ろしている。私が見慣れた彼の顔だ。

途端、それまでの興奮があっという間に霧散する。体の芯《しん》が、冷たく凍えていくかのようだ。

しかし、気付けば咬《か》みつくように口付けられていて、私の頭は混乱した。

目の前には、眉間にしわを寄せたままの彼の顔がある。長い銀のまつ毛が伏せられて、氷のような瞳は瞼《まぶた》の奥に閉ざされている。

一体、何故。

馬鹿《ばか》にし、殺したいほど憎いと思っている女に、何故キスなどするのか。

だけど、そんな私の物思いは長くは続かなかった。

無遠慮に侵入した舌に口内を舐め回されて、その初めての感触に驚くと同時に、頭の奥が痺れるような快感が私を襲う。固まる私にも構わずに、彼の舌が私の舌を絡め取り、その瞬間、私の体から力が抜けた。

「……んんっ……」

舌の根が抜けるかと思うほど強く吸われて、舐めて擦り合わされる。彼の舌が絡められるその度に、私は思考が溶けていくのがわかった。

同時に、彼の手が私の体を這《は》い回る。胸を弄《まさぐ》られ、揉みしだかれて、気付かぬうちに体が揺れる。

いつの間にか私は、彼を迎え入れるかのように、自ら脚を開いていた。

「……ん、はっ……」

最後に強く吸われて、顔が離される。閉じていた瞼を開ければ、そこには私を見下ろす彼がいる。

依然眉間にしわは寄ったままだが、その息は荒く、触れる体は燃えるように、熱い。何よりその瞳には、情欲の翳《かげ》りが。光る銀の瞳が、明らかに彼が欲情していることを教えてくれている。

そう、彼が、私に、欲情しているのだ。

その事実に、私の体が歓喜に震えた。ゾクゾクするような愉悦《ゆえつ》に身を委《ゆだ》ね、ひたすら瞳を合わせて彼を見詰め続ける。

気が付けば、彼の手が、私の最《もっと》も秘めた場所に這わされていた。

「……あ……」

くちゅり、と音を立てて、彼の指が私の中に沈められる。既にグズグズに蕩《とろ》けていたそこは、何の抵抗もなく彼の指を呑《の》み込んで、与えられた刺激にわなないた。

ぎゅうぎゅうと締め上げ、体内にある彼の指の存在がハッキリと伝わってくる。

次の瞬間、ぐるりと中を掻き回されて、私は堪らず喘《あえ》ぎを漏らした。

「あっ……は、あっ……！」

快感に悶《もだ》える私を見詰める彼は、何かに耐えるかのようだ。眉間のしわは、ますます深い。

だがそこに、蔑みの感情は見られない。私が感じていることに、彼も反応しているのだ。

彼が私の痴態に興奮している、そのことが、私の中の何かを崩した。

高く声を上げ、自ら脚を大きく広げて、誘うように身をくねらせる。

快感に目を涙で潤ませて、熱を込めた瞳で見上げれば、彼が小さく呻《うめ》きを漏らした。

「……くそっ！　この淫売婦《いんばい》がっ！」

およそ王族らしくない悪態を吐《つ》いて、彼が私の中から素早く指を引き抜く。そのまま破るような勢いで服を脱いでいく。

余裕のない彼のその様子に、私は何か、満たされるような感覚を覚えていた。

少なくとも今、彼は私を求めている。今、彼を突き動かしているのは、私、だ。たとえそれが、心を伴わないただの欲望だとしても、私は酷《ひど》く喜びを感じていた。

彼自身を片手で支え、数度襞《ひだ》に擦り付けて、蜜《みつ》を纏《まと》わせる。

性急な仕草で私の入り口にそれを宛《あて》がって、彼がゆっくりと腰を進めてきた。

「……んっ……」

ぬるり、と、彼のものが中に入り込む。

一瞬、初めての時の激痛を思い出し、私は無意識に顔をしかめて体を強張《こわば》らせた。

「……くっ……、アニエス……力を、抜けっ……」

できるものなら最初からそうしてる。体を押し広げる圧迫感に、自然と力が入ってしまうのだ。

今、痛みはないが、体はあの時の激痛を覚えている。忘れようとして、忘れられるものではない。

襲いくるだろう痛みに、自然と身構えてしまう。

歯を食いしばり、ギュッと目を閉じていた私だったが、しかし次の瞬間、ふわりと頬《ほお》を包まれて、唇に柔らかいものが押し当てられたことに気が付いた。

目を開ければ、目の前に彼の顔が。

開いた唇の隙間《すきま》から、舌を差し込まれて、驚いた私の体から力が抜けた。

その隙《すき》に、彼が一息に腰を進めてくる。根元まで穿《うが》たれ、埋め込まれて、その衝撃に私は目を見開いた。

「……あ……」

再び強張る体を、彼がなだめるように撫でてくる。仕草だけを見れば、まるで恋人を労《いたわ》るかのようだ。

口付けられ、優しく頬を撫でられて、何故か私は泣き出したいような気分に襲われた。

「……痛むのか?」

そう聞く彼の瞳には、気遣う色が。無言で首を振ると、ホッとしたように息を吐く。

一体、何故。

訳がわからず戸惑う私を抱き込んで、強く腰を押し付けてくる。

ますます混乱する私だったが、しかしゆるゆるとそこを動かされて、すぐさま何も考えられなくなった。

体を押し広げる圧迫感の奥に、紛れもない快感がある。彼のものが奥を突く度に、頭が白く霞《かす》むような感覚に襲われる。気付けば激しく出し入れされて、はしたなく口を開け、喘ぐ私がいた。

だけどそれは、私だけではない。彼もまた、余裕なく低く呻いている。

彼が感じている、その事実に、ますます体の熱が上がっていく。

最後に一層強く掻き抱かれ、腰を打ち付けられて、私は体の奥に、ドクドクと欲望が吐き出されたのがわかった。

「……はっ……は……」

「あ……は……」

互いに荒い息を吐き、ぐったりと虚脱した体を重ね合わせる。

その瞬間、私は自分の境遇を忘れていた。彼に抱きしめられて、まるで愛されているかのような錯覚に陥る。

無意識に抱きしめ返そうとして、しかしそこで、私は手枷の存在を思い出した。

じゃらり、と、冷たい金属の音に目が覚める。同じく彼もその音に、ハッとしたように体を起こす。

見詰め合ったのは数秒。そこには互いに無防備な自分が。

けれどもそれは一瞬で、先に目を逸らした彼が、繋がりを解いて体を離した。私の手枷の縛めを解いてから、無言で服を羽織り、背を向ける。

部屋を立ち去る彼の背中を見送って、私は言いようのない虚《むな》しさに襲われていた。

「アニエス、後ろを向け」

「はい……」

今私は、裸で鎖に繋がれて、ベッドの上にいる。首に枷を嵌《は》められて、四つ這いになったその姿は、さしずめ彼の犬といったところか。

大人しく後ろを向いて尻《しり》を突き出した私に、リュシリュール――彼が、嘲《あざけ》りの言葉を降らせてきた。

「……いいザマ、だな？」

「……」

「どうだ、今の気分は？　だが、こんなことをされても、お前は感じるのだろう？」

言いながら、私の反った背中に手を這わせてくる。そのままその手が、背筋を伝い、尻の丸みをなぞられて、私の体がふるりと震えた。

「……本当に、淫乱《いんらん》な女だ」

「……」

「どうせ今も期待しているのだろう？　……淫乱なら淫乱らしく、腰を振ってお願いしてみたらどうだ……？」

だが彼もまた、この状況に興奮していることを私は知っている。むしろ彼が、そうして欲しいのだ。私に屈辱を味わわせ、自分の欲求を満たしたいのだ。

心の中でクスリと笑った私は、脚を開いてそこを見せつけてから、胸をシーツに押し付け、彼に向って腰を突き上げた。

「……殿下……はしたない私に……罰を……」

腰を高く掲げ、上気した顔に涙を浮かべて彼を振り返る。とはいっても、興奮しているのは私も同じなのだが。

そんな私をしばらく無言で見詰めた後、彼が眉間のしわを深くして、私の両腰に手を添えた。

「……この、淫売が……」

「――あぁあっ！」

この場では、より欲情した者、心を乱した者が負け、だ。だからこそ、こんな言葉を言わされても、こんな格好をさせられても、私の心が傷つくことはない。

どこまでも、この場の支配者は私、だ。

その日も余裕なく私を抱き、私の中で果てた後、彼がその体を重ねてきた。

背中に彼の鼓動と、熱が伝わってくる。彼に憎まれ、嫌われているのだというのに、この瞬間、この感覚はやけに親密で。肌と肌が触れ合う感覚に、心の堤《つつみ》が突き崩されそうになる。

更には、ギュッと強く抱きしめられて、思わず動揺してしまう。きっとこれまで、愛し合った相手――ウィルスナー伯爵令嬢に、そうしてきたのだろう。

彼にとっては無意識の習慣だろうそれに、私の心が激しく痛む。こんな風に優しくされるくらいなら、さっきのように罵《ののし》られる方がよっぽどマシだ。

そんな物思いを振り払うべく、私は気を取り直して彼に声を掛けた。

「……殿下。……私はいつまでここに……？」

時間の感覚が正しければ、ここに連れられてきて、もう一カ月は経つだろう。その間、ずっとこの部屋に閉じ込められて、毎日のように彼に抱かれている。

てっきり報復として、様々な凌辱《りょうじょく》を受けると覚悟していた私は、この現状にすこぶる拍子抜けをしていた。

彼としては、部屋に監禁し、私に屈辱的な行為をさせたりすることで、報復しているつもりなのだろうが、世話係もいて、食事も風呂《ふろ》も、着るものにも困らないこの状況は、罰にしては余りにも軽い。

というか、罰と言えるのかどうか。なんせこの部屋には、本まであるのだ。

そもそも監禁する部屋にしては、やけに豪勢だ。部屋だけ見れば、妃《きさき》の部屋といっても過言ではない。これでは傍から見たら、ただの寵妃《ちょうひ》だ。さしずめ、寵愛《ちょうあい》が過ぎて部屋に閉じ込められている、といったところだろうか。

ただ、外界の情報は一切得られない私には、外がどういう状況になっているのか全く分からない。

そんな状況で、我が侯爵家がどうなったのか、私はそのことだけが気掛かりでならなかった。

我が家の処遇がわかるまでは、私が下手《へた》に動くのはまずい。大人しく王太子に従っているのは、それが理由でもある。

まあ、表面上は、だが。それに、彼もそれはわかっている。私という人間を良く知っている辺りは、さすが腐っても元婚約者、といったところだろうか。

「……殿下……？」

答えはない。

諦《あきら》めて小さくため息を吐くと、背後から私を抱きしめる彼の腕に力が込められた。

「……？　――――っあぁっ！」

唐突に腰を突き上げられて、予期せぬ動きに嬌声が上がる。

先ほど欲望を吐き出したばかりだというのに、中のものは最初と同じくらいか、それ以上に硬い。

背後からガツガツと抉《えぐ》られて、強制的に快感を与えられる。

容赦なく快楽の渦《うず》に叩《たた》き落とされた私は、結局その日も、意識を失うまで彼に抱かれたのだった。


まったく状況が分からないまま更に日付が過ぎ、毎日のように抱き潰されていることもあって、時間の感覚が分からなくなってきた頃《ころ》、その日、ここに来て初めて来客があった。

ウィルスナー伯爵令嬢だ。

部屋に入って私を見るなり、何とも嫌そうに顔をしかめる。

手に持った扇でそれを隠そうともせず、憮然《ぶぜん》とした様子でソファーに座ると、憎しみのこもった瞳で私を睨《にら》みつけてきた。

それはそうだろう。王太子、彼にとっては報復のつもりかもしれないが、事情を知らない彼女にしてみたら、彼がやっていることはただの浮気でしかない。しかも彼は、毎日のように私のもとに来ているのだ、面白くないに決まっている。それがわかっていて、何故彼がこんなことをしているのか、私は本当に訳が分からなかった。

まあ、男性は性愛と愛情は別というから、きっと彼にとって私は、娼婦《しょうふ》のような性欲のはけ口なのだろうけれど。


睨みつけるだけで、なかなか用件を話そうとしない彼女に焦《じ》れた私は、のんびりお茶を飲むことにした。

さすが王宮だけあって、ここで供されるお茶は美味《おい》しい。監禁中だというのに、出されるものは全て一級品だ。本当に、訳がわからない。

それに、これまでは私が彼女を妬《ねた》むばかりであったのに、今立場が逆になっていることが、少なからず私に余裕を与えていた。

全く気にすることなくお茶を飲む私に、ようやくウィルスナー伯爵令嬢が口を開いた。

「……この売女《ばいた》がっ……！」

なんともはや。伯爵令嬢らしからぬ言葉だ。

だが、これが彼女の本性だ。これまでどれほど、私が彼女に嫌がらせを受けてきたことか。彼は全く知らないのだろうけれど。

「どんな手を使って殿下を籠絡《ろうらく》したのっ……！」

「……」

「本当に、汚らわしいっ……！」

ひとしきり汚い言葉で私を詰《なじ》る。しかし、私が動じないと見て取ると、その水色の瞳をギラギラと光らせて私を睨みつけてきた。

それこそ私を、殺してしまいたいくらいなのだろう。

けれども、彼女が私を憎めば憎むほど、私は楽しくてしょうがなかった。

「……まあ怖い。そんなお顔を殿下に見られたら、まずいんじゃありませんこと？」

優雅にカップをソーサーに戻し、にっこりと微笑む。そんな私に、ウィルスナー伯爵令嬢の顔が真っ赤に染まる。

次の瞬間、テーブルの上のカップを手に取った彼女が、その中身を私に浴びせてきた。

「……っ！」

咄嗟《とっさ》に手で顔を庇《かば》うも、服にはしっかりお茶のシミが。

冷《さ》めてぬるくなっていたため火傷《やけど》はないが、やはり気持ちのいいものではない。

不快感に眉《まゆ》をひそめた私に、彼女が口元に手を当てて、コロコロと楽しそうに笑い声を上げた。

「ごめんあそばせ？　手が滑ってしまいましたの」

よくもまあ、ぬけぬけと。

だが、私もやられっぱなしでいられるほど、お人好《よ》しではない。ぐっしょり濡《ぬ》れてしまった手袋を脱ぐ振りをして、そのまま反動をつけてそれを彼女の顔に投げつけた。

びちゃりと音を立てて、濡れた手袋が彼女の顔に命中する。

固まる彼女に、私はにこやかに微笑みを向けた。

「まあ、ごめんあそばせ？　濡れて張り付いていましたから、脱ぐのに勢いがついてしまいましたわ」

「……」

「でもまさか、そんなところに飛ぶなんて。……ふふふ、濡れた手袋にまで好かれるなんて、さすがリーリエ様ですわ、ね？」

私の当て擦りに、見る見るうちに彼女の顔に血が上っていく。

濡れた手袋をわなわなと握りしめ、今まさに振りかぶって投げつけようとしたその時。

ガチャリと、部屋のドアが開けられた。

驚いて見遣《や》れば、慌てた様子の王太子の姿が。急いでやって来たのだろう、銀の髪が少し乱れている。

彼の突然の来訪に、唖然《あぜん》とする私だったが、ウィルスナー伯爵令嬢のすすり泣く声ですぐさま我に返った。

「……ふっ、うっ……で、殿下……」

「……リーリエ……」

「アニエス様が……私に、このような仕打ちを……」

心配そうに眉を下げた彼に、わざとらしく私の投げた濡れた手袋を見せつける。

なんとも安い芝居に、私は呆《あき》れてため息を吐いた。

私が彼女にお茶を掛けられたのは、誰が見ても一目瞭然《いちもくりょうぜん》だ。だがきっと、彼は私を責めるのだろう。

案の定、すすり泣く彼女をなだめるように抱き寄せた彼が、険のある眼差《まなざ》しを私に寄こす。だけど意外にも、私の様子を見て、彼が驚いたように目を見開いた後で訝しむような顔で私と彼女とを見比べた。

「……アニエス、何が――」

「ううう っ！　酷いですわ酷いですわっ！　アニエス様は私を恨んでおいでなのだわっ！」

王太子の言葉を遮って、ウィルスナー伯爵令嬢の泣き声が大きくなる。そんな彼女を、彼が慰めるように優しく抱きしめて、背中を撫でた。

彼が彼女を見詰める瞳は、何とも柔らかい。私には、一度たりとて向けられたことのない瞳だ。

そんな二人の様子に、私は体の芯が冷たく凍えていくような感覚を味わっていた。

彼がここに来た瞬間、私は彼が庇ってくれるのではないかと、少し期待をしていたのだ。ここしばらくずっと、彼と肌を合わせていたせいか、彼と私との間に、特別な何かがあるかのように感じていたのだ。

そう、もしかしたら、彼が私を愛してくれているのかもしれないと。

しかし、そんなわけもなく。

当たり前だ。彼は私を憎んでいるのだから。彼が私を抱くのは、復讐と、単に性欲処理のためだ。

わかっていたはずなのに、わかっていなかった。

胸の痛みに耐えきれなくなった私は、二人をその場に残して、そっと隣室へと姿を消した。

ウィルスナー伯爵令嬢が来たその日の夜も、王太子はいつものように私の部屋にやって来た。

ただその日は、来るなり私の顎を掴み、無言で顔を覗《のぞ》き込んでくる。ひとしきり観察するかのように私の顔を眺め回した後で、ようやく彼が私を解放した。

「今日は、食事を殆《ほとん》ど食べていないと聞いた。どこか、調子が悪いのか？」

そう言って、眉をひそめて見詰めてくる。

私は驚いた。

確かに今日は、昼間の一件が尾を引いて、食欲が湧《わ》かなかったのだ。しかし何故彼が、そんなことを知っているのだ。

「……別に。どこも悪くはありませんわ」

「本当か？」

「ええ」

「……隠しているのでは、ないだろうな？」

やけに、しつこい。探るような視線に、思わず顔を逸らす。

本当、何なのだ。

殺したいほど憎んでいる人間の体調など、どうでもいいではないか。

「本当に何でもありませんわ。……それより殿下。今夜もこんなところにおいでになっては、周りにいらぬ誤解を生むのではありませんか？」

第一、彼にはウィルスナー伯爵令嬢がいるではないか。彼女を愛しているのであれば、こんな関係は即刻やめるべきだ。そもそも復讐するのに、彼がわざわざ手を下す必要はない。

一度大きく息を吐いた私は、目の前に立つ彼の、青味を帯びた銀の瞳をまっすぐ見詰めた。

「殿下。いつまでこんなことを続けるおつもりです？」

「……何が言いたい」

彼の瞳がスッと細くなる。しかし、怯《ひる》むことなく私は話を続けた。

「もう、いいではありませんか。殿下が私を憎んでらっしゃるのは十分承知しております。だったら、さっさと縛り首でも何でもなさればよいではありませんか」

「……」

「なにをそう、こだわっておいでなのです。もうこんな私のことなど捨ておいて、愛する女性のもとに行かれてはいかがです⁉」

最後は吐き捨てるように言う。

家のことは確かに心配だが、でももう、限界だった。

それに、あの父や兄のことだ、ここまできたら私の立ち回りによって不都合が生じたとしても、きっと何とかするだろう。むしろ私がここに捕らわれていることで、彼等が動き辛《づら》くなっている可能性の方が高い。

であれば。

そんな私をしばらく見詰めて、彼がおもむろに私の腕を取った。驚いて見詰め返すも、彼の顔からは何も読み取れない。

「……私のことは、憎んでおいでなのでしょう？」

「そうだ」

わかってはいたが、改めて彼の口から肯定されて、胸が切り刻まれるような痛みを訴える。

「……では、何故……、何故、未だに解呪をなさらないのです」

そう、何故か彼は、未だに婚約の誓約魔法を解呪していなかった。この状態では、彼がウィルスナー伯爵令嬢と婚約することはできない。

私にはもう、訳がわからなかった。

「私との誓約魔法などさっさと解呪なさって、私を始末なされればよろしいではないですかっ！　一体殿下は、何をなさりたいのですっ⁉」

感情の昂《たか》ぶりのまま、掴まれた腕を振り払う。

しかし、すぐにまた腕を取られ、抱き上げられて、私は必死に抗《あらが》った。

「嫌っ……！　離してっ！」

足をバタつかせ、拳《こぶし》で彼の胸を叩く。

だけど、所詮《しょせん》女の力でどうにかできるはずもなく。

無駄だとわかっていても、何度も魔法の詠唱を紡ぐが、部屋に施された防御魔法でそれすらも消されてしまう。そんな私の抵抗などものともせずに、彼が私を抱いたままベッドまで運ぶ。

そのまま私を組み敷いて見下ろす彼の目は、見慣れたあの冷たい瞳だ。

「嫌っ！　嫌っ！　やめてったら!!」

触れられて、激しい嫌悪が湧き起こる。彼が触った場所から、体の熱が奪われていくかのようだ。

必死に暴れて抵抗するも、圧《の》し掛かられ、あっさり体の自由を奪われて、私は自分の無力さ加減に絶望した。

「殿下、やめて……お願い……」

「……」

「お願いだから……リュシー……」

子供の頃の呼び名を口にした途端、私は、これまで堪《こら》えていたものが堰《せき》を切ったように溢れ出すのがわかった。

とめどなく流れる涙に、視界が霞む。彼に見られたくなくて、顔を背け、声を殺して静かに涙を流す。

すると、押さえつけていた手を放して、彼がゆっくり私の顔を拭ってきた。そのまま私を抱きしめる。

驚いて抵抗しようとした私に、しかし彼が強い口調で命令をした。

「いいから大人しくしろ！」

そう言って、体の位置を変えて私を胸に抱き込んでくる。更には掛け布を引き寄せて、互いの体をぴっちり包《くる》む。

訳がわからず動揺する私に、彼が——リュシリュールが、再び強い口調で声を掛けてきた。

「いいか!? お前のことは殺してやりたいくらい憎んでいるが、すぐには殺さない! 精々このまま苦しむがいい!」

そんなことを言いながらも、彼の手は優しい。私の頭を胸に引き寄せ、なだめるように撫でてくる。

そう、彼は昔から、こういうところがある。

嫌いだというのなら、とことんまで突き放せばいいのに、ギリギリ最後のところで優しさを見せる。

そんな彼だからこそ、嫌いになれなかったのだ。

だがそれは、とても残酷だ。そうやってずっと期待を持たされて、結局は彼はウィルスナー伯爵令嬢を選んだ。彼女と二人、睦《むつ》まじく笑い合う姿を初めて見せられた時、どれほど私が絶望したか、彼は知らない。

今日だってそうだ。どうせいつかは切り捨てる存在ならば、放っておいて欲しい。いたずらに優しさを見せて期待をさせておきながら、その期待をあっさりと裏切り、深く傷つけるのだから。

必死に嗚咽《おえつ》を堪えて泣く私を、抱き寄せ、優しく髪を撫でてくる。仕草だけを見れば、まるで愛されているかのようだ。

そのことが辛くて、苦しくて、ますます涙が止まらなくなる。

しかし、そんな彼の腕の中が心地よいのも事実で。

気付けば、いつしか私は、泣きながら眠りについていた。

それからの数日、彼が私を抱くことはなかった。部屋を訪れはするが、何とも嫌そうな顔をして嫌味を言って帰っていく。

だったら来なければいいのに、律儀《りちぎ》に顔を見に来る辺りは、彼なりに心配しているのだろうか。

本当、意味がわからない。

そんな彼に、私はますます精神的に追い込まれていった。


そんなある日、再びウィルスナー伯爵令嬢が私の部屋を訪れた。

今日は見たことのない護衛の騎士を、一人連れている。一緒に部屋へと入り、彼女の後ろに控えたのを見て、何故か私は胸騒ぎを感じていた。

護衛が主人の側《そば》に控えるのは良くあることだ。しかし、監禁中の私に護衛はいない。つまり、私に害をなそうと思えば、いくらでも簡単に害をなすことができるわけだ。

一瞬嫌な想像が頭をよぎるも、すぐにその考えを打ち消す。さしもの彼女も、いくらなんでも王宮で騒動を起こすことはあるまい。何より彼女は将来王太子妃になるわけだ、だったらなおさら今ここで、醜聞《しゅうぶん》を立てるわけにはいかないだろう。

瞬時にそこまで判断して、私はにこやかに笑って彼女を迎えた。

「まあ。今日は何の御用かしら？」

「……先日の、御無礼をお詫《わ》びしに参りましたの」

殊勝そうに、しおらしい態度でそんなことを言ってくる。ますます私は、警戒心を強めた。

彼女が私に謝りたいなど、微塵《みじん》も思うわけがない。一体何を企《たくら》んでいるのか。少なくとも、彼女が用意した物には手を付けないことだ。

などと考えていると、早速侍女が焼き菓子を皿に載せてその場に現れた。

「今、街で評判の店の、菓子ですわ」

「……」

「私、アニエス様のために、朝から行列に並びましたのよ？」

どうせ使用人に買いに行かせたのだろうが、まあ、口では何とでも言える。

「まあ、嬉しいわ。私、甘いものが大好きなんですの」

「もちろん存じておりますわ。ですから、是非、召し上がっていただきたくて」

そう言って微笑む様は、完璧《かんぺき》なまでに愛らしい令嬢そのものだ。

「許していただきたい、などとは思っておりません。ただ、申し訳なかったと思っているという私の気持ちをアニエス様に知っていただきたくて……」

視線を逸らせて瞳を伏せ、憂《うれ》いを帯びたその様子からは、微塵も裏などないように見える。いつも思うが、大した演技力だ。

そんな彼女を見詰め、様々な可能性に思いを巡らせた私は、同じく完璧な微笑みを浮かべて彼女に向き合った。

「許すも何も、何のことかしら。私、思い当たることはありませんわ」

「アニエス様、では……」

彼女の表情に、変わったものは見られない。

微笑みながらその様子を観察して、私は確信を強めた。

「でも、こちらはリーリエ様がわざわざ私のために用意して下さったんですもの、ありがたくいただくわ」

優雅に皿を取り、躊躇《ためら》いもなくそれを口に入れる。サクリとした歯触りとバターの芳醇《ほうじゅん》な味わいのそれは、確かに人気があるのも頷ける逸品だ。

食べ終わり、お茶を飲んだ私は、綺麗に微笑んで彼女に向き合った。

「本当、とっても美味しかったわ。さすが、リーリエ様のお見立てですわね」

「ふふふ。喜んでいただけて、嬉しい」

「リーリエ様もいかが？」

「そうですわね。じゃあ、私もいただきたいわ」

何とも馬鹿らしい遣《や》り取りだが、仕方がない。表面上は和《なご》やかに歓談しつつ、お茶を飲み、菓子を食べる。化かし合いとは、こういうことを言うのだろう。

そうこうする内に、侍女がお茶のお代わりを持ってやって来る。注がれたそれを手に取ろうとして、しかし私は、わざと手が滑ったふりをしてそれをこぼした。

「熱っ……！」

火傷をした振りをして、手を引っ込める。

そんな私に、そこで初めて、ウィルスナー伯爵令嬢の顔から笑顔が消えた。

「嫌だわ、私ったら……。ごめんなさいリーリエ様、折角おいで下さったけれども、今日はこれで――」

「…………本当、嫌な女」

舌打ちせんばかりの様子で、睨みつけてくる。

やはり。予想していた通りだ。

ようやく本性を現した彼女に、私は思わず微笑みを浮かべた。

菓子には細工をしていないと、思ったのだ。そんなことをすれば、真っ先に疑われるのはそれを持ってきたウィルスナー伯爵令嬢なわけで、さしもの彼女もそんな愚行は犯せないだろう。何より、警戒した私が口にしない可能性が高い。

そうとなると一番疑わしいのは、お茶、だ。

最初の一杯目は私が目の前で用意させたものだから問題ないとして、細工をするとしたら二杯目だ。用意をしたのは私の部屋の侍女ではあるが、侍女と彼女は繋がっていると私は確信していた。

というのも、そもそも監禁中の私の部屋に、ウィルスナー伯爵令嬢、彼女が来られること自体がおかしいからだ。

この部屋は、特定の人間しか出入りができないような結界が施されている。注意深く観察してわかったのだが、どうやら侍女の手首につけている腕輪が結界の鍵《かぎ》になっているようなのだ。先日の王太子の様子を見る限り、ウィルスナー伯爵令嬢がこの部屋の鍵を持っているとは考えにくい。彼の慌てようからして、勝手に彼女がここに来たのだろう。きっと、伯爵家の力を最大限に利用したに違いない。

現在、ウィルスナー伯爵家の派閥がどうなっているのかはわからないが、少なくとも数カ月前までは一番の権勢を誇っていたのだ、王宮内で彼らの力は未だ大きいと思われる。そんな彼らにとって、この部屋の場所を割り出し、使用人を買収するなど、容易《たやす》いことだ。それが証拠《しょうこ》に、前回彼女がここに来て以来、それ以前の使用人は全て変えられている。にもかかわらず、今日再びここに彼女が来られたということは、またもや使用人を買収したか、最初から新しい人員の何人かに伯爵家の人間を潜ませたのか。

王太子が私との誓約魔法を解呪していないこの状態では、ウィルスナー伯爵令嬢が彼と婚約することはできないわけで、普通に考えても伯爵家にとって私は邪魔者でしかない。伯爵家としては、娘を王太子妃にすることで、政治的権威を盤石《ばんじゃく》なものにしたいからだ。その目的のためであれば、彼等は手段を選びはしないだろう。何としてでも私を排除しようとするに違いない。

もはや殺意を隠そうともせず、私を睨みつけるウィルスナー伯爵令嬢の前で、まだカップに残っているお茶の中に匙《さじ》を沈めれば、案の定匙が黒くくすむ。色が変わったその匙を取り出して見せた私は、これ見よがしにため息を吐いた。

侯爵令嬢であり王太子妃候補であった私の体には、様々な護《まも》りの魔法が施されている。そのため、危害が及ぶような薬物が混入されている場合、手に持ったカトラリーが変色するのだ。

「……毒、ですわね。……殺したいほど憎まれてるだなんて、さすがに私もショックですわ」

私が死ねば、強制的に王太子の誓約魔法は解呪される。きっとそれが目的だろう。今回護衛を部屋に連れてきたのは、私の死体を運び出すために違いない。

なにより、私はいずれ処刑されるだろう女だ、しかもこんな密室に監禁されていて、殺すには非常に都合がいい。

再び深くため息を吐くと、ウィルスナー伯爵令嬢、彼女が器用に片眉を上げた。

「何を仰《おっしゃ》ってるのか、わかりませんわね」

「何を今更。これを見ても、まだしらを切るおつもり？」

変色した匙を見せ、肩を竦《すく》める。

そんな私に、しかし彼女が、何故かおかしそうに口元を押さえた。

「いやだわ、そんな物騒な」

「……」

「殺す、だなんて。アニエス様じゃあるまいし」

「じゃあこれは、どう説明するおつもり？」

呆れたように言って、彼女を見据える。

するとウィルスナー伯爵令嬢が、楽しそうにコロコロと笑い声を上げた。

「ふふふふ。殺しはしませんわ」

「……」

「……ただ、少うし、アニエス様には不都合な状態になっていただこうかと」

やけに余裕のその態度に、嫌な予感がした私は、慌てて彼女の後ろに目を遣《や》った。見れば、先ほどまで後ろに控えていたはずの護衛の男が見当たらない。

急いで立ち上がった私は、しかし、すぐに背後から拘束され、手で口を塞がれて、体の自由を奪われてしまった。

「――っ！」

「ふふふふふ！　油断、しましたわね？」

「――っ！　――――っ！」

「それ、毒ではないんですのよ？　…………媚薬《びやく》、と言えばわかるかしら」

そう告げる彼女は何とも楽しそうだ。まんまと私を出し抜けて、嬉しくてしょうがないといった様子だ。本当、性格が悪い。

「さすがに殿下も、貴女《あなた》が他《ほか》の殿方と寝台を共にしているところを見れば、目が覚めますでしょう？」

「――――っ！」

「アニエス様のためを思って、折角お薬を用意して差し上げましたけど、ご入用ではなかったみたいですね？　……ふふふ、そうですわよね、体で殿下を籠絡なさったくらいですもの、もともと淫蕩《いんとう》なアニエス様にはそんなもの必要ありませんわよね」

こんな状況だというにもかかわらず、どこまでも愛らしく微笑んで小首を傾げて見せる。

「……どうぞ、心ゆくまでお楽しみあそばして？」

護衛の男に羽交い締めにされ、もがく私を楽しそうに眺めてから、ふわりと立ち上がった彼女に、私はますます焦燥感を募らせた。このままでは、この男に無理矢理凌辱されてしまう。

王太子とあんなことをしておいて今更だが、それでもそれは、リュシリュール、彼だからこそであって、彼以外の男性に触れられるなど、死んだほうがましだ。何より、ウィルスナー伯爵令嬢、彼女にしてやられるなど、私のプライドが許さなかった。

一体この女は、どこまで私から奪えば気が済むのか。彼に愛されているだけでは足りないのか。

これまでの様々な思いが一気に私を襲い、憎しみで視界が真っ赤に染まる。

次の瞬間。

私の体から、ゆらりと魔力の波動が立ち上ると同時に、私を中心に嵐《あらし》のような突風が巻き起こった。

「ぐわあああっ!!」

「きゃああああっ!!」

護衛の男は壁に叩きつけられ、飛んできた家具に押し潰される。同じく壁に叩きつけられたウィルスナー伯爵令嬢が、踏みにじられた花の如《ごと》くに床に崩れ落ちた。

魔力が、暴走したのだ。強い負の感情が誘因になったのだろう。

しかしそれも数秒で、唐突にふっと風がやむ。

一気に魔力を放出した私は、荒い息を吐いてその場にへたり込んでしまった。

魔力の暴走とともに、先ほどの荒れ狂うような憎しみも収まっていたが、如何《いかん》せん体に力が入らない。

だが今のうちに、早くこの場から逃げなければならないだろう。見れば、ウィルスナー伯爵令嬢は気絶しているようだが、護衛の男は家具に押し潰されつつも、身動《みじろ》ぎをしているのがわかる。このままでは、そのうち家具の下から這い出してくるだろう。再び捕らえられる前に、何とか逃げなければならない。私はふらつく体を叱咤《しった》して、何とか立ち上がった。

その時、勢いよく部屋の扉が開けられて、驚いた私はその場に固まった。

「……殿下……」

慌ててやって来たのだろう、髪を乱して額に汗を浮かべた彼が、部屋の惨状に目を見開く。しかし、徐々に彼の瞳に険しさが増していく。

そんな彼に、私の胸は黒く塗り潰された。

一瞬でも、彼が助けに来てくれたのかと思った私は、本当に、愚かだ。

冷静になって周りを見渡せば、ちょうど彼の位置からは護衛の男の姿は見えない。荒れた部屋の中心に一人立つ私と、壁に叩きつけられてそのまま床に倒れたウィルスナー伯爵令嬢が見えるばかりだ。

案の定、急いでウィルスナー伯爵令嬢のもとに駆け寄った彼を、私は暗澹《あんたん》たる気持ちで見詰めた。

「アニエス、これはどういうことだ」

跪《ひざまず》いてウィルスナー伯爵令嬢を抱き起こし、鋭い視線を私に向けてくる。私を厳しく問い詰めるその視線に、私は何だか全てがどうでも良くなっていくような気分を味わっていた。

どうせ彼は、私の言うことなど信じはしないだろう。私がウィルスナー伯爵令嬢を襲ったのだと彼女が言えば、そちらを信じるに決まってる。

だって。彼は、彼女を愛しているのだから。

そして私は、またもや捨てられるのだ。

次の瞬間、私は踵《きびす》を返して駆けだしていた。

「なっ⁉　アニエスっ‼　待てっ‼」

ドレスが纏《まと》わりつき、もつれる足で必死に窓際まで走る。普段は閉じられているバルコニーに通じる窓だが、今は先ほどの衝撃で鍵が壊れて開いている。

割れたガラスを構わず踏んで、バルコニーまで出た私は、一気に手摺《てすり》のもとまで駆け寄った。

眼下には、庭園の芝と、今を盛りと咲き誇るバラの植え込みが見える。ここから落ちたのなら、まず、助からないだろう。

久し振りに外の風を頬に受けた私は、意外にも、晴れやかな気持ちでゆっくりと振り返った。

窓の側には、焦った様子で私の後を追ってきた王太子の姿が。

そんな彼に、ふわりと微笑みを浮かべれば、彼の瞳が驚愕で大きく開かれる。私が何をしようとしているのか分かったのだろう。

王太子、リュシリュールが、慌てて手を伸ばして駆け寄ってくる。

しかしそれよりも早く、私は手摺を乗り越えて、迷わずその身を宙に投げ出した。

三

トンッと、弾みをつけて手摺《てすり》から宙に舞う。一瞬だけ空に浮いた体が、直後、風を切って落下を始めた。

不思議と穏やかな気持ちで目を閉じ、地面へと吸い寄せられるままに力を抜いて体を委《ゆだ》ねる。この後に待ち受けているだろう未来にもかかわらず、今、私の心はとても静かだった。

ようやくこの苦しい物思いから、解放されるのだ。

それに、どうせ処刑される身だ。であれば。

しかし。何故《なぜ》かその時。

力強い手が私の体を手繰り寄せた。

「え……？」

ギュッと抱きしめられ、頭を胸に押し当てるように引き寄せられて、嗅《か》ぎなれた匂《にお》いが私を包む。

驚いて目を見開いた私の耳に、口早に魔法の詠唱を唱える低い声が聞こえてきた。

リュシリュール――彼だ。

事態が呑《の》み込めず混乱する私を強く抱き込み、共に落下しながら必死の様相で詠唱を続ける。

すると、落下する私達に逆らうように、地面から強い風が吹きつけてきた。

空気の層がいくつものクッションとなり、落下の速度が緩められる。更に強く守るように抱きしめられたと思うやいなや、ガサガサッという大きな音とともに強い衝撃に襲われて、私の意識はそこで途絶えた。

――――

――――

――

「……アニエス、気が付いたか……？」

「お父様……」

ぼんやり瞼《まぶた》を開けた私の目に、父の姿が映っている。今にも泣き出しそうなその顔は、何とも辛《つら》そうだ。

これは、夢、だろうか。

そっと頬《ほお》に手を添えられて、甘えるように再び目を閉じれば、優しく撫《な》でられる。その手からは温《ぬく》もりと、乾燥して硬い掌《てのひら》の感触が。

ツンと鼻につく、微《かす》かなインクの匂いまでがする。父の香りだ。

いつものように柔らかく髪を撫でられれば、泣き出したいくらいの安心感に包まれる。

夢ということもあって気が緩んでいるのだろう、思わず涙をこぼした私の頬を、父が優しく拭《ぬぐ》ってくれた。

「……本当に、すまなかった。お前に、辛い思いをさせてしまった……」

そう言う父は、苦しそうだ。

「だが、もう大丈夫だ。無理して王太子妃になんぞ、ならなくていい。かくなる上は、我が領を挙げて戦ったっていいんだ」

「お父様……」

「あの馬鹿《ばか》王太子が、どうしてもと、頭を下げて頼むからお前を預けたというのに、こんなことになるとは……！」

どうやら自分に都合の良い夢を見ているらしい。リュシリュール、彼が、蛇蝎《だかつ》の如《ごと》く嫌っている私の父に頭を下げるなど、絶対にあり得ない。

しかも今の話だと、まるで彼が私を妃《きさき》にと望んだかのようではないか。そんなことが、あり得るわけがない。

「あの馬鹿だけは絶対に許さんっ！」

「お父、様……？」

しかし一転、吐き捨てるようにそう言う父に、私は戸惑ってしまった。ギラリと瞳《め》を光らせた父は、異様な迫力に満ちている。

「お前を守るために部屋に閉じ込めたのは、百歩譲ってしょうがないとしても、あの下劣な男にお前の居場所を知られるだなどっ……！　お前の居場所を知られてはならないと、敢《あ》えてお前に接触をしなかった私達の苦労が水の泡ではないかっ！」

ギラギラと怒りに瞳を光らせた父は、思わず逃げ出したくなるほどだ。

夢にしては、何かがおかしい。

「挙句にこの騒動！　一歩間違えば死んでいたのだぞ!?　そもそも、あんな男の娘如きに何度も出し抜かれおってっ!!　そもそもあんなのに誑《たぶら》かされておったあの馬鹿は、お前に相応《ふさわ》しくないっ!!　今回、いくら体を張ってお前を助けたといっても、私は、絶対に許さんっ!!」

その言葉で、ようやく私はハッとなった。

これは夢ではない。現実だ。

「お父様!?　私、生きてるんですの!?」

慌てて体を起こすと、背中に腕を回して父が私の体を支えてくれる。

その確かな感触に、ますます私はこれが現実であるという認識を強めた。

「ああ、アニエス。生きてるよ」

「じゃあ、彼は……、殿下はどうなったのです!?　私の思い違いでなければ、確か殿下が私を庇《かば》われたはず……！」

間違いでなければ、彼が私を助けてくれたのだ。そうでなければあの高所から落ちて、生きていられるわけがない。

落下の最中、必死に私を守るかのように抱きしめていた彼の腕の感触が蘇《よみがえ》る。

彼は、無事なのだろうか。

私が無事だということは、彼が私を落下の衝撃から守ってくれたのだろう。ということは。

心配で血の気が引いた私に、父が苦々しい顔になった。

「……殿下も無事だ。ただ、落下の衝撃でまだ目を覚ましていないらしい。……今、国の治癒《ちゆ》術師達が治療に当たっている」

その言葉に、すうっと手先が冷たくなっていくのがわかった。

やはり、私を庇って大怪我《けが》を負ったのだ。意識がないということは、頭を打ったのか。

余程酷《ひど》い顔をしていたのだろう、そんな私に、父が深いため息を吐《つ》いてからなだめるように口を開いた。

「大丈夫だ。軽い脳震盪《のうしんとう》と腕の骨が折れたくらいで、他《ほか》は大した怪我ではないらしい」

「……腕の、骨が……」

「まあ、あの高所から落ちたにしては軽傷だろう。それに、治癒術師が治療しているのだ、怪我は問題ないはずだ。彼らの話では、すぐにでも目は覚めるだろうとのことだ」

確かに治癒魔法で治療をすれば、あっという間に怪我は治るだろう。だが、頭の打ちどころが悪ければ、そのまま目覚めないこともある。

父は軽い脳震盪と言っているが、私は心配で居ても立ってもいられなくなった。

「わ、私……、殿下に謝らなくては……」

私を助けるために、彼は怪我を負ったのだ。申し訳なさに、胸が潰《つぶ》れそうになる。

そんな私を見て、父が気持ちを落ち着かせるかのように私の髪を撫でた。

「心配しなくても大丈夫だ。王宮の御典医がそう言うのだから、大丈夫なのだろう」

「で、でも……」

「第一、お前が謝ることなど何もないではないか。あの部屋に刺客を招き入れてしまったのは、彼の失態だ。むしろお前を守ると言っておきながら、危険に晒《さら》した彼奴《きゃつ》こそ謝るべきだろう？」

とはいっても、私が飛び降りたりなどしなければ、彼が怪我を負うことはなかったのだ。あの場で起きたことを誰《だれ》がどこまで知っているのかはわからないが、多分父は、まさか私が自分から飛び降りたなどとは知らないだろう。

しかしそれにしても、未《いま》だに私は信じられなかった。

何故、彼は、私を助けたのか。あれほど私を憎いと言っていた彼が、何故、自らの身を危険に晒してまで私を助けたのか。

しかも、すでに落下していた私を助けたということは、彼もあそこから飛び降りたということだ。そうでなければ、説明がつかない。

いくら彼が風魔法に長《た》けているからといっても、一歩間違えれば彼も死んでいたのだ。殺したいほど憎いと言い、私を辱《はずかし》めることで報復をしていた彼が、何故。

それに、先ほどから父が言っている「彼が私を守ると約束した」とは一体何のことなのか。

何より、父がここにいることと話し振りから察するに、彼は秘密裏に父と手を組んでいたようだ。

いつの間にそんなことになっていたのか。余りにもわからないことが多すぎる。

混乱して黙り込んでしまった私を、しかし父が、優しく抱きしめてきた。

「……とにかく、お前が無事で、本当に良かった……」

「お父様……」

ぎゅっと抱きしめられて、目頭が熱くなる。

本当は、ずっと、ずっと、不安だったのだ。

王太子、彼の前では弱い自分を見せられないと強がっていたが、本当は捕らえられ、何の情報もないままに監禁されて、不安で、心配で堪《たま》らなかったのだ。

しかも、我が家が、家族がどうなったかもわからず、自分もこの先どうなるか知れない状態で日々彼に追い詰められて、苦しくて苦しくて気が狂いそうだった。

久々に父の温もりに包まれて、ようやく私の体から力が抜ける。子供の頃《ころ》に戻ったかのようにむせび泣けば、父が優しく背中を撫でてくれる。

私が泣きやむまで、父はずっと抱きしめてくれていた。


「……え？　じゃあ、我が家にお咎《とが》めは何もなかったのですか……!?」

父から事の顛末《てんまつ》を聞いた私は、その驚きの内容に愕然《がくぜん》となっていた。

父の話では、私がリュシリュール、彼の元から姿を消した後、王都にある我がドラフィール邸に、彼が何度も足を運んでいたというのだ。

しかし、私に会わせて欲しいと言う割に一向に用件を言わず、さりとて我が家に何らかの処遇を下すわけでもない。そんな彼に、当初ウィルスナー伯爵派閥が我が侯爵家の取り潰しを謀《はか》っていることを知っていた父達は、意図が読めずに非常に困惑したという。

当然警戒を強めた父達が、政治的に重要な取引材料であった私の居場所を教えるわけもなく。何故か伯爵派閥の動きも鳴りを潜めたその状態で、しばらくお互いの腹を探り合うような膠着《こうちゃく》状態が続いたらしい。

そんなある日、私が不在の状態にもかかわらず、一方的に王宮から私と彼の正式な婚姻の日取りの発表がなされ、訳がわからず驚く父達に、ようやく彼がその重い口を開いたのだそうだ。

「……つまり、あのまま私が王太子妃になっていたならば、我が侯爵家《うち》に権力が集中してしまう……。そうなると、それが面白くない貴族達――ウィルスナー伯爵派閥が、それに対抗すべく殿下の兄上を担ぎ出しかねない……だから、それを阻止するべく、やむを得ず私との婚約を破棄しようとした、と……」

リュシリュール、彼には、庶出の異母兄がいる。ただし、その異母兄の母君は元メイドであり、身分が低い。そのため、第一王子でありながら立太子はされなかったのだ。

しかし、その異母兄が王子であることにはかわりなく、第一王子こそを王太子にと擁護する貴族達が一定数いるのも確かな事実で。そのためには、国を二分しかねない余分な火種を断つべく、正妃の子であり第二王子であるリュシリュール、彼の立場をより盤石《ばんじゃく》にする必要があった。

だからこそ、第一王子派閥を牽制《けんせい》し、彼の立場を固める目的で、当時王宮内で一番の権勢を誇っていたドラフィール侯爵家の娘である私と、第二王子である彼の婚約がなされたのだ。

だが、徐々に勢力を強めていたウィルスナー伯爵家が、我がドラフィール侯爵家に対抗するべく、第一王子の立太子を画策した。そのことを憂慮した国王が、ウィルスナー伯爵令嬢を第一王子から遠ざける目的で、リュシリュール、彼と彼女が近づくよう我々に内密で謀ったのだという。

それに、あのまま私と彼がすんなり婚姻を結んでいたならば、我が侯爵家《うち》に権力が集中するわけで、それも国王にとって望ましいことではない。

つまり、政治勢力図の均衡化を図るために私との婚約を破棄して、代わりにウィルスナー伯爵令嬢を王太子妃に据えようとした、というわけらしい。

それが何故。今になって再び私を王太子妃にという流れになったのか。

結局、ふたを開けてみれば、我がドラフィール侯爵家の勢いを削《そ》ぐ目的でウィルスナー伯爵令嬢との婚約を進めたはいいけれども、それに調子づいたウィルスナー伯爵派閥が予想以上に暴走した、と。

ウィルスナー伯爵派閥が、宿敵であるドラフィール侯爵家を徹底的に潰すために、国王や王太子である彼の知らないところで、我が家の取り潰しを謀ったのだ。

そして、その謀《はかりごと》を知った我々が自領を閉鎖し、国に対して徹底抗戦をも辞さないという構えを見せたために、このままでは内紛が起きると、慌てて再び私を王太子妃にと担ぎ出した……というわけらしい。

父からそれらの話を聞いた私は、思わず鼻白んでしまった。

「…………策士、策に溺《おぼ》れる、ですわね……」

「まったくだ」

父も苦虫を噛《か》み潰したような顔で頷《うなず》いている。

それに。

「……殿下がウィルスナー伯爵令嬢に懸想《けそう》していたのも、事実でしょう？」

要は、彼等の恋が政治的思惑に丁度良く乗っかっただけなわけだ。

第一、どれが一番の目的かもわからない。いや、むしろ彼がウィルスナー伯爵令嬢と恋に落ちたからこそ、そういった政治的流れになったのではないだろうか。それが、我が侯爵家の予想以上に強固な抵抗にあって、慌てて舵《かじ》を取り直したとしか思えない。

そこまで理解して、私は、なるほどと、納得してしまった。

私を殺したいほど憎いと言いつつ、それでも執拗《しつよう》に抱いていたのは、ドラフィール侯爵家の血筋を持った次期後継を作るためだったのだ。

正妃となった私との間に王子さえできてしまえば、ドラフィール侯爵家が王家に対して反旗を翻《ひるがえ》すことはない。加えて、ウィルスナー伯爵家の娘を側妃として召し上げることの問題もなくなる。何故なら、私が産んだドラフィール侯爵家という強固な後ろ盾を持った王子を次期王太子に据えれば、いくらウィルスナー伯爵派閥といえども、そこに横槍《よこやり》を入れる余地はないからだ。それに、ウィルスナー伯爵派閥の娘を側妃とすることで、我が家に権力が集中することもなく、ひとまず彼等の不満も解消される。

つまり、私が第一王子を産めば、国として、政治的に非常に安定した状態を得ることができるわけだ。そしてリュシリュール、彼は、盤石な体制の下で、大っぴらに愛するウィルスナー伯爵令嬢を迎えることができるようになる、と。

まあ、敢えてそれらの情報を知らせず、私を囚人として扱っていたのは、私にやられたことへの意趣返しのつもりだろう。

なるほど確かに、私にあのまま死なれては困るわけだ。

それにもし今回、私が死んでいたのならば、父達が王家に対して刃《やいば》を向けることの口実を与えることになる。内紛の切っ掛けになるとなれば、それは慌てて助けもするだろう。

全《すべ》ては、政治的戦略のためであって、やはり彼は、私のことなど微塵《みじん》も思ってなどいないのだ。ただ単に彼は、国の安定のためにやむなく私を正妃にと望んだだけであって、その役割のためだけに私を生かしておきたかったのだ。

理解した途端、私は、心が冷たく凍りついていくのがわかった。

命懸けで助けられたことで、またもや期待したのだ。そんなことは、あり得るわけがないのに。

冷えた指先を、ギュッと握り込む。

すると父が、握りしめて白くなった私の手を、優しく包んできた。

「……アニエス。お前のことだから多分、私達のために自分の身を犠牲《ぎせい》にしようと思っているんじゃないか？」

言われて、私は視線を落とした。父の言う通りだったからだ。

さすがに私も自分の我儘《わがまま》で、家族と自領の民を危険に晒すつもりはない。いくら彼に憎まれ、そこに愛はないといえども、貴族の結婚など得てして皆そういうものだ。

しかし父が、優しくなだめるように私の頭を撫でてきた。

「無理をしなくていい。お前があの王太子とは一緒になりたくないというのなら、それはそれでいいんだ。そんなことは、どうとでもなる」

「お父様……」

「それに、あの馬鹿にお前はもったいないからな」

そう言って片眉《まゆ》を上げた父に、思わず私は笑ってしまった。

父の優しさに、強張《こわば》っていた心が柔らかく解けていく。そんな私に、何故か父が、意地の悪い笑みを浮かべた。

「第一、お前が王太子妃になりたくないと言って、困るのはうちではないからな」

「え……？」

ニヤリと笑って言われて、思わず戸惑ってしまう。

それは一体、どういうことなのか。

「……でも、彼にはウィルスナー伯爵令嬢がいるではないですか……。私が王太子妃にならないとなれば、彼女を妃に迎えればいいだけなのでは？」

そもそも彼は、彼女こそを愛しているのだ。むしろその方が彼にとっては都合がいいはずだ。

すると父が、驚いたような顔で私を見詰めたきた。

「は？　お前、何を言っておるのだ。……もしやあの馬鹿から、何も聞いていないのか？」

「え……？　あ、はい……」

彼からは、一切何も聞かされていない。そもそも、父のことすら知らされていなかったのだ、知っているわけがない。

戸惑う私をしばらく見詰めた後で、父が呆《あき》れたような顔になった。

「なんと……。あの馬鹿王太子は、本物の馬鹿だったか」

「……それは、どういう……？」

ますます意味がわからない私が、父にそう聞いたところで、何故か部屋の外が俄《にわ》かに騒がしくなった。ドアの外からは、何やら言い争うような声まで聞こえてくる。

一体何事かと、父と顔を見合わせた私だったが、次の瞬間、部屋のドアがノックもなしに唐突に開けられた。


慌てた様子で部屋にやって来たその人物を見て、思わず私は体を硬くした。

急いでやって来たのだろう、銀の髪は乱れ、肩で大きく息を吐いているところを見るに、走ってきたのか。よく見れば、服もところどころ破れて汚れている。どうやら目覚めてすぐ、ここにやって来たようだ。

勢い込んで部屋にやって来た人物、王太子――彼が、ベッドの上の私を見て、その瞳に気遣わし気な色を浮かべた。

しかしそれは一瞬で、すぐさまその顔が不機嫌にしかめられた。

「アニエス、お前――」

「殿下。いくら殿下とはいえ、いささか無礼が過ぎませんかな？」

すぐさま父が、彼と私の間に立ち、彼の言葉を遮る。その声は、凍《い》てつくほどに冷たい。

私の位置からは父の背中しか見えないが、冷たく静かな怒りがその全身から発せられているのがわかる。冷気で、部屋の温度が一気に下がったかのようだ。

「娘は今、目覚めたばかりでして。……どうぞ、お引き取りを」

有無を言わさぬ威圧感をもって、父が彼に告げる。その声には、長年政治の第一線に身を置いてきた者特有の、他者を黙らせ、従わせる力がある。

そんな父に、彼が明らかに歯噛みをしながら苦々し気に口を開いた。

「……無礼は百も承知だ」

「では――」

「だが！　お前達はこのままここを出ていくつもりなのだろうが!!」

責めるように言い募る。

しかし父は、全く動じた様子もない。

「それが何か？」

冷たく突き放すように言い放つ。その様は、思わず縮み上がりそうになるほどだ。

私が危険に晒されたことを、余程腹に据えかねているのだろう。

「娘を預けるにあたって、殿下は必ず娘を守ると仰《おっしゃ》った。……だが、結局はこの為体《ていたらく》だ。二度もウィルスナー令嬢の侵入を許したばかりか、挙句に私の娘は命の危機に晒された。これではとてもではないですが、殿下、貴方《あなた》にこれ以上娘を預けることはできませんな」

蔑《さげす》むようなその声に、しかし、リュシリュール、彼が、思わずといった様子で大声を出した。

「アニエスは王太子妃だ!!　王宮から連れ出すのは、許さん!!」

彼のその言葉に、私は、すうっと気持ちが冷えていくのがわかった。

来て早々、何を言うかと思えば。

私の無事を心配するわけでもなく、ただただ政治の道具である私を逃《のが》したくないと。本当、どこまでも、彼は自分の事ばかりだ。

静かな怒りが沸々と沸き起こる。

気付けば私は、ベッドから下りて父の前に立っていた。

「アニエス……」

私の姿に、彼の眉根が寄せられる。そこに何の感情があるのか、もうすでにどうでもいい私は、冷たく彼を見据えて口を開いた。

「殿下、お引き取りを。私は、王太子妃になどなりません」

「なっ……」

「そもそも、私は何も聞いておりません。本人が知りもしない、当然、了承してもいないことを、さも当たり前のように言うのはどうかと」

私の言葉に、彼の眉間《みけん》のしわがますます深くなる。私に反論されたのが、面白くないのだろう。

そんな彼に、私は蔑むような視線を向けた。

「というよりも、私。殿下の妃になど、なりたくありませんの」

彼の目が、驚きに見開かれる。その目をはったと見据えて、私は言葉を続けた。

「私にあんな仕打ちをしておいて、今更妃になど。よくもまあ恥ずかしげもなくそんなことを言えますこと。私、殿下の妃になるくらいなら、死んだ方がましですわ」

「……っ」

死んだほうがまし、の一言に、彼が息を呑む。

先ほどの出来事の後なのだ、私の言葉がただの誇張ではないことがわかったのだろう。

「お引き取りを。もう二度と、殿下にはお会いしたくありません」

本当に、彼の顔など二度と見たくはなかった。

それに彼だって、別に私にこだわる必要はないのだ。政治的に私が必要といえども、そんなのはどうとでもなる。それがわからない彼ではないはずだ。

目を見開いたまま、固まったように立ち尽くす彼に一瞥《いちべつ》をくれてから、私は笑顔で父へと向き直った。

「お父様、帰りましょう」

「そうだな」

私と彼の遣《や》り取りを見守っていた父の瞳には、楽しそうな光が浮かんでいる。普段は冷たく取り澄ました王太子が、私にやり込められているのが面白いのだろう。

未だ固まったように動かない彼を無視して、微笑《ほほえ》んで差し出された父の腕を取る。父と微笑みを交わしてから、ともに部屋のドアへと足を向ける。

しかしそんな私達に、ようやく我に返ったらしい彼が、慌てて行く手を遮るように私達の前に立ちはだかった。

「ま、待てっ!!」

「……」

「ここを出ていくのは認めない!!」

「……認めない、と仰られても」

「とにかく駄目だ!!」

やけに往生際が悪い。そんなにも私を利用したいのか。

ますます冷えていく気持ちのまま、私は無表情に彼に視線を向けた。

「駄目、と仰いますが、一体殿下に何の権限が？」

「……」

「いくら王太子殿下といえども、理由なく私達を拘束《こうそく》することなど、おできにはなれないはず」

「……」

「さ、そこをお退《ど》き下さいませ」

素っ気なく、言い放つ。

そんな私に、何故か彼が、傷ついたような表情《かお》になった。

しかしそれは一瞬で。すぐさまいつもの冷たい瞳に戻って、彼が私を見据えてきた。

「今、ここを出ていくということは、そのままそれは王家への離反と取るが？」

銀の瞳を光らせて、切り込むように見据えてくる。

その視線を真っ向から受け止めて、私はニコリと微笑んだ。

「どうぞ、どうとでも」

「……」

「むしろ、殿下こそ、よろしいのですか？」

「……どういうことだ」

「今の発言は、我が家への宣戦布告《せんせんふこく》、と取りますが」

「……」

私の言葉に、彼が黙り込む。

それはそうだろう、ドラフィール侯爵家を相手取るのは得策ではない。我が家との対立を回避したいがために私を王太子妃にと望んだのだ、ここで決裂したら本末転倒《ほんまつてんとう》だろう。

「そうですな。我が家はどちらでも」

更に父が、畳み込むように追い打ちを掛ける。

「王家《そちら》はもう、一度我らを見限られた。それでも、どうしてもという貴方の言葉を信じて娘を託しましたが、それをそちらから反故《ほご》にするというのなら、我々とて考えがあります。二度目、はありませんのでな」

父の言葉に、しかし彼が、不機嫌そうな顔になった。

「見限るも何も、そなたが話を聞かなかったのだろう？」

「さて、それは。むしろ陛下のご対応が遅れたのが問題では？」

「……」

肩を竦《すく》めた父に、彼が黙り込む。

何やら含みを感じさせる会話だが、もはや私にはどうでもよかった。

政治的思惑がなんであれ、どちらにしろ彼が愛しているのはウィルスナー伯爵令嬢であって、私ではない。そんな彼にこれ以上振り回されるのは、まっぴらごめんだった。

「話すことはもうございませんでしょう？　さ、殿下。そこを退いて下さいませ」

再び彼に向き直り、切り上げるように言う。

けれども一向に、彼は動こうとしない。

一体、何だというのだ。

「……これ以上、何か？　殿下も私如きに、無駄な時間は使いたくはありませんでしょう？　話がないのなら、お退きになって下さいな」

「……」

「殿下」

これ以上は、お互い話し合うことなど何もないはずだ。

無駄なことを嫌う彼が、何故。彼らしくもない。

私は段々イライラとしてきた。

本当、何なのだ。

しかしそんな私達にもかかわらず、父だけは一人、何とも楽しそうだ。私と彼とを見比べて、何故か吹き出したいのを堪《こら》えているように見える。

訝しく思った私が首を傾《かし》げて見上げると、遂には父がくつくつと笑い出した。

「お父様……？」

「……くくく、く……ぐ……で、殿下……。い、言いたいことは、それだけ、ですかな……？」

「……」

「……でしたら我々は、もう帰りたいのですが……」

父の言葉に、彼の顔がしかめられる。

訳がわからず戸惑う私に、ようやく彼が、重い口を開いた。

「……出ていくのは、許さん」

「……だからそれは――」

「行くな、と、言っている」

そう言って、不機嫌そうにそっぽを向く。思わず私は、ぱちくりと目を瞬《しばた》いた。

「……はい？」

「だから！　行くなと、言っているんだ！」

そうは言いつつも、彼の顔は何とも嫌そうだ。嫌々言っているようにしか、見えない。

そこまでして、私を王太子妃に据えたいか。

呆れた私は、深い、深いため息を吐いた。

「……殿下、いい加減にして下さいませ」

「……」

「我がドラフィール侯爵家を、何とかして王家に取り込みたいのはわかりました。しかしだからといって、好きでもない、ましてや殺したいほど憎んでいる女を、わざわざ妃にすることはないのでは？　我が家《うち》と交渉なさりたいのでしたら、他の方法をお取りになればよろしいじゃありませんか。やりようでしたら、いくらでもあるかと」

何をそうこだわっているのか。

本気で呆れる私に、王太子――彼が、ますます顔をしかめる。これ以上は、話すだけ無駄だろう。諦《あきら》めた私が父を促そうとして、しかしそこで、彼が怒ったように口を開いた。

「だから！　行くなと、言っているんだっ！」

「殿下、いい加減に――」

「行くなと、行って欲しくないと、言っているんだっ!!」

その言葉に、思わず動きを止める。

見れば、嫌そうに顔をしかめてはいるものの、彼は真っ赤だ。

「くそっ!!　何で私がこんなことを言わねばならんのだ!!」

怒ったように言われて、私は冷たい目を彼に向けた。

「……だったら、言わなければいいではありませんか」

「なっ！」

「……っ！」

「別に無理をされる必要はないのです。そんな嫌々言われても、言われるこちらも不愉快です」

「何をそうこだわっていらっしゃるのかわかりませんが、とにかく私は、殿下の妃になんてなりたくもないですし、なりませんから」

突き放すように、言い放つ。

すると彼が、明らかに傷ついた顔になったため、思わず私は動揺した。

今更、何故。訳が、わからない。

「……殿下、早くそこを退いて下さい」

「…………嫌だ」

「殿下……」

「うるさいっ！　とにかく、ここを出ていくのは許さんっ！」

「……」

「私がここまで言っているのだというのに、何故わからんのだ！　お前はいつもそうだ！」

吐き捨てるように言われて、さすがに私の我慢に限界がきた。

何故わからないのだと言われても、わかるわけがない。彼は、いつもそうだ。

気付けば私は、大声を出していた。

「わかるわけがないでしょうっ!?　殿下はこれまで、散々私のことは嫌いだと、憎いと仰ってきたではありませんかっ！　だったら私など、このまま厄介払いなさったらよいのですっ！　それを今更行くな、だなどとっ……！　意味がわかりませんっ!!」

そう言って、ギリギリと睨《にら》みつける。

しかし彼が、さらに大きな声で言い返してきたため、咄嗟《とっさ》に私は手で耳を塞《ふさ》ぎ、体を竦めた。

「うるさいっ!!　だから何度言えばわかるのだっ!?　私が、アニエスお前に、ここにいて欲しいと、言っているのだっ!!」

大声で怒鳴られたため、耳がキーンと音がする。

しかし、耳鳴りが収まり、徐々に言われた意味がわかるにつれて、ますます私は混乱した。

彼が私にいて欲しいとは、どういうことなのか。全くもって意味がわからない。

しばらくそのまま考えた私は、その言葉の奥にある意図を探るよう、彼に声を掛けた。

「……それはつまり、殿下が私にここにいて欲しい、ということですか……?」

「そうだ！　何度もそう、言ってるだろうが！」

「……しかし殿下。無理に私をここに留《とど》め置くメリットがありません。私を人質になさりたいのかもしれませんが、それでは我がドラフィール侯爵家を完全に敵に回すことになります。それはそちらにとって最《もっと》も望まない展開なのでは？」

私の言葉に、何故か彼が額に手を当てて項垂《うなだ》れる。

すると、それまで私達の遣り取りを見守っていた父が、堪え切れないといった様子で吹き出したため、私はますます訳がわからなくなってしまった。

「……ぶふっ……で、殿下……、いい加減、観念したら、どうです……?」

「……きちんと、わかりやすく言葉にしなければ、わからないかと……」

「……」

「……」

どうやら父には事情がわかっているらしい。笑いを噛み殺して、訳知り顔でそんなことを言う。

そんな父に、およそ王族とは思えないような悪態を吐いた後で、ようやく彼が観念したように私に向き直った。

その顔は、しかめられているものの、真っ赤、だ。

「……アニエス……、お前に、出ていって欲しくない……。側《そば》に……、私の側に、いて欲しい……」

「それは……」

「……政治的に、ではなく、私個人の希望として、言っている」

「……」

「だから……、私の妃として、ここに、私の側に、いて欲しい……」

視線は逸《そ》らされたままだが、その様子からは彼が嘘《うそ》を言っているようには見えない。

そんな彼をまじまじと見詰めて、私は大きくため息を吐いた。

「……殿下」

「……」

「嫌、です」

彼の目が、驚愕《きょうがく》に見開かれる。

ようやく私と視線を合わせた彼に、私は冷たく言い放った。

「謹《つつし》んで、辞退、させていただきます」

「なっ……！」

目を見開いたまま、固まってしまった彼に冷たい一瞥をくれてから、父に向き直る。

私と彼の遣り取りを楽しそうに見守っていた父に笑顔を見せて、私は再びその腕を取った。

「それではお父様、帰りましょう」

父が片眉を上げて、私と同じ水色の瞳を煌《きら》めかせる。

いいのか、と目線で問われて、私はそれに小さく頷いて答えた。

私の長年の思いを知っている父としては、私の下した決断が意外だったのだろう。

とはいえ、彼が私にしてきた仕打ちと今回の騒動の本当の顛末を知ったのなら、きっと父は怒り狂っていたのだろうが。それこそ本気で謀反《むほん》を起こしかねない。

けれども、私はそれを父に伝える気はなかった。

それにあれは、私と彼唯一の、互いの秘密だ。不思議と私は、凌辱《りょうじょく》し貶《おとし》められる行為であったはずのそれが、嫌ではなかった。

「そうだな、帰るとしよう」

「まっ、待てっ！　待ってくれっ!!」

父のその言葉に、それまで固まったように動かなかった彼が、再び慌てた様子で私達の前に立ちはだかる。

そんな彼に、思わず私は憐《あわ》れみの視線を向けた。

「……なんです？」

「待ってくれ、アニエス！　何故だ⁉　どうして……っ⁉」

まさか私に拒絶されるとは、微塵も思ってはいなかったのだろう。激しく動揺し、取り乱しているのがわかる。途方に暮れたような顔で縋《すが》るように私を見詰める彼は、どこか子供のようだ。母の愛を確かめるためにわざと傷つけてみせる幼子のように、何をしても私ならば受け入れてくれると、本気で思っていたに違いない。

「何故……と、言われましても……」

「お前は私を……」

言葉を途切れさせた彼をしばらく見詰めて、私は静かに口を開いた。

「殿下。心ならば、いくら傷つけても構わないとでもお思いですか？」

「……っ」

「殿下は私を、いくら切り付けても傷つかない鋼の女のようにお思いのようですが、私とてただの人間です。か弱い女です。心ない言葉を言われれば傷つきもするし、それが元で壊れもします。……殿下にどのようなお考えがあって、これまで私にあのような仕打ちをしてきたのかは存じませんが、さすがに私も疲れ果てました」

「……」

「何事も、限度、というものがございます。人の思いも同じです。与えるばかりで返されなければ、いつかは尽きるものです」

「……それはつまり、もう思いは尽きた、と……？」

苦し気に聞かれて、胸が痛みを訴える。その痛みに気付かない振りをして、私は、視線を外して話を逸らした。

「第一、殿下はウィルスナー伯爵令嬢こそを愛しておいでですでしょう？　なのに何故、今更私にそんなことを言うのです。殿下がなさっていることは、私への侮辱行為であると同時に、彼女への裏切り以外の何物でもないのですよ？」

自分の言葉で、自分が傷つくのがわかる。

そう、結局私は、それでも彼が好きなのだ。

あんな仕打ちをされて何故、とも思うが、人の心は単純ではない。刷り込みと言われても、子供の頃からの思いはそう簡単に消えてはくれない。だからこそ、私は彼と一緒にいたくはなかった。

これ以上傷つけられるのは、懲り懲りだ。だってもう、散々傷つけられたのだから。

「ウィルスナー伯爵令嬢を愛しておられるのならば、彼女こそを王太子妃になさいませ」

再び視線を合わせ、言い聞かせるかのように言葉を紡ぐ。

そんな私に、彼が肩を落として小さく息を吐いた。

ようやく諦めたかと、私も心の中で息を吐く。しかし、彼の次の言葉は私の予想に反したものだった。

「……リーリエが王太子妃になることは、ない」

「それは……」

「アニエス、お前を迎えに行く前に、彼女とは既に話が終わっている」

「……」

「それに今回の騒動で、ウィルスナー伯爵家は正式に爵位を返上させられることになるだろう」

先ほどからの父と彼の遣り取りからして、きっと私の知らないところで何か政治的意図が働いているのだろう。

だが私には、すでにどうでもよいことだった。彼が彼女を愛しているのかいないのか、それすらも今は興味がない。

「……だとしても、お断り致します」

「……」

「ウィルスナー伯爵令嬢と殿下、お二人の間で何があったか存じませんが、もはや私には関係のないことです」

「……」

「とにかく私、殿下といることに疲れてしまいましたの。殿下もこんな可愛《かわい》げのない女など早く見限って、どなたか他の御令嬢をお探しなさいませ」

これ以上、彼と話すことなどない。目線で父を促し、足をドアへと向ける。

けれどもそれをさせまいと、彼がまたも私達の行く手を塞いでくる。本当に、しつこい。

呆れた私の深いため息の音を聞いて、彼が焦った様子で言葉を重ねてきた。

「ではっ！　では、どうしたらよいのだっ⁉」

「……」

「どうしたら側にいてくれるのだっ⁉」

「どうしたら……と仰られても……」

「他の令嬢をと言われても、お前以外は考えられないから言っているのだっ‼」

必死に食い下がってくる彼に、思わず戸惑ってしまう。こんな彼は初めて見る。

「……た、確かに、これまでは悪かったと思う……。許せとは言わん。……だが、やり直す機会が、欲しい」

まっすぐにこちらを見詰め、真摯《しんし》に言われて、激しく動揺する。隣を見上げれば、肩を竦めて父が片眉を上げてくる。

再び目線でどうするのだと問われて、私はますます動揺してしまった。

その時だ。

部屋の外が騒がしくなったかと思ったら、勢いよく扉が開けられた。

呆気《あっけ》に取られてそちらを見れば、そこには、金の髪に青銀の瞳の王太子によく似た人物が立っていた。

「……オーブリー殿下……？」

第一王子であり、リュシリュール、彼の二つ上の兄である。

何故ここに、と思う暇もなく、つかつかと側にやって来た第一王子が、片膝《ひざ》をついて私の前に跪《ひざまず》いた。

「アニエス嬢。我が弟の数々の無礼、お許し下さい」

「で、殿下……？」

呆気に取られる私の前で、跪いたままその手を胸に当て見上げてくる。同じ青銀の瞳ながら、それは弟とは違う柔らかな色合いだ。

驚いた私が見詰め返すと、金のまつ毛に縁どられたその眼《め》が、切な気に伏せられた。

「アニエス嬢……、弟の口からは言いにくいでしょうから、私に弁解をさせて下さい」

「あ、兄上……!?」

兄の突然の登場に、リュシリュール、彼が、私達のもとに慌てて一歩を踏み出す。

しかし第一王子が、そんな彼を牽制するかのように一瞥し、深いため息を吐いた。

「リュシー。どうせまたお前は、しょうもない意地を張って言うべきことを碌《ろく》に言っていないのではないか？」

「そ、それは……」

兄の言葉に、彼がグッと喉《のど》を詰まらせる。

そんな彼に残念なものを見るような視線を向けてから、第一王子が再び私に向き直った。

「ウィルスナー伯爵令嬢のことは、実は全て、現王室と体制に不満を持つ派閥を炙《あぶ》り出すための、狂言なのです」

「……」

「弟がウィルスナー伯爵令嬢、彼女に近づいたのは、全て私のためだったのです。それに、弟は――」

「兄上っ！」

何故かリュシリュール、彼が、焦ったように第一王子の言葉を遮る。

しかしそれにも構わず、オーブリー第一王子が話を続けた。

「――弟は、未だ清い身のままのはず。誓約魔法により、弟が貴女《あなた》以外の女性と実質的に婚姻を結ぶことができないということは、ご存じでしょう？」

その言葉に、思わず私は固まった。

「そもそも婚約の誓約魔法をというのは、弟と貴女が婚約するにあたって、侯爵《そちら》が出された条件だったはずです。アニエス嬢は、ご存じではなかったのですか……？」

固まる私に、オーブリー王子が訝し気な顔になる。まさか誓約を結んだ本人が知らないとは、思いもしなかったのだろう。

「そう、なのですか……？」

問うように、隣の父を見上げる。すると父が、無言で頷きを返してきた。

ということは。

「……では、もしや殿下はあの時……？」

驚いて見れば、真っ赤になった顔の彼が、私と視線が合った途端に気まずそうにその顔を逸らす。

つまりは、肯定、ということか。

そんな私達の遣り取りから色々察したのだろう、オーブリー王子が驚いたような顔で私と彼とを交互に見詰めてきた。

「え……？　では、お二人は……」

「……」

「……」

聞かれて、互いに押し黙る。さすがに、気まずい。

世間では結婚まで純潔が守られるのが当然とされている中で、いくら婚約者同士だったとはいえ関係を持っているということを知られるのは、やはり後ろめたいものがある。

そんな私達を見比べて、オーブリー王子が一人、合点がいった様子で頷いた。

「でしたら、なおのことお二人は一緒にならなくては」

「……」

「それに、御子のこともありますしね」

納得がいった様子で頷いて、ホッと安堵《あんど》した顔を見せる。

まあ、普通に考えたらその通りなのだ、私と彼が一緒になるのが当たり前だと誰もが思うことだろう。

しかし、問題はそこではないのだ。

「……いえ。御子が授かる可能性はありません」

「えっ……!?」

私の言葉に、彼とオーブリー王子が同時に驚いたような顔になる。特に、リュシリュール、彼の顔が、サッと青ざめたのが傍目にも分かった。

「……それは……」

「御子ができないよう、この身に魔法が施してありますので」

初めての時、彼と関係を持つにあたって事前に避妊魔法を掛けておいたのだが、それはまだ解呪《かいじゅ》されていない。解呪を施す暇もなくすぐに隣国に旅立たねばならなかったというのもあるが、どうせこの先結婚は無理な身であれば、別に解呪の必要もなかろうと思ったから、というのもある。そして結果的に、そのことが私を守ってくれたわけだ。

「ですから殿下、御子を心配なさる必要はありません」

その言葉に、オーブリー王子が呆気に取られた顔になった。

リュシリュール、彼はというと、ショックを受けた様子を見せた後で、昏《くら》く翳《かげ》った瞳で私をじっと見詰めてくる。その顔に、私は内心やはりと頷いていた。

彼の意図がどこにあったにせよ、このひと月かふた月の間、彼が私を妊娠させようとしているのではないかということには薄ら気が付いていた。

その時は何故そんなことをするのか訳がわからなかったが、今ならばわかる。さしずめ子供ができていれば、私が王太子妃になることを拒めないと見越してのことだろう。

「し、しかし！　そうはいっても、それではアニエス嬢はっ……！」

「この先私、結婚する気はございませんので。それと、この件に関しまして殿下に責任を取っていただく必要もございません」

私とて、傷物の身で他に嫁《か》せるとは思っていない。

しかし、そんなことはどうでもいいのだ。

「とにかく。私が王太子妃になることはありません」

きっぱりと言い切る私に、オーブリー王子が返す言葉を失ったように押し黙る。

そのままリュシリュール、彼を見遣《みや》った私は、表情を一切なくしたかのような彼の様子に、ズキリと胸が痛むのを感じた。

とはいっても、彼とやり直す気にはなれないが。

そもそもやり直すも何も、彼と私ではやり直すほどの関係があったわけでもないのだから。心の中で小さくため息を吐いて視線を逸らす。

その時、同じタイミングでため息の音が聞こえたため、思わず私は驚いて彼に視線を戻した。

「……そうか。……わかった」

「……」

彼の顔は、悟ったような、何かを決意したかのような表情《かお》だ。どうやら、ようやく諦める気になったらしい。

ホッとすると同時に、チクリと小さく胸が痛む。

そんな私に青銀の瞳を据えて、彼が静かに言葉を続けた。

「では私は、王太子を降りよう」

「…………は？」

「王太子位を降り、兄上にお譲りする」

一瞬、何を言われたのかわからず頭が混乱する。

次いで、徐々に言われた意味を理解するにつれて、私は絶句してしまった。

王太子であるために、あれほど努力してきた彼が、何故。第一、王太子でありたいがために私と婚約したのではないか。

「リュシー!? な、何をっ……!?」

固まる私を尻目《しりめ》に、オーブリー王子が驚いた様子で後ろの彼を振り返る。慌てて立ち上がり、側に寄った兄王子に、彼が静かな目を向けた。

「そもそも私は、王太子に相応しくありません」

「そんなことはっ……!」

「これまで王太子たるために、極力自分の感情は殺し、何事にも動じないよう常に冷静であろうと努力して参りました。ですがやはり、自分には難しいようで。こんな私では、この先王となり一国を預かることになる王太子の役目など、とてもではないですが担えないかと」

「そんなことはない!!」

「いえ。現に今、この国の王太子として取るべき判断を、私は選ぶことができません」

「それはっ……」

「何より、兄上こそ、王太子に相応しいかと。……………侯爵も、そう思うであろう?」

話を振られて、父が器用に片眉を上げる。

「……さあ。私からは何とも」

その口調からは、父の真意はわからない。だが、この状況を面白がっていることは確かだ。

興味深そうに彼を見詰めて瞳を眇《すが》めると、おもむろに、父が私を振り返った。

「アニエス。お前はどう思う？」

「……」

「リュシリュール殿下はそう仰ってるが、お前もそう思うか？」

一斉に、その場の視線が私に集中する。

父の、こちらを試すような、そしてどこか揶揄《からか》うような水色の瞳を見返して、私は小さくため息を吐いてリュシリュール――彼に向き直った。

「殿下……」

「……」

「意味が、わかりません」

「……」

「何故今になって、王太子位を降りるなど……」

すると私の問い掛けに、彼がふいっと顔を逸らせた。

「王太子妃にはならない、のだろう？」

「…………は？」

思わず、間抜けな声が出る。

そんな私にちらりと視線を送って、彼がその眉間にしわを寄せ、言葉を続けた。

「つまり、王太子妃は嫌だ、と」

「だからそれが何――」

「……だったら、私が王太子を降りればいいのだろう？」

不貞腐れたように、言う。

これではまるで、売り言葉に買い言葉だ。気付けば私は大声を出していた。

「何を言っているんですかっ⁉　それこそ意味がわかりません！　私が王太子妃になりたくないからと言って、何故殿下が王太子を降りる必要があるのです⁉　それとこれとは関係がないではありませんか！」

先ほどの言いざまでは、まるで私のせいで王太子を降りると言っているようなものである。責任転嫁も甚《はなは》だしい。一体彼は、どこまで私を馬鹿にすれば気が済むのだ。

しかし、すかさず負けじと大声を出されて、私は驚いて目を見開いた。

「うるさいっ‼　関係があるからそう言っているのであろうがっ‼」

「なっ！」

「アニエス、私はっ！　お前と一緒にいるためならば、王太子を降りても構わないと言っているのだっ‼」

その言葉に、思わず動きを止める。

目を見開いたまま動きを止めた私に、リュシリュール――彼が、怒ったように言葉を続けた。

「そもそもこのように、私情を優先させる私は王太子には相応しくない！　だから、王太子位は兄上にお譲りする!!」

「……」

「何だ、まだわからんのか!?」

固まる私に、苛立《いらだ》ったように聞いてくる。その顔は、何とも不機嫌そうだ。

そんな彼の顔をしばらく見詰めて、私は大きく息を吐き出した。

突然そんなことを言われても、わかるわけがない。というよりも、わかりたくもない。

そんな言い方をされて喜ぶとでも、本気で彼は思っているのだろうか。それとも、多くを語らなくとも察しろと、この期に及んでまだ私に甘えるか。

だとしたら、彼は救いようのない大馬鹿者だ。散々彼に傷つけられてきた私は、この件に関しては、一歩も引くつもりはなかった。

「……わかりません」

冷たく、言い放つ。

「殿下が何を仰りたいのか、何をしたいのか、私にはサッパリ。理解が、できません」

「……」

今度は彼が、深い、深い、ため息を吐く。

片手で顔を覆って項垂れてしまった彼に、父とオーブリー王子が気の毒なものを見るような目を向けた。

しばし沈黙が、その場に落ちる。その後で、ようやく彼がその顔を上げた。

そのまま私の前までやって来る。眉間のしわは、ますます深い。すぐ目の前に立ち、ギリギリと私を睨みつけくる。

射貫くような視線を真っ向から受け止めて、私は静かにその銀に光る瞳を見詰め返した。

彼自身が変わらない限り、私達にこの先はない。それは、どんなに睨まれようと、罵《ののし》られようとも変わらない。しかし。

次の瞬間、彼がその場に片膝をつき、胸に手を当てて、ゆっくりと跪いた。

「……アニエス・ドラフィール侯爵令嬢……」

一語一語、噛んで含めるように、言う。

そこから再びしばらく押し黙った後《のち》、覚悟を決めたように彼が口を開いた。

「……貴女を………愛して……おります……」

「……」

「どうか、私の妃に……なっていただきたい」

静かな部屋に、彼の声だけが響く。けれども。

彼の顔はしかめられたまま、だ。青い瞳は銀の光を弾《はじ》いて、射殺さんばかりに私を睨んでいる。

いくらなんでも、これはない。

再び大きく息を吐き出した私は跪く彼を見下ろして、冷たい視線を向けた。

「……そのような顔で仰られても……」

「……」

私の言葉に、オーブリー王子が居《い》た堪《たま》れない様子で口元に手を当て視線を逸らす。父は、というと、やはりこの状況を楽しんでいるようだ。

「……これまで私、散々殿下には、憎いと、嫌いだと、言われて参りました。にもかかわらず、そんな嫌そうなお顔で仰った言葉を、信じろと……？」

「……くっ……」

「………無理なら私──」

「わかった！　悪かった!!」

「……」

「だから、もう一度やり直させてくれ!!」

私の言葉を遮り、怒鳴るように言い縋る。その顔は、怒っているかのように赤い。

まあ実際、怒っているのだろうけれど。

「ああーっ！　……くそっ!!」

「……」

「アニエス、お前が好きだっ、必要だっ！　お前がいなくなってみて初めて、お前がいかに私にとって大事な存在かわかったのだっ！　だから、私の妃になって欲しいっ!!」

「……」

「これまでのことは、本当に悪かったと思ってる！　お前と一緒にいられるためならば、王太子位を退いてもいいと思うほどにお前が大事だ！　この顔は……許せ。これぱかりは自分ではどうしようもない。……とにかく、私はお前がいないとダメなんだっ!!」

自棄《やけ》になったようにそう言う彼は、これ以上ないくらい、真っ赤、だ。そんな彼に、むず痒《がゆ》くなるような喜びが、じわじわと私の胸を満たしていく。

しかし。まだ、だ。

この先のことを考えたら、今、キチンとせねば、私達は同じことを繰り返す。だからこそ、私は心を鬼にして――まあ、多分に楽しんではいるけれども――、敢えて冷たい声と態度で彼に向き合った。

「……それを、信じろと……？」

「…………わかった」

私の言葉に、彼が肩を落として項垂《うなだ》れる。

さすがに彼も心が折れたのかと私が思い始めた時、彼が小さく呪文《じゅもん》を唱える声が聞こえてきた。そのまま素早く私のスカートの裾《すそ》に手を伸ばし、体を屈《かが》めてそこに口付ける。

途端、銀の光を放って誓約魔法の魔法陣が、私と彼を囲うように現れた。

「私、リュシリュール・ドミエ＝マギノビオは、アニエス・ドラフィール令嬢ただ一人を、生涯《しょうがい》の妻とすることを我が身をもってここに誓う。それにあたって彼女ただ一人を愛し、慈しむと誓う！」

唖然《あぜん》とする私に、再び彼が手に持ったスカートの裾に口付ける。

最上級の敬意、というよりも、この場合は服従を示す行為だ。少なくとも、一国の王子がやって良い行為ではない。

しかもこの形の誓約魔法は、解呪ができない類《たぐい》のものだ。魔法陣の光が収縮し、彼の身の内へと消えていく。これでもう、解呪は不可能だ。

完全に魔法の光が消えた後、跪いたまま、呆然《ぼうぜん》とする私を見上げて、彼が、リュシリュールが、まっすぐに私の瞳を見詰めてきた。

「……アニエス。これで、信じてもらえるだろうか」

突然の出来事に、呆然とする。

一体彼は、何てことを。

嘘偽りの言葉では誓約魔法は完成しない。つまり、先ほど彼が誓った言葉は彼の本心、ということだ。

それは、わかった。まあ、色々と聞きたいことは山ほどあるが、とりあえずはわかった。

問題はそこではない。この誓約魔法により、強制的に私は彼と婚姻せざるを得なくなった、ということだ。

彼は先ほど、その身をもって、つまり、命を契約の担保として私ただ一人を妻とし愛すると誓ってしまった。ということは、この先彼は私以外の女性と結婚はもちろん、子を成すことはできない。それは、彼が王太子で在《あ》り続けるためには、私との婚姻が必要不可欠、ということだ。

先程彼は、王太子を降りると言っていたが、彼の一存で王太子位をどうこうできるほど、それはそんな甘くも簡単な話でもない。そもそも、オーブリー王子を王太子に擁立《ようりつ》しようとしていた反体制派

を一掃するために、わざわざ大掛かりな茶番劇を打って出たのではなかったのか。

何よりオーブリー王子は、確かにお人柄は良い方かもしれないが、如何《いかん》せん立太子するには後ろ盾がなさすぎる。ドラフィール侯爵家《こうちゃく》が後援したとしても、それは難しいだろう。

第一、リュシリュール、彼の母親である現王妃派が黙っていない。それこそ、国を二分する争いが起きるのは目に見えているのだ。いくら彼自身が兄王子を推したとして、それに賛同する者達はまずいない。

それに、これまで彼が築いてきた王太子としての実績がある。王太子として実直に仕事をこなし、先王の時代に荒れた国土を今の国王と再建に尽力する彼は、国民にとても人気があるのだ。

そんな彼が王太子を降りるなど、最初から無理な話なわけで。

そして、誰より私がそれを望まないことを彼は知っている。さすがに私も祖国に争いを起こしたくはない。つまり。

私を強制的に絡め取るための戦略、なわけだ。

「……殿下。……こんな誓約をしろと、誰が言いました？」

「……」

「こんなことをして、私が喜ぶとでも……？」

確かに、信じられないと、証《あかし》を示せと言ったには違いない。

けれども、こんなやり方は望んでいない。私が望んだのは、もっと些細《ささい》なことだ。

それなのに。

「どんな手を使ってでも、お前を逃したくはない」

悪びれもせずに、言う。そんな彼に、思わず握った拳《こぶし》に力が入る。

しかしそれは、彼がそれほどまでに私を必要としてくれている、というわけで。

彼の性格を考えれば、今はこれが精一杯だろう。何より、あのプライドの高い彼がここまでしたのだ。まさか彼がそこまでするとは、私も思っていなかった。私とてそれが嬉しくないわけではない。

つまり、ここが引きどころなのだろう。

目を閉じて、大きく息を吸い込み、ゆっくりと吐き出す。

瞼を開けた私は、未だ跪いたままの彼を見据えて、静かに口を開いた。

「……殿下のお気持ちは、わかりました」

「……」

「ただこのやり方は、余りにも私の気持ちを無視したやり方かと存じますが？」

「……そうだな」

彼もわかっているわけだ。ならば。

「それで。殿下は、私にどうして欲しいわけです？」

私の言葉に、彼が居住いを正す。

跪いたまま片手を再び胸に当てて、彼が優雅にその頭《こうべ》を垂れた。

「アニエス・ドラフィール侯爵令嬢。私には貴女が必要です。どうか私、リュシリュール・ドミエ＝マギノビオの妻となっていただけませんか？」

流れるように、求婚の言葉を口にする。

先ほどまであんなに抵抗していたとは思えぬ、涼やかな口上だ。

なんやかんやあって、彼も腹を括《くく》ったのだろう。もしくは開き直ったか。

乞《こ》うように頭を垂れた彼の頭を見下ろして、私は小さくため息を吐いた。

「わかりました」

その言葉に、彼がゆっくりと顔を上げる。それと共に、それまで息を詰めるように私達の遣り取りを見守っていたオーブリー王子の息を吐く音が、静かな部屋に響き渡った。

「ただし」

しかし、その一言で、再びその場に緊張が走る。

硬い顔で私を見詰めるリュシリュール、彼を見下ろして、私は再び口を開いた。

「ただし、条件があります」

「……」

「私は、今日まで散々殿下に甚振《いたぶ》られて参りました。……酷く、酷く、傷つきましたし、追い詰められました」

私の言葉に、彼が瞳を伏せる。さすがに彼も、悪いと思っているのだろう。

「……傷つけられた心は、そうすぐには癒《い》えません」

「……本当に、すまない……」

そう言って、頭を下げる。

項垂れた彼をしばらく無言で見詰めてから、私は再び息を吐き出した。

「ですから、傷つけられた私の心が癒えるよう、殿下にはご尽力いただきたく」

「……それはつまり……？」

「償っていただきたいのです」

訝し気に顔を上げた彼の瞳をまっすぐ見据えて、私は一息に言い切った。

「殿下が私を必要だと思って下さる気持ちはわかりました。ですが、これまでがこれまでですから、すぐに気持ちを切り替えることはできません。ですから、お言葉だけでなく、行動で、如何《いか》に私が大事かということをお示しになっていただきたいのです」

「それはもちろんだ」

一体何を要求されるのだろうと身構えていた彼が、ホッと安堵したような顔になる。きっと、無理難題を吹っ掛けられると思っていたに違いない。

そんな彼を静かに見詰めて、私はそのまま交渉を続けた。

「では、殿下の態度が今のお言葉のものとそぐわない、と私が判断しましたら、私は問答無用《もんどうむよう》で殿下の元を離れさせていただきます。加えて、いつでも出ていけるよう、この身の自由は確保させていただきます」

再び閉じ込められては堪らない。それに、いつでも出ていけると思えばこそ、彼との関係を考えることもできるというものだ。

その言葉に、彼が戸惑いを浮かべる。

まさか今の話の流れでそうなるとは、思わなかったのだろう。

「そ、それは……」

「できないのですか？」

「いや、そういうわけではないのだが……」

「ならば、問題ないですわね？」

言外にそれ以外の選択肢はないのだということを匂わせて、口の端だけで微笑む。

するとようやく観念したらしい彼が、渋々といった様子で頷いた。その様子を満足げに眺めてから、私は父を振り返った。

「お父様……」

「……まあ、いいんじゃないか？」

そう言って、彼と私とを交互に見遣る。

「そうだな、気に入らないことがあればいつでも戻ってくればいい。それに、離宮という手もあるからな」

王太子妃になったとして、必ずしも王宮にいる必要はない。過去には何人か、病気や何やの理由で離宮に引き籠《こも》っていた妃もいる。あるとすれば子供の問題だが、それこそそれは兄王子がいるのだから問題ないだろう。何なら外交を兼ねて、諸外国を飛び回っていたっていい。

やりようならいくらでもある。後はどれだけ彼が誠意を見せてくれるか、だ。

彼と婚姻せざるを得なくなった今、腹を括った私は決然と父に頷いて見せた。

◇

それからは、怒濤《どとう》のような日々だった。

私が彼に捕らえられる前から婚姻の発表は為《な》されていたために、既に婚姻の儀式まで日はなく、ひたすらその準備に追われることになったのだ。

仮にも国の王太子の結婚なのだ、やらねばならないことは山ほどある。しかも、準備期間の大半は私が不在の状態であったため、王太子妃側の準備がほぼ手を付けられずにいたのだ。そのためこの約ひと月は、眩暈《めまい》のするような忙しさの中、慌ただしく過ぎていったのだった。

そして、晴れて今日。

無事婚姻の儀式を終えた私は、今、王太子夫妻の部屋で彼の訪《おとな》いを待っていた。

彼とこうして二人きりで過ごすのは、随分と久し振りのことだ。

実はひと月前の騒動の後から今日まで、私は彼と碌に話をしていなかった。余りの忙しさにゆっくり話をする時間を取れなかったというのもあるが、一番の理由は、私が彼を避けていたからだ。

あの日、王太子妃になる条件として、彼の私への態度を改めると同時に、心ない言葉や態度で傷つけてきたことを償って欲しいと言ったわけだが、それによって私達の関係が劇的に変わったわけではない。さすがに酷い言葉を言われるようなことはなくなったが、依然彼と私との間には壁がある。

確かにあれから彼は、私を気遣う態度や、ぎこちなくはあるけれども優しい言葉らしきものを掛けようと努力している態度を見せるようになった。しかしながら、未だ恋人に対する態度には程遠い。

私としても、すぐに劇的な変化があると期待していたわけでもないし、それを求めるのは酷だということもわかっている。ただ、かつてウィルスナー伯爵令嬢との睦《むつ》まじい姿を知っている私としては、彼のぎこちない態度を見る度に、どうしても比べてしまうのだ。

彼女にはいとも容易《たやす》く取れていた態度が、何故私には。

あの日、私を愛していると、大事だと言っていた彼の言葉に嘘はないだろう。けれども。

私との婚約破棄は反体制派を炙り出すための茶番劇だったとはいえ、彼がウィルスナー伯爵令嬢に惹《ひ》かれていたのも事実だ。

実はあの後、私の兄から聞いたのだが、王家側にそういった動きがあることはわかってはいたけれども、王太子の態度が明らかにウィルスナー伯爵令嬢に惹かれているものであったため、それが茶番劇であると確証が持てなかったのだという。

本当にそれが見せかけのものであればいいが、王太子《彼》の心変わりで見せかけが本当のことにもなりかねない。その場合、策を講じておかなければ我が家は取り潰しの憂き目にあう。だからこそやはり私は、あの時は交渉材料としてああするより他はなかったのだ。

そのことに後悔はない。ただ。

過去とはいえ、彼がウィルスナー伯爵令嬢に心を奪われていたということが、未だ私の中で消えない棘《とげ》として深く胸に突き刺さっていた。

それに、本当にそれは過去のものなのだろうか。

敢えて詳しくは聞いていないが、王太子妃となる私の部屋に無断で侵入し、弑《しい》そうとしたとして、彼女は捕らえられて国外に追放されたという。ウィルスナー伯爵家は取り潰しとなった今、彼女はなにも持たないまま国外追放の処分を受けることになったのだ。

それは実質処刑と変わらない。これまでやんごとない令嬢として育てられてきた彼女に、生きる術《すべ》は持ち合わせていない。であれば、身一つで国外に追放された後の彼女の行く末は目に見えている。

彼はそのことを、どのように思っているのか。彼が時折見せる寂しそうな瞳は、彼女を思ってのものなのではないだろうか。あれほど慈しんでいた相手だ、心が残っていたっておかしくはない。

聞いてみたいが、聞きたくない。何より今の私達の関係で、彼が私に話してくれるとも思えない。

だから私は、努《つと》めて彼女のことは考えないように、触れないように過ごしていた。


婚姻の儀を終え、彼と正式に夫婦となった私だったが、部屋で彼を待つ胸中は暗く沈んだままだった。

そんな時、ノックの音とともに部屋の扉が開き、寝台に腰掛けていた私は気持ちを切り替えるよう姿勢を正した。

「……」

「……」

寝衣に着替え、上にガウンを羽織った彼が、無言で私の隣に座る。

既に散々関係を持ってきた私達だが、彼の告白を聞いてから共に夜を過ごすのは、今日が初めてだ。

監禁されていた間はいざ知らず、公に彼の婚約者としての立場に戻ってからは、さすがに一緒の部屋で休むことは憚《はばか》られたからだ。

それに、何より私がまだ彼を受け入れ難かった。きっと私のそんな気持ちがわかっているのだろう、特に彼も必要以上私に触れることは避けている様子だったのだ。

しかし、今日はそういうわけにはいかない。既に体の関係があるとはいえ、王太子夫妻の初夜の閨《ねや》が綺麗《きれい》なままでは、周りにいらぬ憶測をさせるもとになる。それこそ、ほぼほぼ粛清《しゅくせい》されたとはいえ、反体制派に付け入る隙《すき》を与えかねない。まだまだこの国は、一枚岩ではないのだ。

だからこそ、今の王室の立場を固める——すなわち国の安定のためにも、私達の関係が上手《うま》くいっていることを内外にアピールする必要がある。私達は、名実共に睦まじくあらねばならないのだ。

覚悟を決めて、ふっと小さく息を吐き出す。

するとそれを合図に体の向きを変えた彼が、そっと私の頬に手を添えた。

「……」

顔を上げ、彼の瞳を覗《のぞ》き込む。光量を落とされた薄暗い部屋の中では、銀の瞳の奥にある彼の気持ちは読み取れない。

しばらく互いに探るように見詰め合った後、私は静かに視線を落として瞼を伏せた。

すると、同じく小さく息を吐き出した彼が、おもむろに私を抱きしめてきた。

「……アニエス、これまですまなかった」

「……」

「お前がまだ、傷ついているのは知っている」

思わず私は体を固くした。彼は、何を。

わかっていても、やはり傷口を触れられるのは辛い。

そんな私に、彼が抱きしめる腕に力を込めた。

「……お前が言った条件を、私はまだ満たしていない。……だから今日は、このまま寝よう」

言いながら、優しく背中を撫でてくる。

そのまま私を寝台に横たえ、毛布を掛けて胸に抱き込むように抱きしめてくる。その様子からは、何かする気配は一切ない。言葉の通り、このまま一緒にただ寝るつもりなのだろう。

そんな彼に、堪らず私は体を離して声を上げた。

「何を言っているのです!? そんな訳にはいかないでしょう!?」

本当、何を言っているのだ。このまま何もせずにいていい訳がないことくらい、彼だってわかっているはずだ。

「私の気持ちを慮《おもんぱか》って下さるのはありがたいですが、それとこれとは別です！ 私だってわかっております！」

私とて、何の覚悟もなく王太子妃になったわけではない。なったからには務めを果たす覚悟で、ここにいるのだ。

もちろん、彼が約束を果たさない場合は問答無用で離れるが、それまでは王太子妃として、求められることにはきちんと応《こた》えるつもりだ。

何より今日、私達の結婚を祝うために各地より集まった国民が沿道を埋め尽くす光景に、私は圧倒されると同時に、ひしひしと王太子妃としての責任の重大さを改めて感じていた。

そう、王太子妃となった今、私個人の感情よりもまずはその責務が優先される。それを果たすためには、私は私の出来得る限りで努力をするつもりだった。

「……わかっている」

「ならば……！」

「だが私はもう、お前を傷つけたくはないのだ」

そう言って、彼が深く息を吐く。

「確かに私達には責務があるが、だからといって個人の感情を無視してまですべきだとは思わない」

「……」

「……今更なのはわかっているが、私はアニエス、お前と本当の意味で結ばれたいと思っている」

静かに、真摯な眼差《まなざ》しで見詰めてくる。そんな彼に、私はじんわり胸が温かくなっていくのを感じていた。

けれども。

抱き寄せられ、再び彼の腕に閉じ込められた私は、彼の不意の隙をついてその体を反転させた。

「なっ⁉　アニエス何をっ……！」

彼の上に跨《また》がり、素早く呪文を唱えてその体を拘束する。

まさか私がそんな動きをするとは思っていなかったのだろう、彼は私にされるがまま、だ。仕上げに彼の両手を魔法の蔓《つる》で縛り上げ、頭上に上げさせる。

驚愕に目を見開いた彼を見下ろして、私は艶然《えんぜん》と微笑んだ。

そのまま、ゆっくりと彼の寝衣に手を掛ける。すると、ようやく我に返ったらしい彼が、慌てたように制止の言葉を掛けてきた。

「まっ、待て!! アニエスお前、何をする気だ!!」

上に跨った私を振り落とそうと体を捩《よじ》るも、魔法で拘束された体は殆ど動かすことはできない。それでも、必死になって私を止めようとする彼に、私は綺麗に微笑んでみせた。

「殿下」

「……」

彼が、ピタリと動きを止める。

体の上に跨ったまま、そんな彼の青銀の瞳をひたりと見据えて、私は静かに言葉を続けた。

「お嫌ですか?」

「……や……、そういうことでは……」

「だったら、私にお任せ下さい」

「なっ!? そういう問題ではないっ!」

「……では、どういう問題で?」

焦った様子で反論する彼に、微笑んだまま冷たい視線を送る。

確かに、私と本当の意味で結ばれたいのだという彼の言葉は嬉しかったが、それでもやはり、今日ばかりは私情を優先するわけにはいかない。王太子である彼と王太子妃となった私、二人の婚姻はすでに個人の問題ではないからだ。

「……私は既に覚悟を決めております。殿下は違うのですか？」

「ち、違いはしない……違いはしないが、だがっ！」

「だったら、良いではありませんか。……それに、今更でしょう？」

私の皮肉に、彼がグッと言葉を詰まらせる。互いにあんなことを散々していたのだ、それこそ今更である。

「……それとも……こんな状況では、その気にはなれませんか……？」

言いながら、そっと片手を彼の下半身に滑らせる。

太腿《ふともも》の上に置いた手で、寝衣の上からゆっくり撫で上げると、ビクリと彼が体を強張らせた。

「…………殿下」

「……」

「…………これは……？」

手に触れたそれは、熱く硬く主張している。問うように見れば、サッと隠すように彼が顔を逸らせる。その顔は、薄暗がりの中でもわかるほどに、赤い。

「……ふふ……ふふふふ……」

「……」

「殿下……。殿下のここは、意見が違うようですが……？」

気まずそうな彼の様子に、思わず笑みがこぼれる。普段取り澄ました彼が見せるそんな姿に、徐々に私は気持ちが解《ほぐ》れていくのがわかった。

しかし、すぐまた脳裏にウィルスナー伯爵令嬢と睦まじく笑い合っていた彼の姿が蘇る。

彼の素の顔を知っているのは、私だけではないのだ。そして多分、私以上に彼女の方が彼のことを知っているに違いない。

体の関係はなかったとはいえ、彼と彼女は明らかに心を通じ合わせていた。朗らかに優しく彼女を見詰める彼の姿を、私は何度遠くから見てきたことだろう。そこには、私達にはない親密さが。彼は私を必要だと言ってくれたけど、今日まで終《つい》ぞそんな笑顔を見せてくれたことはない。

そう。私と彼女は違う。

スッと、心の温もりが冷たく冷《さ》めていくのがわかる。

こんなにも近くにいるのに、彼と私はどこまでも遠い。


「……殿下は……」


思わず、言葉がほろりとこぼれ落ちる。

そこにあるのは、無防備で弱い自分、だ。

しかし、行き場を失った言葉を、私はすぐさま自分の中に押し込めた。

多分、彼の私への執着は、初めて体の関係を持ったそれに違いない。一般的に女性ほどではないが、男性も初めての相手には特別な思いを抱くと聞く。あんな始まり方をしたからこそ、彼は私への怒りや欲望といった執着を愛と混同したのだろう。であれば、色々と納得がいく。

そこまで考えて、私は砂を噛むような虚《むな》しさに胸が蝕《むしば》まれていくのを感じていた。

すると、そんな私の心の動きがわかったのだろうか、彼が訝し気な顔で私を見上げてきた。

「アニエス……？」

探るようなその視線から、スッと顔を逸らす。

私は今更一体何を。

そんなことは、最初からわかっていたことではないか。きっと、彼の言葉に期待してしまったのだ。

「お前、泣いて――――、……うっ！」

手の中のそれを、やんわり握って扱《しご》き上げる。

途端、切な気に眉をひそめて呻《うめ》き声を漏らした彼に、私の心が落ち着きを取り戻した。

「……くっ、アニエス！　やめっ……うっ！」

やめろと言うものの、手の中の彼はますます硬い。布越しにもはっきりとわかる先端の溝に指を押し当てて擦れば、じんわりそこが熱く濡《ぬ》れていく。

彼の顔もしかめられてはいるものの、赤く上気し、明らかに感じているのがわかる。身を捩って我が身を苛《さいな》む刺激に抵抗しようとするその様も、ただ快感に身悶《みもだ》えているようにしか見えない。

そんな彼の姿に、次第に私は、心が被虐的な満足感で満たされていくのがわかった。

「……はっ……はぁ、は……」

荒い彼の呼吸に、徐々に私の熱も上がっていく。

見れば、いつの間にかそこは、彼のこぼしたものでぐっしょり濡れて張り付いている。手についたそれは、ぬるりと滑りを伴って糸を引いている。

ちらりと視線を前に向ければ、彼が羞恥《しゅうち》に顔を染め上げた。

「……殿下。感じてらっしゃる、のでしょう……？」

彼に見せつけるように、銀の糸を引く濡れた手を見詰めてみせる。

更に顔を赤くした彼を見下ろして、私はにっこりと微笑んだ。

「ふふふ。随分と好《よ》さそう、ですわね……？」

「………くっ……！」

私の言葉に、彼が悔しそうに顔をしかめて横を向く。そんな彼に気を良くした私は、彼の寝衣のシャツに手を掛けて、ゆっくりボタンを外していった。

シャツをはだけさせれば、白く滑らかに隆起した胸が現れる。更にはだけさせれば、硬く割れた腹筋が。

そっと割れた筋肉の溝に指を置いてなぞれば、彼がビクリと体を震わせた。

「……殿下」

「……」

「……随分、体つきが……」

「……」

彼と再会した時も思ったが、初めて彼の体を見た時と違い、今は随分とそこには筋肉がついている。さすがに騎士達のそれには程遠いが、最初の頃に比べれば、随分と男らしい体つきになったと思う。

別に私は逞《たくま》しい男性が好きだというわけではない。ないけれども。

「……ずっと気になっておりましたけれども……、殿下。あれから鍛えてらっしゃったのですか……?」

その言葉に、彼が不機嫌そうに顔をしかめる。

だが、耳まで真っ赤、だ。

「もしかして……、私が前に言いましたことを、気にしてらしたので……?」

初めての時、言外に貧相だと言われたことを気にしていたのだろうか。

すると、ますます顔を赤くした彼が、横を向いたまま不貞腐れたように口を開いた。

「……別に、気になどしておらん」

「……」

「ディミトロフの奴《やつ》がうるさいから、剣の鍛錬を増やしただけだ」

「……そう、ですか……」

彼がそう言うのなら、そうなのだろう。

一瞬、私に言われたことを気にして体を鍛えたのかと期待した私は、ふっと自嘲《じちょう》的な笑みを浮かべた。

しかし何故かそんな私に、彼が向き直ってジッと見詰めてくる。

何だと思って見返すと、彼が怒ったように聞いてきた。

「……お前は、ディミトロフみたいなのがいいんだろう?」

「…………は?」

思わず、間の抜けた声が出てしまう。

「あいつのように、逞しい男が好きなのだろう？」

言われて、まじまじと彼を見詰める。

すると、彼が眉をひそめてふいっと顔を逸らせた。

「……よく、演習場で見学していたではないか」

確かに一時期私は、騎士の演習場に出入りをしていた。しかしそれは、私の乳兄弟が騎士の見習いになったからだ。別に、騎士が好きで見学に行っていたわけではない。

だが、何故それを彼が知っているのか。

驚きとともに彼を見詰めれば、ますますその顔が不機嫌そうにしかめられる。これではまるで、嫉《しっ》妬《と》しているかのようではないか。

「……気にしてらっしゃった、のですか……？」

しかし、その問い掛けに答えはない。彼は、不機嫌に押し黙ったままだ。

けれども、私の中で何かくすぐったいような、甘い疼《うず》きが湧《わ》き起こるのがわかった。気付けば先ほどの、胸に隙間《すきま》風が吹くような虚しさは消えている。

代わりに、甘く痺《しび》れるような感覚がじわじわと満ちていく。その思いに任せて優しく彼の体を撫でれば、顔を横に向けたまま、彼が静かに吐息を漏らす。

そんな彼の様子に、不意に私は、愛《いと》しいような切ないような思いに襲われた。

「私は……」

言いながら、彼の体を撫でていた手を、徐々に下へと滑らせる。

静かに寝衣のズボンの隙間から手を差し入れた私は、そっとそこにあるものを掌で包み込んだ。

「……私は別に、逞しい方が好きだというわけではありません」

「……くっ……」

「演習場に通っていたのは、乳母《うば》の子が見習いになったからです」

「はっ……う……」

既に彼は、一切の抵抗はせず私の手の動きに身を委ねている。じんわりと汗ばんだ体が、彼がこの行為で感じていることを教えてくれている。

身体《からだ》の動きを封じられ、腕を縛り上げられているのだというのに、今の彼はそれを拒絶し怒っている様子はない。

その瞬間私は、彼に全てを許され、受け入れられているような感覚に陥っていた。

「殿下……」

「ふっ……くっ……ア、アニエスっ！　ま、待っ――ぐぅっ‼」

握ったそれが一層硬く膨らみ、彼の制止を待たずにビクビクと私の手の中で何度も跳ね上がる。慌てて手を放すも、既にそれは大量の欲望を放った後で。

「…………あ……」

放心したように、べったりと白濁にまみれた手と彼の顔とを交互に見詰めれば、彼がギュッと目を瞑《つむ》って真っ赤になった顔を横に向ける。

しばらくそのままでいた後、ようやく我に返った私は、シーツで手を拭ってから彼の拘束を解いた。

「……あの……」

「……」

「……申し訳ありません……」

恐る恐る、窺《うかが》うように謝る。

しかしそんな私の腕を取って、未だ顔の赤い彼がいきなり引き寄せたため、バランスを崩した私は堪らず彼の胸の上に倒れ込んでしまった。

「で、殿下……？」

「うるさい！　もう寝るぞ！」

怒ったようにそう言って、体の位置を変えて私を拘束するかのように腕で抱き込んでくる。

更には掛け布を引き寄せ、ぴっちり互いの体を包んだため、私は彼の胸に抱き込まれた形で身動きが取れなくなってしまった。

「夫婦の証はなったのだ！　もういいだろう！」

「……」

「……本当に、お前という奴はっ！　これだからっ……！」

どうやら本気で怒っているらしい。ぎゅうぎゅうと締め上げるように抱きしめてくる。

さすがにやりすぎたことを反省していた私は、大人《おとな》しく彼にされるがままに任せることにした。

でも何故か、私の胸には温かいものが。更には彼の匂いと温もりが、微睡《まどろ》みを誘う。

いつしか私は、彼の鼓動を聞きながら眠りについていたのだった。

「はあっ……くっ……！　アニエスっ、やめろっ……!!」

腕を縛り上げられた彼が、堪《こら》え切れないように身を捩《よじ》る。

しかし、顔はしかめられているものの、その頬《ほお》は快感に上気し目元が潤んでいる。うっすらと赤味が差した汗ばんだその体で、耐えるように、しかし敏感に反応するその様は、何とも扇情的《せんじょうてき》だ。

その日もそんな彼の上に跨《また》って、私は揶揄《やゆ》するように口の端を吊《つ》り上げた。

「……本当に？　……本当にやめて、いいんですの……？」

「……くぅっ……！」

言いながら、後ろ手に掴《つか》んだその指先で、彼の先端を擦《こす》るように押し潰《つぶ》す。

途端、苦しそうに呻《うめ》き声を漏らした彼に、私は楽しそうに微笑《ほほえ》んだ。

ここ最近何度となく行われたその行為で、彼の感じる場所はわかっている。最初の内こそタイミングがわからず何度か失敗はしたけれども、今では彼の反応は学習済みだ。どこをどう触れば彼が感じるのか、耐えられなくなるのか、手に取るようにわかる。

強く張り詰めたその怒張を何度かきつく扱《しご》き上げて、その瞬間に、見計らったように私は手を止めた。

「………ぐっ……うっ……！」

与えられるはずだった絶頂を寸前で止められて、彼が苦しそうに体を折り曲げる。縛り上げられた腕には血管が浮き、胸の筋肉が盛り上がっているところを見るに、相当力を入れているのだろう。

その手のことに疎《うと》い私でも、男性が射精を止められるのは辛《つら》いことだということは薄ら知っている。

しかも、今日はもう何度も我慢をさせられているのだ、多分今、彼は相当辛いはずだ。

彼の腹に跨ったまま、額に汗を滲《にじ》ませ荒い呼吸を吐く彼の頭を抱えた私は、そっとその耳に唇を近づけた。

「……殿下。……お辛いでしょう……？」

「……」

「無理を……なさらなくても良いのですよ……？」

優しく息を吹き込むように、甘言を囁《ささや》く。

ついでとばかりに耳朶《じだ》を優しく食《は》めば、彼がビクリとその体を震わせた。

「……殿下が望まれれば、私は、いつでも……」

「……ぐぅっ！　……やらんと言ったら、やらんっ！」

本当に、強情だ。

結婚してから一体何度、この遣《や》り取りが繰り返されたことだろう。

諦《あきら》めた私は、ため息を吐《つ》いてから彼の頭を解放した。

「……いつまで意地を張るおつもりで？」

言いながら、彼に掛けた拘束《こうそく》魔法を解く。

「私は貴方《あなた》の妻なのですから、お好きに使ったらよろしいではありませんか」

「うるさい！　意地を張っているのはお前の方だろうが！」

呆《あき》れたようにそう言うと、その日も彼が怒ったように私を抱き寄せてきた。

ちなみに、彼は全裸だが、私はきっちり寝衣を着込んでいる。そして今日も、私の寝衣が乱れることはない。

そのまま強く抱き込み毛布を掛けて、寝る姿勢に入る。――が、私の腹の辺りには、熱した石のように硬い彼のものが当たっているのだが。

ここ数日、絶対彼は眠れていない。きっと今日も、まんじりともせず過ごすのだろう。

まあ、その精神力は称賛に値する。けれども。

再びため息を吐いた私は、そっと片手を体の間に潜り込ませた。

「なっ……」

「殿下。さすがに体に悪いですから」

そう言って、腹に当たっている彼のものを握り込む。

彼のこぼした体液で、既にそこはぐちゃぐちゃだ。

「……くぅっ！」

「……いいですから、いって、下さい」

掌《てのひら》を溝に宛《あて》がい、先端を握り込むようにして擦り上げる。彼の好きな触り方だ。

相当我慢していたのだろう、二度三度扱いただけで、手の中のものがすぐにドクドクと熱い液体を吐き出した。

「……はあっ、はあっ……はっ……」

未《いま》だビクビクと痙攣《けいれん》するそれを握り込んで、吐き出されたものをすくい取り、拭《ぬぐ》うようにシーツに擦《なす》り付ける。

一応、夫婦として行為をしているというアピールだ。お陰で周りには、私達は仲の良い夫婦だと思われている。

しかしながら彼と私の間には、所謂《いわゆる》新婚夫婦の甘い雰囲気はない。むしろぎこちなさを感じる私達だが、何故《なぜ》か周囲の目は生温かい。本当、解せない。実際は私達がまさかこんなことをしているとは、誰《だれ》も思わないだろう。

そう、私と彼は、結婚してからまだ一度も夫婦の行為をしていなかった。初日があれだったというのもあるが、彼が私を抱くのを拒むのだ。私とそういう行為をしたくないというわけではないのだろうが、お互いの気持ちが通じ合ってからでなければ嫌だと言うのだ。

全く、どこの乙女《おとめ》だ、といったところか。

これまで散々人を好きなように犯してきた人間とは思えない。

とはいえ、彼が私のことを思ってくれているのはわかっている。形だけの行為で、お互いの心の溝を深めるようなことをしたくないのだという彼の考えも、わからなくはない。彼のそんな気持ちは、正直私も嬉《うれ》しく思う。

しかしそうは言っても、私達の閨事《ねやごと》はお互いのためだけのものではない。さすがに行為そのものを見られたり聞かれたりすることはないが、行為のあるなしは常に注意深く監視されている。ひいてはそれが、政治に影響を及ぼすのだ。そんな状況で、四の五の言っているわけにもいかないだろう。

「……殿下、いい加減に観念したらどうです？」

ため息とともに、呆れたように彼の顔を覗《のぞ》き込む。

しかし今日の彼は、返答する気力もないようだ。眉《まゆ》をひそめて瞼《まぶた》を閉じ、ぐったりとした様子で息を吐いている。さすがの彼も何度も何度も我慢をさせられて、堪《こた》えていたようだ。

最初こそ抵抗した彼も、最近では一切抵抗はせず、私のすることを許してくれている。相当酷《ひど》いことをしている自覚はあるが、彼がそれを咎《とが》めるようなことは全くない。もちろん嫌には違いないだろうけれども、それにもかかわらず私の好きにさせてくれている。

私を追い詰めたことへの贖罪《しょくざい》のつもりなのか。どちらにしろ、彼が私を受け入れ、許してくれていることには違いない。

そんな彼に、最近の私は、徐々に頑《かたく》なだった心が解けていくような気持ちを味わっていた。


その時、ふと、私の胸にいたずら心が生じた。

彼が目を閉じているのをいいことに、綺麗《きれい》に整ったその顔に、そっと顔を近づける。

柔らかく軽く、唇を彼の唇に押し当てた後で顔を離すと、そこには驚いたように目を見開いた彼がいた。

「……殿下？」

みるみるうちに、彼の顔が赤くなる。

その様子を唖然《あぜん》として見詰めていると、突然抱き寄せられて、私は戸惑ってしまった。

「……お前という奴《やつ》はっ……！」

「え……？」

「あー……くそっ!!　いいから寝るぞっ！」

怒ったようにそう言って、ぎゅうぎゅうと抱きしめてくる。

どうやら、照れているらしい。これまで散々もっと凄《すご》いことをしてきたというのに、キス一つで照れるとはどういうことか。

しかし、何やら嬉しいのも事実で。

照れる彼に抱きしめられて、その日もいつしか私は眠りに落ちていた。

それから時々私は、彼にキスをするようになった。単純に、照れて狼狽《うろた》える彼を見たいというのもあるが、その度に何か気持ちが温かくなるような心地になれるからだ。

最近は、行為の後には彼にキスをしてから私は眠りにつくようになっていた。


そんなある日、私達の婚姻を祝って、隣国から賓客《ひんきゃく》がやって来た。

海峡を挟んで隣のその国は、大陸随一の大国だ。そして、私の実家であるドラフィール侯爵家が交易を受け持つ国でもある。侯爵家領内に交易港があるからというのもあるが、私の父方の祖母が彼《か》の国の出身だからということもある。

祖母の実家も、隣国で主要な地位にある侯爵家だ。両国の親交を兼ねてというのもあるが、単純に親戚《しんせき》として、私も何度も彼の国を訪れていた。

「この度は、リュシリュール王太子殿下並びにアニエス王太子妃殿下のご成婚、誠におめでとう存じます」

優雅に片膝《ひざ》をついてお祝いを述べるのは、青と白の騎士の礼装を身に纏《まと》い、淡い金の髪に水色の瞳《ひとみ》を持つ、隣国にいる私のハトコだ。今日は隣国の王太子の名代として来ているのだ。きっと、私の親戚ということで彼が選ばれたのだろう。

一通りお祝いの口上を述べて、立ち上がる。頭を下げ、その後で、ハトコが私を見てふわりと微笑んだ。

「アニエス様、本当におめでとうございます」

春の空のような水色の瞳《め》を細めて微笑んだその顔は、何とも優しげだ。血の繋《つな》がりを感じさせる父や私と同じ瞳ながら、彼の瞳はより柔らかい。

幼い頃から見慣れたその笑顔に、自然と私も微笑みを浮かべていた。

「ありがとうございます」

「アニエス様は、ご結婚なされてよりお綺麗になられたご様子で。王太子殿下がお羨《うらや》ましい限りです」

「まあ、嫌だわ！　兄様にそんなことを言われたら、何だか照れくさくて敵《かな》わないわ！」

身内の誉《ほ》め言葉に、思わず砕けた言葉になってしまう。

ころころと笑って答えれば、そんな私に、兄様がますますその笑みを深めた。

「兄様こそ、騎士団の副団長就任おめでとうございます。史上最年少で副団長になられた稀代《きたい》の騎士と、こちらでも兄様の噂《うわさ》は聞き及んでおりますわ」

王太子の名代に選ばれるだけあって、このハトコは隣国で名の知られた騎士なのだ。

隣国で最《もっと》も勢いのある侯爵家の出自であることもさりながら、国内で彼の剣に敵う者はいないという。今年史上最年少で騎士団の副団長になったのも、伊達《だて》ではない。

久方振りに会ったこともあって、互いの近況に話の花が咲く。

それに、兄様と私が親密にしていれば、王太子妃である私の後ろに隣国の存在があることをアピールすることにもなる。王太子妃の親戚が、隣国の王太子の名代を務めるほどの主要な地位にいることを、周囲に知らしめるわけだ。

それは私の立場を固めるだけでなく、ひいては反体制派への牽制《けんせい》にもなる。つまりは、そんな私の意図を知っていて、兄様も付き合ってくれているのだ。

にこやかに笑い合って話をし、和《なご》やかな時を過ごす。

しかし、不意に腰に腕を回され抱き寄せられて、驚いて隣を見上げてしまった。

「……そうですね、いつかはそちらにもお伺いしたいものです」

リュシリュール、彼が、私達の話を切り上げるかのように、割って入ってくる。

にこやかに微笑んではいるけれども、どことなく硬さを感じるのは気のせいだろうか。それに、心なしか腰に回された腕には力が込められている。

彼が私にそんな行動を取るのは初めてで、内心では訳がわからず戸惑う私だったが、さすがにそれを表に出すことはない。依然和やかに楽しく、その場の歓談を終えたのだった。


賓客をもてなす夜会で、王太子である彼にエスコートをされて王太子妃の務めを果たす。結婚してから何度も求められるその役目に、最近では私も随分と慣れてきていた。

彼の隣に立ち、にこやかに笑みを浮かべて挨拶《あいさつ》とねぎらいの言葉を掛ける。こんな時の彼は、堂々と威厳に溢《あふ》れ、尊大な態度で他者を圧倒する完璧《かんぺき》な王太子だ。微笑みすらも涼やかで、一分の隙《すき》もない。昔から私の良く知る彼だ。

しかしながら、そんな彼が今日はやたらと距離が近い。事あるごとに私の腰に腕を回して引き寄せてくる。途中、不自然ではない程度にちらりと隣を見上げるも、彼は素知らぬ顔だ。

とはいえ、私達の仲が上手《うま》くいっているとアピールするのはいいことで。今日は他国の賓客が来ているのだからなおさらだ。

けれども、どういうわけかファーストダンスの後も彼は私から離れようとしない。いつもだったら王太子夫妻のファーストダンスが済めば、後は二手に分かれてそれぞれの挨拶と関係性づくりに勤《いそ》しむのだが、今日に限ってはどこに行くにも私を伴って放そうとしない。睦《むつ》まじさのアピールだとしても、さすがにこれはやりすぎだろう。

彼が親しくしている公爵家子息達の話の輪にまで私を連れていこうとして、さすがに私は彼の腕を軽く叩《たた》いて微笑んだ。

「殿下。私、喉《のど》が渇きましたので少し休ませていただきますわね」

「……」

しかし腰に回された腕は、一向に離れる気配がない。

「殿下……」

周りから不審に思われないよう微笑んで隣を見上げるも、彼の顔からは何を考えているのかはサッパリわからない。

本当、一体何だというのだ。

そんな時、ちょうどその場にやって来たオーブリー王子に話し掛けられて、私は心の中でほっと息を吐いた。

「リュシー、アニエス様をしばしお借りしても？」

「……」

「アニエス様、ぜひ一曲お相手を」

そう言って、優雅に手を差し出してくる。

さすがに兄王子のダンスの誘いを断るわけにはいかない。これ幸いとばかりに頷《うなず》いた私に、彼が渋々といった様子でその腕を離した。

「……リュシー、大丈夫だ。任せておけ」

やけに思わせ振りだ。そんな兄王子に小さく息を吐いてから、彼が私の元を離れる。

彼の背中を見送ってから向き直った私に、オーブリー王子が楽しそうな笑みを浮かべた。

「……上手く、いっているみたいですね？」

手を取った私を引き寄せて、そのまま踊りの輪の中に紛れる。嬉しそうに聞かれて、私は思わず返答に詰まってしまった。

この状況で、上手くいっていると言えるのだろうか。

確かに以前のようにお互い傷つけ合うようなことはないが、未だ私達は結婚してから夫婦の行為をしていない。最近は大分距離が近づいた気がしないでもないが、私と彼の間にはやはり壁がある。

するとそんな私の戸惑いがわかったのだろう、オーブリー王子が苦笑いを浮かべてターンを踏んだ。

「……あいつは、意地っ張りだから……」

「……」

「貴女《あなた》には、苦労をお掛けしてすみません」

「あ、いえ。大丈夫です」

心配を掛けるわけにもいかず、慌てて笑顔で否定する。さすがに彼の兄とは言え、私達のこの状況を話すわけにはいかないだろう。

しかし、言外の言葉が伝わったのか、オーブリー王子がその眉を申し訳なさそうに落とした。

「……弟が、リュシーがすみません」

「そんな……、オーブリー殿下が謝られるようなことでは……」

謝られて、思わず動揺してしまう。

けれども、事情をわかってくれている近しい人間がいるという安堵《あんど》感に、肩から力が抜けたのも事実で。

どうやら自分で思っていた以上に、私も気が張っていたらしい。それに、ダンスの間であれば、私達の会話を聞かれる心配もない。

そんな私をしばらく無言で見詰めた後、オーブリー王子が苦笑交じりに口を開いた。

「……リュシーは幼い頃《ころ》から王太子としての責任と振る舞いを求められてきたから、どうしても自分の中にある様々な感情や葛藤《かっとう》を素直に表に出すことができないんですよ」

「……」

「王太子として、いついかなる時も感情を揺るがせてはいけない……と周囲に言われて育ってきた彼にとって、貴女と一緒にいるとどうしても感情を乱されざるを得ない自分が許せなかったんだと思います。……だから余計に反動で、あんな態度に……」

つまり、リュシリュール、彼は、私といると王太子としての振る舞いに綻《ほころ》びが出るほど、感情が乱されるというのだろうか。

でも。だったら何故、彼女には。

黙り込んでしまった私に、しかし、考えていることがわかったのだろう、オーブリー王子が苦笑しながら話を続けた。

「……ウィルスナー嬢は……、あれはまあ何というか、リュシーなりの悪足掻《わるあが》きというか……」

言いながらオーブリー王子が困った顔になる。

「……そうですね……、貴女に素直に向けることができない感情を、彼女の中に見出《みいだ》そうとしていたんだと思います……」

そう、なのだろうか。

彼が彼女に向けていた笑顔には、慈しみの感情があった。互いに笑い合う二人の姿は、誰から見てもお似合いの愛し合う二人だったはずだ。

かつての二人の姿が脳裏をよぎり、ズキリと胸の奥が痛みを訴える。

久しく忘れていたその痛みに、私はほろりと言葉をこぼしていた。

「……でも殿下は、彼女を愛していたはずです……」

思わずこぼれ落ちた言葉に、更に胸が痛むのが分かる。どんなに私を大事だと言ってくれても、彼が私にあの笑顔を向けてくれたことはない。

それに、オーブリー王子はそう言うが、彼の彼女に対する気持ちもまた偽りのものではなかったと、私には思えてならなかった。

「私には、殿下はあのようなお顔は見せてはくれませんから……」

暗く沈み込むような気持ちで、呟《つぶや》く。

しかしそんな私に、オーブリー王子が再び困ったような苦笑いを浮かべた。

「……側《そば》で見ている私達にしてみれば、あなた方お二人はヤキモキするほど焦《じ》れったいのですがね」

「……」

「まあ、当事者であると見えないこともありますから」

「……はあ」

とはいっても、周りは私達が毎晩睦まじく過ごしていると思っているからそう思えるのだろう。

気のない返事をした私に、オーブリー王子がその笑みを深めた。

「……リュシーに、貴女が思っていることをそのまま伝えればいいんですよ」

「そのまま……」

「何にせよ、二人でよく話し合いをなさるのが肝要かと」

優しく微笑み掛けられて、私は心が少し軽くなっていることに気が付いた。

確かに、今の彼なら私の話を聞いてくれそうな雰囲気がある。聞くのが怖い気もするけれども、彼がウィルスナー令嬢をどう思っていたのかを聞いてみるのもいいのかもしれない。どうして私にはあんな態度だったのかも。

すんなりとそう思えた私は、今度こそ笑顔で微笑みを返したのだった。


ダンスを終えて壁際へと退いた私は、ソファーに座って彼を待つことにした。

オーブリー王子はそんな私のために、飲み物を取りに行ってくれている。私を一人にする際、しつこいほど他《ほか》の男性のダンスの誘いは受けないようにと念押しされたことを思い出して、思わず私は苦笑してしまった。

オーブリー王子は弟の嫁である私を、実の妹のように思ってくれているのだろう。心配してくれるその気持ちは嬉しいが、何だかくすぐったくもある。

とはいえ、夫であるはずの彼がそんな心配をしてくれたこともなく。きっと彼は、私が誰とダンスを踊ろうと何とも思わないだろう。

その皮肉さに、小さく自嘲《じちょう》の笑みが浮かぶ。

彼がいるであろう方向に顔を向けて、しかし、そんな私の目の前に、背の高い人影が差した。

「アニエス様。お一人ですか？」

微笑んで話し掛けてきたのは、今夜のメインの賓客である私のハトコだ。次いで周囲を見回して、私が一人であることを確認し、訝《いぶか》し気な顔になる。

その顔は、夫である王太子が私の側にいないことが意外でならないといった風だ。どうやら私達は相当仲睦まじい夫婦だと思われているらしい。

しかし、そんな彼の後ろで、多くの令嬢達が羨ましそうにこちらを眺めていることに気が付いた私は、クスクスと声を出して笑ってしまった。

「……兄様は、相変わらずですのね」

このハトコは、昔からとてもモテるのだ。精悍《せいかん》に整った顔ながらどこか甘さを感じさせるその容貌《ようぼう》は、向こうの国でもこちらの国でも女性に人気がある。

加えて騎士らしく鍛え上げられた体に颯爽《さっそう》とした身のこなしなのだ、モテないわけがない。

しかしながらこのハトコは、女性に騒がれるのを余り良しとしない向きがある。きっと今も、これ以上女性に声を掛けられるのは堪《たま》らないと私のところに来たのだろう。

「ははは、そうですか？」

とぼけたようにそう言って、いたずらっぽい笑みを浮かべる。身内にだけ見せるその気安い表情《かお》に、自然と私も笑顔になっていた。

手を差し出されて、流れるようにその手を取る。その瞬間、周囲から感嘆のため息が上がった。

「兄様の女性除《よ》けに使われるだなんて、何て光栄なことかしら?」

「まさかそのような。こちらこそ、王太子妃様にお相手をいただけて光栄の至りです」

笑って皮肉を言うも、さらりと礼を取られて躱《かわ》される。本当、相変わらずだ。

クスクスと笑い合って、そのままホールの中央へと向かう。何かと話題の兄様と王太子妃の私との取り合わせに、会場中の視線が集中したのが分かった。

「それにしても、随分と仲睦まじい様子で。安心したよ」

子供の頃から私を知る兄様には、私が長年片思いしていたことを知られているのだ。加えて、私達の婚約破棄の騒動も。

実を言えば、隣国で私が身を隠すのに、兄様の実家である侯爵家が協力してくれていたのだ。

だからこそ今回私達の婚姻を知って驚くと同時に、その婚姻の実際を確認する意味も兼ねて彼がここに来たのだろう。

「……そうね」

楽しそうに言われて、思わず肩を竦《すく》めてしまう。敏《さと》い兄様には、どうせ取り繕ったところでバレるのだ。

それに、私の父から今回の騒動の顛末《てんまつ》を聞いているに違いない。

しかしそんな私に、兄様が面白いものを見るような視線を向けてきた。

「もしかして、気付いてないのか？」

「……え？　何を？」

いつも通りの砕けた言葉に、思わず素で反応してしまう。

意味がわからずキョトンとする私に、兄様が楽しそうに破顔した。

「ははははは！　これでは殿下も大変だ！」

笑われて、思わず憮然《ぶぜん》としてしまう。

一体何だと言うのだ。

「……くくく……そうか。まあでも、おじ上に聞いていた以上に上手くいっているようで良かったよ」

何やら一人で納得しているその様子に、ムッとした私は、ステップを間違えたふりをしてその足を踏んづけた。

「兄様ったら！　何を笑ってらっしゃるのよ！」

「ははは、すまない。……ただ、二人共微笑ましいな、とね」

先ほどのオーブリー王子と同じようなことを言う。

ますます憮然とする私に、兄様がいたずらっぽい笑みを浮かべてから、何故かその顔を近づけてきた。

「兄様……？」

「いいから。このまま楽しそうに踊って」

ひそひそ話をするようにこめかみの近くで言われて、訳もわからずその言葉に従う。

やけに近いが、ぎりぎりおかしいほどでもない。兄様のことだ、きっと何か意図があってやっているに違いない。

「アニエス。殿下は君を愛していると思うよ」

「それは……」

唐突に言われて戸惑ってしまう。一体何を根拠にそんなことを言うのか。

そんな私に、兄様が楽しそうに言葉を続けた。

「……まあでも、可愛《かわい》い妹に辛い思いをさせた罰だ。これで少しはヤキモキするがいいさ」

どうやら彼に嫉妬《しっと》をさせようという魂胆らしい。思わず私は呆れてしまった。

「まさか。殿下が嫉妬なんてなさるわけがないじゃないですか」

第一、兄様は私の親戚だ。ハトコではあるが、兄様にとって私は妹のようなものだ。もちろん私達の間に艶《つや》めいた雰囲気は一切ない。そもそも彼は、私が誰と踊ろうが気にもしないだろう。

肩を竦めた私に、しかし兄様は依然楽しそうだ。

「そんなことないさ。そう思っているのはアニエス、君だけだと思うよ？」

丁度そこで演奏が終わり、体を離す。元いた場所に戻ろうとして、そこで私は歩みを止めた。

「……ほら、ね？　言った通りだったろう？」

そう耳打ちをし、優雅にお辞儀をして兄様がその場を離れる。

残された私の目の前には、リュシリュール、彼がいた。

湯浴みを終えてベッドに一人腰掛けた私は、ふうっと深く息を吐き出した。

彼はまだ、夜会で賓客達をもてなしているはずだ。きっと、まだまだ部屋には戻ってこれないだろう。

一人の気楽さもあって気を緩めた私は、そのままポフッと後ろ向きにベッドへと体を倒した。

兄様とダンスを終えた後、その場に迎えに来た彼と一通り挨拶を済ませた私は、早々に彼より先に部屋へと戻ることになったのだ。

あの時、兄様はああ言っていたが、その後彼の態度に特に変わったものは見られなかった。確かに、普段より距離は近いし、私だけ先に切り上げさせて部屋へと戻らせたことには違和感を感じたものの、それ以外は至っていつもと変わりはないように見えた。

あの場に彼が現れた時、一瞬彼が嫉妬をしてくれたのかと思ったりもしたが、やはりそれは私の思い過ごしだったのだろう。

そう、あの彼が、私のことで嫉妬したりなどするわけがないのだ。

少し残念なような、気が抜けたような思いで再び息を吐く。そのまま今日の出来事を反芻《はんすう》していた私は、疲れもあって段々と瞼が重くなるのを感じていた。

風呂《ふろ》上がりの温まった体をベッドの上で丸めれば、心地よい気怠《けだる》さと微睡《まどろ》みに襲われる。

いつしか私は、ウトウトと眠りについていたのだった。


ギシリ、と、ベッドの沈む音で目が覚める。

未だ眠りから覚めきらない頭でゆっくりと瞼を開ければ、すぐそこに、リュシリュール、彼の顔があった。

「殿下……？」

薄暗い部屋の中で、銀の双眸《そうぼう》だけが光っている。無表情に私を見下ろすその顔からは、彼が何を考えているのかはわからない。ただ、どことなく寂しそうに見えるのは、私の気のせいだろうか。薄暗がりの中に浮かぶ鋭利なまでに整ったその顔を、ぼんやりと眺める。

すると、徐々にその顔が近づけられ、唇に温かく柔らかいものが押し当てられた。しかしそれは一瞬で、すぐに顔が離される。

再び私を見下ろすその瞳の中に、切な気な色を見た気がした私は、気付けば手を伸ばしてその頬に触れていた。

「アニエス……」

「……」

「……お前は、本当はあの男と、一緒になりたかったのではないか……？」

そう聞く彼の声は、掠《かす》れていて聞き取りにくい。

「彼が、好きなんだろう……？」

あの男、というのは、兄様のことだろうか。

だとしたらあり得ない。一体彼は何を言っているのだろう。

未だぼんやりと眠りから覚め切っていない私は、頓珍漢《とんちんかん》な彼の問いに思わず笑ってしまった。

「まさか！」

「……」

「兄様は兄様よ。兄様だって、私のことはそんな風には思ってないわ」

「だが……」

しかし、未だ彼は納得していない様子だ。頬に添えていた私の手を取り、シーツに縫い留めるように握ってくる。眉根を寄せて私を見下ろすその視線は、私を探っているかのようだ。

そんな彼を見詰めている内に、私は寝ぼけていた頭が徐々にハッキリしてくるのを感じていた。

「……今日のお前は、酷く楽しそうだった」

「え……？」

目の前の彼は、怒っているような、それでいて寂しそうな顔だ。

何を言われたのかわからないでいる私の前で、彼が更にその端正な顔を歪《ゆが》めた。

「……アニエス、お前は、私にはあのような顔を見せたことなどないではないか」

その言葉に、私は目を見開いてしまった。

これではまるで、彼が嫉妬しているかのようではないか。会場では素振りも見せなかったが、本当は違ったのか。

　ということは、やけに距離が近かったのも、私を側から離そうとしなかったのも、実は。

「……まさか殿下。……妬《や》いてらっしゃる、のですか……？」

　思わず驚いて問うと、彼が、その顔を悔しそうにしかめてそっぽを向いてしまった。

　どうやら本当に妬いているらしい。

　その事実を徐々に呑《の》み込めてきた私は、しかし、理解すると同時に呆れてしまった。

「……何を馬鹿《ばか》な……」

「……」

「一体殿下は、私を何だと思ってらっしゃるのです」

　そもそも彼は、私の思いを知っているはずではないか。それに、私が好きでもない男とあんなことをするような女だとでも思っているのだろうか。

　だとしたら許せない。

　何より、それをいったら彼はどうなのだ。彼の方こそ、本当は。

　気付けば、するっと言葉が私の口をついて出ていた。

「……そういう殿下こそ、本当はリーリエ様と一緒になりたかったのでしょう？」

「なっ……」

「本当はまだ、彼女を愛してらっしゃるのでは？」

　自分の言葉で、自分が傷つくのがわかる。胸の痛みに顔をしかめ、隠すように顔を横に向ける。

更には握られた手を離そうとして、しかしそこで、彼がそれをさせまいとするかのように私の手を強く絡め取ってきた。

「それは違う！」

「……」

「リーリエ、彼女は……」

強く否定はしたものの、何故かそこで言い淀《よど》む。

困惑したような彼のその顔を見ている内に、私はムカムカと腹が立ってくるのがわかった。

やっぱりまだ、彼は彼女が好きなのではないか。にもかかわらず、自分のことは棚に上げて私を責めるのか。

私が兄様といて楽しそうだったなど、それこそ彼だって。

「……殿下こそ、リーリエ様に見せていたようなお顔は、私には見せて下さったことなどないではありませんか。私にはいつも冷たいお顔ばかりで……」

彼はいつも、蕩《とろ》けるような甘い眼差《まなざ》しを彼女に向けていた。それを私がどんな思いで見ていたのか、周りに認められた婚約者でありながら、邪険にされ冷たくあしらわれてきた私が、どんなに惨めで辛い思いで見ていたのかなど、彼は知らないだろう。それに。

「私には……私には、今だってそんなお顔はなさらないじゃないですか。……殿下は本当は、私のことなど愛してらっしゃらないんですよ」

横を向いたまま、吐き捨てるように言う。

しかし、そんな私の顎《あご》に手を掛けて、彼が正面に顔を向けさせる。

無理矢理顔を戻されて、私は、眉をひそめて見下ろす彼をキッと睨《にら》みつけた。

「……ほら。私には、いつもそのお顔」

「……」

「私を愛していると仰《おっしゃ》るのなら、何故いつもそのように不機嫌なのです⁉」

「そういうお前こそ！」

私の言葉に、間髪入れずに彼が苛立《いらだ》ったように答える。

ギリギリと睨み返されて、私も負けじと彼を睨み返した。

「お前こそ私の前ではいつもその顔だ！」

「……」

「意地を張るばかりで本音を見せない！　お前がそんなだから、私だってて っ……！」

そのまま二人で睨み合う。

しばらく無言でいた後、だが先に折れたのは彼の方だった。

フッと息を吐き、私の顎に掛けていた手を離す。そのまま離れると思いきや、逆に抱きしめられて、思わず私は驚いてしまった。

「殿――」

「……悪かった」

そう言って、再び息を吐く。

「……アニエス、お前のことは大事だと思っているし、愛してる」

「……」

「リーリエ、彼女のことは……本当に、違うんだ……」

絞り出すようにそう言う彼は苦しそうだ。

「……彼女には……申し訳ないことをしたと……、思っている……」

その声からは、彼が深く自責の念に駆られていることが伝わってくる。

心の底から悔恨の念を抱いていることがわかるその様子に、ふと私は、彼の葛藤の一端に触れたような気がした。

同時に、オーブリー王子に言われたことが脳裏に蘇《よみがえ》る。

王太子たるべく育てられた彼は、素直に自分の感情を認めることができないのだと。そして、素直になれないその気持ちを、ウィルスナー令嬢、彼女に見出そうとしていたのだと。

もしかしたら彼も、自分の立場とままならない感情に苦しんでいたのかもしれない。

それに、確かに私も彼に対して素直であったとは言い難い。彼に釣り合う人間になれるよう、そして未来の王太子妃として相応《ふさわ》しくあるべきと、彼の前では常に気を張っていた。

何より、傷つきたくないと虚勢を張っていたのも事実だ。

そんな私達は、互いに意地を張り合っていたのかもしれない。だとしたら、彼の私に対する態度はそのまま私が彼に取った態度の鏡なのだろうか。

もし、そうだとしたら。

過去、彼とウィルスナー令嬢の間に何があったのかはわからない。彼は彼女を愛していたのかもしれないし、そうではないのかもしれない。

ただそれは、やはり所詮《しょせん》は過去のことだ。過去のことである以上、それに固執して意地を張り合い、お互い傷つけ合っても意味がない。

それに、それでも上手くいかなかったのなら、最初に約束した通り離れればいいだけだ。

だとしたら今、私が取るべき行動は一つ、だ。

不思議とすんなりそう思えた私は、ふっと小さく息を吐いて、両腕を彼の背中に回した。

「……」

「……殿下。……お慕いしております」

「……」

「……初めてお会いした時から、ずっと」

そう、結局私は彼が好きなのだ。

あんなにも追い詰められ傷ついたのも、それは彼が好きだからなわけで。

酷いことをされてなお、彼を嫌いにはなれなかったのだから、だったら腹を括《くく》るしかない。

そんな私を強く抱きしめて、彼がその体を起こした。

「……殿下。……殿下のお気持ちを、本当のお気持ちを教えて下さい」

まっすぐに、彼の瞳を見詰めて問う。さながらその瞳は、月明かりに照らされた湖面のようだ。

そこにさざ波が立ったかと思うと、瞼を閉じた彼が、静かに額を合わせてきた。

「……愛してる。……一緒にいると、激しく心が掻《か》き乱されるほどに」

きっと、そういうことなのだろう。人の心は単純ではない。

私の彼に対する思いが愛《いと》しさだけではないように、彼もまた、様々な思いに翻弄《ほんろう》されていたのかもしれない。

「アニエス、愛してる」

「殿下……」

そっと、唇が重ねられる。

その夜、結婚して初めて、私達は体を重ねた。


翌朝、目を覚ました私は、互いに素肌のまま抱き合って眠っていたことに気が付いた。

目の前には、彼の裸の胸が。

浮き出た鎖骨から、喉元を辿《たど》って視線を上に向ければ、長い銀のまつ毛を伏せて眠る彼の顔がある。

眠っていてすら端正に整ったその顔を眺めている内に、昨夜のことを思い出した私は、徐々に体温が上がっていくのがわかった。

昨夜彼は、私を愛していると言い、何度も口付けながら私を抱いた。その口付けは甘く、私に触れる彼の手は、どこまでも丁寧で優しいものだった。

そして私を見詰める彼の瞳には、確かに愛情が。

にもかかわらず触れ合う体は熱く、その熱に浮かされて蕩けさせられたのだ。

何よりお互い素のままの自分で触れ合ったのは、初めてだった。

思い出せば思い出すほど、顔に熱が集まっていくのがわかる。

昨夜はどこか現実味がなく、まるで夢を見ているかのような感覚だったが今は違う。今は、朝の透き通る明るさの中なのだから、なおさらだ。

すると、長いまつ毛が小さく震えたかと思うと、ゆっくりと瞼が開けられ青を纏った銀の瞳が現れた。

数秒、ぼんやりと私を見詰めていたその瞳が徐々に焦点を結んでいく。

顔を赤くしたままその様子を凝視していると、次の瞬間、音が聞こえてきそうな勢いで彼の体が固まった。

みるみるうちに彼の白い頬が赤く染まっていく。

まさか彼がそんな反応をするとは思わず、つられたように私も体温が上昇していく。

そのまましばらくお互い赤い顔で見詰め合ったまま、私達は固まったように動けなくなってしまった。

これまで彼とは何度も肌を合わせてきたはずだ。同じベッドで一夜を共にしたのも、これが初めてではない。けれども。

虚勢なしに、素のままのアニエスとリュシリュールとして向き合ったのはこれが初めてなのだ。

柔らかく傷つきやすい無防備な自分を晒《さら》して触れ合い、熱を分かち合った昨夜の記憶が気恥ずかしさを加速させていく。

剥《む》き身の心を曝《さら》け出すのは、裸を晒す羞恥《しゅうち》にも似て。そして多分、お互いに慣れていない。

そんな硬直した時間をしばらく過ごしたのち、先に動いたのは彼の方だった。

躊躇《ためら》いがちに、恐る恐る片手を私の頬に添える。親指で確かめるように何度か私の頬をなぞった後で、彼がそっとその顔を近づけた。

彼のまつ毛が伏せられたのを見て、私も瞼を閉じる。軽く触れ合わせるだけのキスが落とされて、途端、身の内に甘い感覚が湧《わ》き起こるのが分かった。

ドクドクと胸の鼓動がやけにうるさい。

口付けなら昨夜も何度もしたはずだが、朝と夜とでは何かが決定的に違う。

今はまるで、初めて口付けを交わすかのようだ。

触れるだけのキスが、柔らかく唇を食み、次第に啄《ついば》むようなものに変わっていく。触れ合う互いの唇の感触が、何とも心地よい。

は、と、吐息を漏らされて、思わず口を開ける。すかさずそこに舌を差し入れられて、ぞくりと私の肌が粟立《あわだ》った。

「……ん……ふ……」

絡められた舌のざらりとした感触に、ゾワゾワとした愉悦が下腹に走る。舐《な》めて吸われる度に、頭の中が熱で浮かされていくのがわかる。

気付けばいつしか私も、彼の首に腕を回して夢中になって応《こた》えていた。

溢れて溜《た》まった互いの唾液《だえき》を飲み込めば、もっと、もっとと求める自分がいる。ねだるように自ら差し出した舌を絡めて吸われて、私の頭の奥が甘く痺《しび》れた。

「……は……あ……」

気が付けば、いつの間にか彼の体が私の上に。

触れる彼の体も、熱い。

彼が私の手を絡め取り、強く握ってくる。応えるように握り返せば、それを合図に彼が私の体の中心に彼のものを押し当てた。

昨夜の名残《なごり》と今こぼした蜜《みつ》とで、ずぶりとそれが中に入り込む。

そのままずぶずぶと体を拓かれ埋め込まれて、私は背中を反らせてそれを受け入れた。

「はあっ……」

「くっ……」

抵抗なく、根元までそれを呑み込んで、ゾクゾクとした快感に中が蠢《うごめ》いて締め上げるのがわかる。

きっと彼も感じているのだろう、耐えるかのように眉をひそめて強く腰を押し付けたまま、絡めた手をきつく握ってくる。

次いで片手で掻き抱くように抱きしめられて、繋がる喜びに私の胸が熱くなった。

昨夜も思ったが、気持ち一つでこんなにも、違う。

彼の肩に額を付けて、片手でギュッと抱きしめ返せば、更に強く抱きしめられる。言葉はなくとも肌を通して気持ちが伝わるかのようだ。

しかしそれも数秒で、緩やかに腰を動かされて、すぐさま私は何も考えられなくなった。

「……あ……あっ……」

「……はっ……」

揺すられて、脳天が痺れるような快感が湧き起こる。彼のものが中で動くたびに、ぐちゅぐちゅと卑猥《ひわい》な水音が部屋に響く。昨夜中に出されたものと自分の蜜とが混ざり合っているのだ。

彼のものが出し入れされる度に、掻き出されたその淫液《いんえき》が尻《しり》を伝ってシーツを濡《ぬ》らすのがわかる。

しかし、それを気にしている余裕は既にない。徐々に大きく激しくなるその動きに、気付けば私は、はしたなく口を開けたまま喘《あえ》ぎを漏らしていた。

彼のものが体内を抉《えぐ》り、奥を突く度に、目の前が白く霞《かす》んでいく。

徐々に体の中で膨らむ何かの感覚に、私は無意識のうちに彼に縋《すが》り付いていた。

「あっ、あっ、リュシー……、――あぁあっ！」

彼の名を呼んだ途端、中のものがより硬く大きくなる。

同時に、低く呻き声を漏らした彼に一層強く突き上げられて、体の中で膨らんだ何かが弾《はじ》けるのがわかった。

「――あああぁっ！」

「……ぐっ……！」

白い光に呑み込まれ、目の奥に火花が散る。

高い嬌声《きょうせい》を上げて痙攣する私を抱き込んで、彼が強く腰を押し付け最奥に滾《たぎ》りを放つ。

小刻みに収縮する体内にドクドクと欲望を注ぎ込まれて、私の体が悦《よろこ》んでそれを受け入れた。

「……あ……は、あ……」

「……く、はっ……は……」

眩暈《めまい》のするような快感が通り過ぎ、ぐったりと弛緩《しかん》した体を重ね合わせる。

互いに汗を掻き、しっとりと湿った肌が触れ合う感覚が心地よい。何より、伝わる温《ぬく》もりに愛しさが溢れる。

そこには、素裸のままのお互いが。

受け入れ、受け入れられることに、身の内に幸福感が満ちていく。

そのまま抱きしめられて、私は陶然として彼を抱きしめ返した。


その日は、彼の公務のギリギリ近くまでベッドの上で抱き合い、結果使い物にならなくなった私は一日部屋で過ごすこととなった。

昨夜からの出来事を反芻して、何度も一人赤くなったり落ち着きをなくす私に、結婚後に実家から連れてきた私付きの侍女の視線が生温かい。

まあ、今朝は呼ばれるまで二人で寝室に籠《こも》っていたのだ、私達の間で何があったのかはバレバレだろう。

彼に愛してると言われたことを思い出し、今日何度目かの赤面をする私に、侍女のミレーゼがしみじみといった様子で声を掛けてきた。

「……お嬢様、ようございましたね」

「……」

「もう、側で見ているこちらとしては、ずっとヤキモキしておりましたから」

何やら訳知り顔で一人頷いている。

夜会でオーブリー王子に言われたこととそっくり同じことを言われて、思わず私は首を捻《ひね》ってしまった。

周りからは、私達は一体どう見えているというのか。そういえば、ミレーゼだけでなく周囲の私達を見る目線はいつもやたらと生温かい気がする。

すると、そんな私の考えていることがわかったのだろう、ミレーゼが苦笑交じりに言葉を続けた。

「お嬢様はお気付きではないでしょうが、お二人共、昔から視線が互いを追っていますもの」

「え……？」

二人共ということは、彼も私を見ていたということなのだろうか。

驚く私に、ミレーゼがにっこりと微笑みを浮かべた。

「私、賭《か》けてもいいですわ。ご賓客の方々が帰られるまで、お嬢様は当分お部屋でお過ごしになることになるかと」

何を言っているのだと思った私だったが、その後、結局ミレーゼの予言した通りに、賓客の方々が城内に滞在している間は、その日と似たような日々を送る羽目になったのだった。

「……アニエス様は、今日もお出《い》でにはならないのですね」

そう聞くのは、隣国の王太子の名代で来ているアニエスのハトコだ。

昨日今日と、会食の席で私の隣が空席になっていることを聞いているのだ。

「お風邪《かぜ》を召されたとか。お加減はいかがでしょうか?」

にこやかに微笑《ほほえ》んで聞いてくる。

その顔から他意は一切感じられないが、この男が相当な食わせ物であることはわかっている。

まあ、さすがはあのドラフィール侯爵家の親戚《しんせき》といったところか。

「……特に大したことは。ただ、宴席の皆様にお気を遣わせては申し訳ないと本人が言うものですから」

こちらも、形式的に笑んで答える。

とはいえこの男のことだ、薄々察しはついているのだろうが。

「明日、貴公の出立の見送りには出られるはずです」

「然様《さよう》ですか。ただ、ご無理はなさらずとも、とお伝え下さい。どうせ、いつでもお会いすることはできるのですから。まずはお体をおいとい下されば、と」

何のことはない言葉にも聞こえるが、この男が言うとどうにも嫌味だ。

私との婚姻が上手《うま》くいかなかったら、いつでも隣国はアニエスを受け入れるのだという、私への牽《けん》制《せい》のつもりなのだろう。

だがそれも、致し方ない。多分侯爵から私達の顛末《てんまつ》を聞いているだろうことを考えれば、親戚として彼女のことを心配するのは当たり前のことだ。

ただ、親戚というにはいささか仲が良すぎる気もしないでもないが。

幼い頃《ころ》からアニエスは、事あるごとに、兄様が兄様がと、嬉《うれ》しそうに語っていた。彼女が剣技の観覧が好きなのも、この男の影響だ。

先日、屈託のない笑顔でこの男と笑い合っていたアニエスの顔を思い出し、その時感じたイライラとした感覚が蘇《よみがえ》る。

しかし、それを気取られるわけにはいかない。

「伝えておきましょう」

感情を一切表には出さずに微笑んで答える。アニエス以外の人間相手であれば、それはそう難しいことではない。

そう、アニエス、彼女だけが、どういうわけか昔から例外なのだ。


アニエスに初めて会ったのは、私達が六歳の頃だ。

王太子として相応《ふさわ》しい妃《きさき》を娶《めと》らなくてはならないのだと、私の知らないうちに私達の婚約は決まっていた。

そして、別に婚約者を決めるのはもっと成長してからでもいいではないかという私に、当時宰相が説明した話は、私に激しい衝撃を与えた。

私には二歳上の兄がいる。

本来であれば第一王子である兄が王太子になるはずなのだが、物心つく前から王太子として育てられてきた私は、別段それに疑問を感じることなく過ごしていた。

ただ何となく、何故《なぜ》兄上だけ別の棟《むね》でお過ごしになっているのか、私が兄上と仲良くすることを、何故母上は嫌がる素振りを見せるのか、同じ兄弟でありながら待遇が大きく異なることには常々疑問を感じてはいたけれども、そういうものなのだからと思って特に深くは考えていなかったのだ。

だが、宰相から私の婚約の経緯を説明されて、私はこれまで疑問に思っていたことの答えを得ると同時に、激しい憤りに襲われた。

宰相の話では、兄上は母上の御子ではなく、しかも兄上の母上は身分が低かったうえに兄上を産んだと同時に亡くなったため、私が王太子となることは私が生まれる前から決まっていたのだという。

ただ、兄上が父上の御子であることは間違いなく、第一王子である兄上を政治の道具として担ぎ出したい輩《やから》がいるのだと。

だからこそ、第二王子である私の立場を盤石《ばんじゃく》なものとし、私が王太子であることをより確かなものとするべく、今国内で最《もっと》も勢いがあり力のあるドラフィール侯爵家の令嬢と婚約することになったのだと。

それを聞いて、私はまず、父上に激しい嫌悪の感情を抱いた。

子供の私から見て、父上と母上の仲は格別良いとも悪いとも見えなかったが、二人が夫婦であることは間違いなく、にもかかわらず父上が妻である母上以外の女性と子を成したということに嫌悪を感じたのだ。

当時の私は、漠然と男女が心から愛し合ったら子供が生まれるのだと思っていたので、父上が妻である母上以外の女性を愛していたという事実に衝撃と反発を覚えたのだ。

それと同時に、父上が王としての責務よりも己の感情を優先したという事実に、私は激しい抵抗と憤りを覚えた。幼いながらに、すでにその時は王太子として様々な教育を受けていた私には、父上の取った行動がどれほど愚かしい選択であるかがわかっていたからだ。

王妃である母上以外と子を成すこと、それは一国の王としてやってはならないことだ。何故ならそれは、どうあっても火種にしかならない。国民の規範であるべき王が規範に悖《もと》る行動を取ったということもそうだが、王家の血脈は国の血脈でもあり、それは政治に大きく関わってくる。それをわかっていてなお、父上が自分の一時《いっとき》の感情を優先したのだということが私は許せなかったのだ。

王太子として育てられた私は、常に己の感情を抑制し、王太子としての責任ある行動を優先するようにと教わっていたし、そうあるように努《つと》めていた。それが王太子として生まれた自分の責務であり、務めであると。

しかし、上に立つ者の自覚を持ち常に泰然として過ごすこと、それはつまり盛大なやせ我慢でもある。日々の厳しい王太子教育に、幼い頃は何度人知れず涙を呑《の》んだか知れない。

にもかかわらず、父上は、国王という立場でありながら、己の責務よりも感情を優先したのだ。

兎《と》に角《かく》そのことが、当時の私には腹立たしくて許せなくて、強い嫌悪感となった。

そして自分は、父上のように感情に流されることだけはすまいと、常に王太子として最善の選択をするのだと、今まで以上に己の感情を内に押し込めるようになった。

だから私は、宰相にこの婚約は王太子としてすべきことであると説明されて、それならばと納得した。父上と違い、自分は王太子としてキチンと務めを果たすということを見せたかったからだ。

しかし。

婚約の誓約書をしたためる段で、初めて会ったドラフィール侯爵の言葉に、私は激しく憤慨することになった。

本来この国での婚約は、双方の親の承諾と誓約書を交わすだけだ。にもかかわらず。

娘を溺愛《できあい》する侯爵は、将来私が心変わりをし、彼の娘を裏切ることができないよう、異国の地の誓約魔法を結べと言い出したのだ。しかもあろうことか、父の不貞を引き合いに出し、王族の都合で娘が振り回されるのはごめんだとまで言ったのだ。

まあ今思えば、侯爵の親友である現公爵の妹が私の母上であり、親友の妹である母上を幼い頃から実の妹同然に可愛《かわい》がっていた侯爵にしてみれば、父上の母上に対する裏切り行為に心底憤りを感じていたのだろう。私の前ではおくびにも出さないが、母上が当時相当苦しまれただろうことは想像に難くない。

それもあって、今でも侯爵と父上の間には深い溝がある。

そしてそれこそが、反体制派がここまでのさばってきた要因でもあり、だからこそ余計に私とドラフィール侯爵家の娘の婚約が求められたのだ。

しかし、侯爵のその言葉は、当時父上の不貞に憤り、自分は決してそんなことはすまいと固く心に誓っていた私の自尊心を酷《ひど》く傷つけた。言外に、どうせお前も父と同じことをするのだろう、と言われたも同然だからだ。

更には、それでもこの婚約を認めたのは、ひとえに国の安寧のためと母上のためなのだとあからさまに匂《にお》わされて、私は怒りで目がくらむようだった。

そんな私は、その時、固く決意した。

こんな男の娘などに心を分け与えるなど、絶対にするものか、と。

父のような愚行を犯すつもりはないが、この男の娘を愛するなど、ましてやそんな娘に振り回されるなど、絶対にあり得ないと。

そんな思いの下、私は屈辱的な婚約の誓約魔法を受け入れたのだった。


しかし意外にも、アニエス自身の印象は悪くはなかった。

父親である侯爵に似た整った顔立ちに、少し吊《つ》り目勝ちの薄い水色の瞳《ひとみ》と濃い栗《くり》色の髪を持つ少女は、気が強そうではあるものの生真面目《きまじめ》な印象を私に与えた。

初めて会った際、緊張していたのだろう、硬い動きで挨拶《あいさつ》をした後は終始伏し目がちに過ごしていた彼女だったが、何かの拍子で私と目が合った途端、みるみるうちに頬《ほお》を染めて固まったように動かなくなってしまった。

しかし、侯爵との一件があって声を掛けるのが癪《しゃく》な私が見て見ぬ振りをしていても、一向に彼女は動く気配を見せない。そんな私達の様子を、侯爵は特に何か言うでもなく、面白いものを見るかのように眺めている。

気詰まりな時間が過ぎる中、さすがにこのままでは紳士としての礼を失すると判断した私は、諦《あきら》めて彼女に話し掛けることにした。ついでに、先ほどから私達を観察するかのような侯爵の視線が癇《かん》に障ってならなかった私は、これを機に、彼女を連れて外に出ることに決めたのだった。

王宮の庭園を案内しましょうと言って、礼に則《のっと》り手を差し出す。

すると、水色の瞳《め》がこぼれ落ちんばかりに見開かれた後、何とも嬉しそうにはにかんだ笑顔で彼女が頷《うなず》いた。

そんな彼女に、私は内心激しく戸惑いを覚えていた。

これまで、形式的な笑顔しか見せない大人《おとな》に囲まれて過ごしていた私にとって、同年代の子供、しかも女の子と接するのはそれが初めてだった。

日頃から感情を表に出さないようにと言われ続けていた私にとって、彼女の素直な子供らしい反応は目に新鮮に映るとともに、何か気持ちが柔らかく解《ほぐ》れるような感覚を覚えた。

とはいえ、彼女はあの侯爵の娘であることに変わりはなく、侯爵に味わわされた屈辱を忘れられない私は、容易に彼女と打ち解けようとはしなかった。

会う度頑《かたく》なな態度で口数少なに接する私は、傍目にもきっと酷く冷たく映ったことだろう。彼女と

の婚約が嫌で嫌で仕方がないのだという印象を与えていただろうことも、わかっている。

しかしながら、彼女はそんな私の態度にめげもせず、頻繁に私に会いに王宮へとやって来ていた。来る度嬉しそうに何を習っただの、どこに行っただの、控えめに自分の近況を話していく。私はといえば、碌《ろく》に顔も見ず頷きもしないというのに、何故か彼女は楽しそうだ。

それに、彼女も私と同じように未来の王太子妃としての厳しい教育に耐え、努力している姿は、私の目にも好ましく映った。

何より、あからさまに好意を寄せられれば、もちろん悪い気はしないわけで。

そんな彼女にいつしか私も、段々と頑なな心を絆《ほだ》されていったのだった。


彼女に、母上や兄上が私を呼ぶ愛称の呼び名を許したのはいつだったか。

その頃には私も随分と彼女に気を許し、互いに打ち解けた関係になっていた。

しかし。

ある日の彼女の言葉で、私は激しい失望を味わう羽目になった。

どういう流れでそんな話になったのかは覚えていないが、恥ずかしそうに私を好きだと言った彼女に、何故だと問うと、彼女は言ったのだ。

〝王子さまだから〟と。

その言葉に、母上と兄上以外で唯一私を王太子としてではなく、ただのリュシリュールとして接してくれていると思っていた彼女が、実は違ったのだと、結局彼女も王太子としての私しか見ていなかったのだと、酷く失望すると同時に強い怒りを覚えた。

彼女の打ち解けた態度から、彼女が私自身を見てくれているのだなどと勝手に思い込んでいた自分に、私は腹が立ってしょうがなかった。

そう、よく考えればすぐわかることだ。父親を敬愛する彼女は、父親である侯爵に王太子である私と仲良くしろと言われて素直に従っていたに過ぎない。

しかも私は、あれほどあの侯爵の娘になど心揺さぶられるものかと思っていたにもかかわらず、少し親しくされたからといって易々《やすやす》と心を許してしまったのかと、自分の愚かさ加減が腹立たしくてしょうがなかった。

そんな私は、その日から再び彼女と距離を置くようになった。

出会った当初と同じように碌に話もせず冷たく接するようになった私に、彼女は訳がわからず困惑していたが、私はそんな彼女の戸惑いをあからさまに無視をした。

しかし、以前と違って彼女が悲しそうな顔を見せる度に、私の胸が痛む。するとそんな自分にますます腹が立つ。そうなると、自分の感情を押し込めるために、ますます彼女に冷たく当たるようになり。

そんなことを繰り返すうちに、いつの間にか彼女も、私には距離を置いて接するようになっていた。

そして、彼女に〝殿下〟と呼ばれる度、淑女教育の賜物《たまもの》である感情の読めない笑顔を見せられる度、何故か私はイライラするようになっていた。

むしろ王太子妃として、己の感情を抑制した態度が取れることは好ましいはずだ。そうあるべきと思うし、私自身もそう務めてきた。何より、そうなるよう仕向けたのは私だ。

しかしどういうわけか、私に対してその態度を取られると、訳のわからない苛立ちが込み上げるのだ。

同時に、彼女の感情を揺さぶってみたい、その取り澄ました顔を歪《ゆが》めさせてみたいという衝動に駆られるのだ。

そんな中、以前よりも会いに来る頻度は減ったものの、それでも定期的に必ず私に会いに訪れていたアニエスが、パッタリと会いに来なくなった。

いつもだったら、王宮で行われていた王太子妃教育の授業のついでに私に会いに来ていたのだが、聞けばその授業にすら来ていないという。

それを知った私は、ついに彼女も私との婚約を考え直したのかと、何か腹の底が冷たくなるような感覚を味わった。同時に、ぽっかりと胸に穴が空いたような感覚も。

会えば感情が乱され苛立ちが増すのだから、彼女が来なくなったことは私にとって望ましいことのはずなのに、会わないなら会わないで、それもまた気持ちが掻《か》き乱される。

むしろ彼女に会わないでいる時間が長くなれば長くなるほど激しい苛立ちに苛《さいな》まされることになった私は、ついには彼女に会いに行くことにしたのだった。

何より、苛立ちの奥にどうにも我慢できないほどの寂しいという感情があることに、さすがの私も気が付いていた。

先触れを出して確認すれば、彼女は家にいるという。

何か負けたような気がして腹立たしいことこの上ないが、このままイライラして過ごすのも馬鹿々々《ばかばか》しい。だったらさっさと会いに行って、私との婚約を撤回したいならしたいで、確認を取ればいいだけの話だ。

彼女に会いたいわけではなく、今後の婚約関係をどうするのか確認するために会いに行くのだと自分を納得させた私は、渋々といった態《てい》を装ってドラフィール侯爵邸へと向かったのだった。

しかし、てっきり彼女は私に愛想を尽かして会いに来なかったのだとばかり思っていた私は、侯爵邸に着いてすぐに、何とも嬉しそうに笑う彼女に出迎えられて面食らう羽目になった。

聞けば何のことはない、この数カ月の間、彼女は親戚に会いに隣国に行っていただけだったのだ。

そして、丁度数日前にこちらに戻ってきたのだという。

明日にでも王宮に行くつもりだったのだと聞かされて、私は拍子抜けしてしまった。

つまりは、私の早とちりだったわけだ。わざわざ会いに行かずとも、もう一日待っていれば彼女が会いに来ていたのだ。

けれども、心底ほっと安堵《あんど》している自分がいるのも事実で。

それに、ここ久しく私には見せたことのなかった屈託のない笑顔を向けられて、私は妙な胸の高鳴りを覚えていた。

晴れた冬空のような瞳を細め、少女らしい丸みのある頬を桃色に染めて微笑む彼女は非常に愛らしく、その時私は、素直に彼女が可愛いと思った。

ずっとこの顔が見たかったのだと、こういう顔を向けてくれるのであれば、これからは彼女に優しくしたいという思いが自然と胸に湧き起こる。

しかしすぐに、私は彼女の言葉で憮然《ぶぜん》とすることになった。

何とも愛らしい笑顔で彼女が嬉しそうに話したのは、隣国にいる彼女のハトコの話だったからだ。

私達より三つ上のハトコの話を、彼女は兄様が兄様がと楽しそうに話す。なんのことはない、彼女が嬉しそうなのは、ハトコの話をしたかったからなわけだ。

てっきり久し振りに私に会えたのが嬉しくてそんな笑顔を見せてくれたのかと思っていた私は、自分の勘違いに腹が立つと同時に、急に彼女が憎らしく思えてきた。

私は彼女に会えなくて寂しいと思っていたにもかかわらず、彼女はそんなことはなかったのだと。会えない期間、むしろ大好きなそのハトコの兄様とやらと楽しく過ごしていたのかと思うと、腹が立って腹が立ってしょうがなかった。

何より、一瞬でも彼女が可愛いだなんて思ってしまった自分が許せなかった。

まあ、今思えばあの感情は、隣国のハトコに対する嫉妬《しっと》の感情だったわけなのだが、当時の私がそれに気付くわけもなく。

以降私は、訳のわからない苛立ちのままに彼女に冷たく当たり、そんな私に彼女の態度も固くなり、そしてまた苛立つ――ということを繰り返すことになった。

「…………殿下？」

「……」

「何を、お考えで……？」

そう聞く彼女には、まだ先ほどの余韻が。

薄暗がりの中でその頬はうっすらと赤く、瞳が潤んでいるのがわかる。無言で彼女の髪を梳《す》く私を見上げるその顔は、少し不安そうだ。

けれどもそこにいるのは、素のままの彼女、だ。

つい最近まで、お互いに意地を張り合っていたのが嘘《うそ》のように打ち解けたその姿に、胸が温かく満たされていくのがわかる。

結局は、私の態度が彼女を頑なにさせていたのだ。

彼女は最初から心を開いてくれていたのに、私が自分のプライドのためにそれを拒み、彼女を傷つけたのだ。

そして私は、彼女が傷ついていることを知っていつつも、見て見ぬ振りをしてきた。彼女なら大丈夫だろうと、根拠もなく甘えていたのだ。

それどころか彼女が傷つく姿を見て安心し、満足してさえいた。けれども。

それがどれほど彼女を傷つけ、追い詰める行為だったのか。

私はそれを、痛いほど思い知る羽目になった。

彼女を永遠に失うかもしれなかったあの瞬間を思い出すと、今でも身の内が凍りつくような思いになる。

同時に激しい後悔が。

一体私は、長年側《そば》にいながら彼女の何を見ていたのか。強く勝気な彼女ならば大丈夫と、何をもってそんなことを思ったのか。

しかしながら、あれから同じ愚行は犯すまいと固く心に誓ったにもかかわらず、未《いま》だ完全には意地を捨てきれない自分がいる。それには本当、呆《あき》れるしかない。

まあ、長年張り続けてきた意地だ、すぐに全《すべ》てを捨て去るのはさすがに難しい。何より、気恥ずかしさが邪魔をする。

それでも、自ら開いてみせた心に彼女が応《こた》えてくれる瞬間は、何物にも代えがたく。

様々な感慨に襲われて、今私の腕の中にいる彼女を見詰める。

すると彼女が、その顔を隠すように私の胸に寄せてきた。

「……そのように余り見られても……」

そう言って顔を隠すも、髪の間から見える耳先が赤くなっている。どうやら照れているらしい。

甘えるようなその仕草とその赤い耳に、溢《あふ》れるような愛《いと》しさが込み上げてくる。思わず抱き寄せ、その耳に口付けると、彼女の体がピクリと揺れた。

そのまま耳朶《みみたぶ》から首筋へと唇を這《は》わせる。微《かす》かに震えているのは、快感を堪《こら》えているのか。

小さく、あ、とこぼした彼女の声に、一瞬で思考が吹き飛んだ。

「……あっ、待っ――」

すかさず組み敷いて、彼女の唇を塞《ふさ》ぐ。開いた唇の隙間《すきま》から舌を差し入れ、互いの舌を合わせれば、頭の奥が甘く痺《しび》れていく。

しかし、最初は抵抗する素振りを見せた彼女も、すぐにくったりと体の力を抜いて応えるようにその舌を差し出してきた。

そんな彼女に、ますます愛しさが込み上げる。その思いのままに深く口付け合いながら、彼女の輪郭を確かめるようにその肌に手を這わせる。

上気した肌から立ち上る甘い彼女の香りに、酔ったように頭がクラクラする。柔らかなふくらみを掌《てのひら》に感じて、すくい上げるように揉《も》みしだけば、彼女の甘く熟れた香りが強くなるのがわかった。

「……あ……ふっ……で、殿下、待っ……」

けれども体を押し付けた途端、彼女が再び抵抗を始めた。

それを無視してなおも柔らかな体を弄《まさぐ》っていると、拳《こぶし》で胸を叩《たた》かれて渋々私は体を離した。

「……で、殿下。さすがに今日はもう」

そう言って、恨めしそうに見上げてくる。

ここ数日、抱き潰《つぶ》されて部屋から出られなかったことを詰《なじ》っているのだ。

「それに、明日は兄様のお見送りがありますし。私も帰る前に兄様に会い――っ！」

それ以上の言葉を聞きたくなくて、強引に彼女の唇を塞ぐ。

次いで腹の底から湧き起こる強い独占欲に、頭と体が支配されていくのが分かった。

こんな状況にもかかわらず、彼女は平然とあの男に会いたいなどと言う。男の腕の中で他《ほか》の男の話をするということがどういうことなのか、彼女はわかっていない。何より、こんなにも彼女に惑わされているのは自分だけなのだと、腹立たしさが募る。

こんな感情を抱くのは、アニエス、彼女にだけだ。

強く、自分のものにしたいと思うのも。

眩暈《めまい》のするような独占欲に突き動かされるまま、完全に鎌首《かまくび》をもたげたそれを彼女の中に埋め込む。

既に先ほどの情交の名残《なごり》で十分に潤っていたそこが、何の抵抗もなく、グブグブとそれを呑み、途端、強烈な快感に腰が砕けそうになる。

一瞬でも気を抜けば、あっという間に持っていかれそうだ。蠢《うごめ》き、搾り取るかのように締め上げる中の動きに、彼女の体を強く掻き抱き、歯を喰いしばって堪える。

けれども、感じているのは彼女も同じで。応えるようにギュッと抱きしめ返されて、急速に怒りが凪《な》いでいくのがわかった。

この瞬間が、好きだ。

語らずとも、気持ちが通じ合う感覚がする。

だが本当は、もっと言葉にしなくてはならないこともわかっている。彼女が許してくれているのをいいことに、甘えている自分がいることも。

ただ、もう少しだけ待って欲しい。十数年掛けて縺《もつ》れたものは、すぐには解けない。

しかし、撚《よ》り合わさった糸の先にあるのは、彼女への思いであることには間違いなく。

近いうちには、必ず。

けれども、そんな自分の甘えに、再び私は後悔することになった。

◇

ここ最近ずっと、部屋で過ごさざるを得なかった私が公に姿を現すことができたのは、結局、兄様がこの国を発《た》つという最終日だった。

「アニエス様、お風邪はもうよろしいのですか？」

「ええ、実はそう大した風邪ではなかったのです。ただ、皆様にご心配をお掛けするわけにはいかないと、大事を取らせていただいていただけなものですから」

ニッコリと笑って聞かれて、私も微笑んで答える。

本当は風邪など引いてはいないのだが、本当のことを言うわけにもいくまい。実際は連日抱き潰されて、とてもではないが人前に出られるような状態ではなかったのだ。

昨夜はさすがに手加減してくれたけれども、それでもやはり立っているのが辛い。侍女のミレーゼ曰《いわ》く、嫉妬、らしいが、彼自身は何も言ってはいない。

言われてみれば、そんなような気もするし、そうでないような気もする。

ただ、私が兄様の話をする度に、彼の機嫌が悪くなるのは確かだ。ということは。

まあ、察しの良い兄様のことだから、何となく察していそうな気もするけれど。

すると案の定、笑みを深めた兄様が、こっそりと私に耳打ちをしてきた。

「……殿下と仲が良いようで何よりだよ」

顔に、熱が集まっていくのがわかる。やはり兄様にはお見通しというわけだ。

とはいえ、事情を知られているのは気恥ずかしい。思わず言葉に詰まってしまった私だったが、その時、唐突に腰に腕を回され引き寄せられて、私は驚いてしまった。

隣を見上げれば、リュシリュール、彼が。

「……ぜひ近いうちにそちらにもお伺いしますと、お伝えいただければと」

にこやかに微笑んでそう言う彼からは、他意は何も感じ取れない。表情とその言葉だけを見れば、完璧《かんぺき》に外交を務める王太子そのものだ。

けれども。

今の態度は明らかに不自然なわけで。

そんな私達に兄様が、堪え切れずといった様子で口に手を当てて吹き出したのがわかった。

「……失礼」

「……」

「……」

誤魔化すように咳《せき》払いをする兄様だが、面白がっているのは誰の目にも明らかだ。

仮にも一国の王太子相手に、大胆不敵というかなんというか。まあ兄様らしいと言えば兄様らしい。

彼は、といえば、こちらは涼しい顔で笑っている。しかし、それから兄様が帰るまで、彼の腕が私から離れることはなく。

何となく、くすぐったい思いになった私だった。

その夜、その日も睦《むつ》まじく過ごした後、私を抱きしめたまま無言で髪を梳く彼に、思い切って私は聞いてみることにした。肌を合わせ、顔が見えない今なら、私も大胆になれる。

「……殿下」

「……」

「……もしかして殿下は、この数日、妬《や》いてらしたので……？」

その問い掛けに、彼の私の髪を梳く手が止まった。代わりに、私を抱く腕に力が込められる。

しばらくお互い無言で過ごした後、ようやく彼が重い口を開いた。

「……そうだ、と言ったら？」

その言葉に、ジワリと体温が上がっていくのがわかる。

やはり彼は、妬いてくれていたのだ。

そのことが嬉しくて、思わず彼の胸に額を押し当てて抱きしめた腕に力を込める。更には応えるように抱きしめ返されて、私は喜びで頭がフワフワするような気分になった。

彼とこんな関係になれるだなんて、少し前まではとてもではないが考えられなかったことだ。

あんなにも意地を張り、互いを探り合っていたのは一体何だったのか。傷つくのが怖くて、堅い殻を纏《まと》って傷つけ合っていたのが嘘のようだ。

勇気を出して一度心の鎧《よろい》を脱いでさえしまえば、こんなにも容易《たやす》い。

「……いつから……」

フワフワとした心地のまま、ずっと聞きたかったことを口にする。

そんな私に、彼が抱きしめる腕に力を込めてきた。

「……気付いたら」

「それは……」

「……多分、子供の頃から……」

耳元で囁《ささや》かれたその言葉に、私は幸福感で陶然となった。

次いで頭頂にキスを落とされ、優しく撫《な》でられて、胸が熱くなる。

確かに今、彼に愛されているという実感に、私は怖いほど幸せだった。


その日から、ポツポツとだが、彼が自分のことを話してくれるようになった。

それは私の思いもよらない話ばかりで、まさか彼が子供の頃にそんな思いをしていただなんてと、私は驚くばかりだった。

しかしながら、何故彼があれほど父を嫌っていたのか、私に冷たく当たったのか、成程と納得もした。同時に、彼がリュシーの呼び名を教えてくれた時のことが思い出される。

確かにあの時の彼は、私に好意を示してくれていた。そして私も。

屈託なく笑い合って、王宮の庭園にある生け垣の迷路で遊んだ光景が脳裏に蘇る。しかしある日、何故かいきなり彼が私を冷たく突き放したのだ。

その理由も聞いて、子供らしい勘違いの末の今日に至るまでの擦れ違いに、お互い失笑してしまったのだった。

でも、今。

私の目の前で笑う彼は、当時の彼、そのままの笑顔だ。そしてあの時と同じように、照れているのを隠した不貞腐れた顔で〝リュシーと呼べ〟と言われて、私の目頭が熱くなった。

そんな私に、彼が、リュシーが、狼狽《うろた》えたように私を抱き寄せる。

それが嬉しくて、私はますます涙が止まらくなったのだった。


それでも、ウィルスナー令嬢のことだけは、まだ私は聞けずにいた。

子供の頃から私が好きだったと言うのなら、何故、彼女にはあれほどまで優しい笑顔を向けることができたのか。反体制派の目を欺《あざむ》くためだったとしても、彼のあの笑顔と態度が全て演技だったとは到底思えない。

私だって、伊達《だて》に子供の頃から彼を見詰めていたわけではないのだ。彼がそんなに器用な人間ではないことくらい知っている。そもそも彼が器用な人間だったなら、私達はこんなに拗《こじ》れはしなかっただろう。

でも、今の私は、彼なりに様々な理由があったのだろうと察するまでになっていた。

彼とこういう関係になった今ならわかるが、彼の彼女に向ける視線には確かに愛があったが、そこに熱はなかったように思う。過去も今も、彼の私を見詰める瞳は苛烈《かれつ》ではあるものの、そこには様々な感情が入り混じった熱がある。昔の私にはわからなかったが、愛と憎しみは表裏一体《ひょうりいったい》だ。そして、欲望も。彼とウィルスナー令嬢、彼女との間には、それらの熱はなかったと、今の私は確信していた。

それにきっと、その内彼から話してくれるはずだ。だったらそれを待てばいい。

どうせ私達はこれからまだまだ長い間、ずっと一緒にいるのだから。

彼に愛されているのだと実感した今、私は驚くほど穏やかな気持ちでそう思えるまでになっていた。

結婚する前には信じられないほど幸せで満ち足りた蜜月《みつげつ》の日々が過ぎ、ちょうど三カ月が過ぎようかという頃、私は近づいてきた王国の建国祭に向けて、その準備で追われていた。その準備の一つとして、その日私は王都内にいくつかある孤児院を訪れていた。

先代の王の時代、荒廃していたこの国では、街に孤児が溢れていたという。今では考えられないほど治安も悪く、国全体が靄《もや》が掛かったように薄暗い雰囲気に包まれていたそうだ。その時の名残として、今の王が孤児を収容するために建設した孤児院がいくつも王都内にあるのだ。

今の王は、人材こそが国の宝であると、当時国庫に余裕がないにもかかわらず、周囲の反対を押し切って子供達の教育に力を入れた人物でもある。当然孤児院でも、将来の自立を支援するためと国の人材を育成するために、王は私財を投げ打って教育体制を敷いた。なにより孤児院自体が独立して資金繰りが可能なようにと、様々な商業的取り組みをしたことで有名だ。

その取り組みの一つとして、建国祭で各孤児院がそれぞれの名物を売り出すために出店をするのだ。私は王太子妃として、その出展内容の確認のためにその日は孤児院を訪れていたのだった。


視察を兼ねたその訪問で、その日最後の孤児院を訪れた時だ。話を終えて院長に孤児院内を案内されていた私は、その院の名物であるサブレ作りを見学しに作業部屋へと向かっていた。

その時。

明るい金の髪が陽光に輝く様が、一瞬私の視界の端をよぎった。

光の残像を追って目を転じれば、スラリと優美な女性の後ろ姿が。

質素な綿の服を着た女性だが、立ち姿に品がある。何よりその後ろ姿に見覚えが。

しかしそれはほんの一瞬で、すぐに女性は生け垣の向うへと消えてしまった。籠《かご》らしきものを抱えていたから、きっと院の敷地内にある菜園にでも向かうのだろう。

まさか、と思いつつも、その立ち姿は余りにも見覚えがあるものだ。ざわざわと胸が激しく騒ぎ、嫌な予感が雲のように広がっていくのがわかる。

しかしそれを気取られるわけにはいかない。

内心の動揺を隠して微笑んだ私は、何気ない風を装って、案内を務める院長に声を掛けることにした。

「……院長。ここ半年で、この院に入ってきた者は何人ぐらいいますか？」

さりげなく、確認する。

今の女性が私の考えている人物であれば、ここ半年の間に新しく来た人間になるだろう。

「この半年ですか？　……いや、ここ最近は新しく入ってきた者はいないですね」

院長の様子からは、嘘を言っているようには見えない。

ということは、きっと人違だろう。

それに、私がその女性を見たのは一瞬だ。同じ金の髪だったから、きっとそんな風に見えてしまったに違いない。心の中で、ホッと息を吐く。

しかし、私達に同行していたシスターが控えめに訂正した言葉で、私の胸に再び嫌な予感が広がるのがわかった。

「……あ、でも院長。ロザリーがここに来たのは、ちょうど三カ月くらい前じゃないですか？」

「ああ！　そういえば！」

シスターの言葉に、院長が思い出したように手を叩いて頷く。

その様子は、うっかり忘れていた、といった雰囲気だ。

「失礼致しました。ロザリーは孤児ではなかったものですから、うっかり失念しておりました」

そう言って、心底申し訳なさそうに頭を下げる。

隠しごとをしているようには見えないが、しかし私は、慎重に言葉を重ねた。

「ふふふ。そんな気になさらずとも大丈夫ですわ。最近の院の様子を知りたかっただけですから」

敢《あ》えて何でもない風を装って、柔らかく微笑んでみせる。

そんな私に、院長がホッとしたような顔になった。

王太子妃の質問に実際とは違うことを答えたのだ、場合によっては厳しく追及されてもおかしくないところをあっさり許されて、相当安堵したのだろう。院長がこちらが聞く前にロザリーのことを勢いよく話し始めた。

「ロザリーは孤児ではないのですが、他に行く当てがないということで、こちらで一時的に保護をしているんです。親に意に沿わぬ結婚を強要されて、そのために家を出たのだとか。本当は修道院を訪ねるところが、間違えてうちの門を叩いてしまったらしくて。……実を言うと、裕福な商家のお嬢さんで、ご両親はロザリーがここにいることを知ってるのですが、無理矢理連れ戻しても本人が納得しないことにはまた同じことを繰り返すだろうからと、彼女の気持ちが落ち着くまでここで預かって欲しいと頼まれたんですよ」

その説明を聞いて、私はますます嫌な予感が深まっていくのを感じていた。

院長の話に、おかしな点は見られない。けれども、やけにできた話だ。

第一、娘の意に沿わぬ結婚を強要するほどの親が、娘の居場所を知っていてそのままにしておくとは思えない。それに、修道院と孤児院を間違うほど大事に育てられてきた世間知らずの娘が、孤児院の質素な生活に三カ月も耐えられるものなのだろうか。

そんな疑惑は綺麗《きれい》に隠して、私はさもその娘に同情しているふりをして質問を続けた。

「まあ、意に沿わぬ結婚を……。それは、お辛いことですわね」

「そうですね。彼女くらいの年頃の娘にしてみれば、やはり好いた相手と、と思うのも無理はないでしょうね」

「……ということは、ロザリーさんには思う方が……？」

眉《まゆ》を寄せ、気の毒そうに尋ねる。

その問いに、無言で頷き返されて、私は胸のざわつきが強くなるのを感じていた。


視察は問題なく終了し、とりあえず王宮に帰るための馬車に乗り込んだ私だったが、その際、密《ひそ》かに供の者に指示を出して、先ほどのロザリーという娘を探らせることにした。

私の周囲には、普段から実家から連れてきた護衛が何人かいるのだ。侯爵家直属の彼らであれば、王太子である彼に、私が指示を出した内容を知られることはない。まだ確信に至っていない予感ではあったが、私は、彼には知られたくなかったのだ。

その日の夜、密かに護衛から報告を受けた私は、その内容に深いため息を吐《つ》いた。

「……では、ベントバリー孤児院に身を寄せているロザリーという女性は、リーリエ・ウィルスナー嬢で間違いないわけね？」

「はい。密かに国境を越え、名前と出自を偽って孤児院に潜んだ様子です」

嫌な予感の通り、今日孤児院の庭で見掛けた女性は、リーリエ嬢だったのだ。

しかも三カ月も前からいたとは。

つまり、国外追放の処分を受けてから一旦《いったん》は国を出たものの、すぐに戻ってきたということになる。

ということは。

「……手引きした者が」

やはり。伯爵令嬢として育てられてきた彼女が、一人で国境を越えられるとも思えない。

それが意味することを瞬時に悟った私は、再び深いため息を吐いた。

「ウィルスナー氏は？」

「隣国、カラルに……」

カラルは西の山脈を隔てて隣接する小国だ。今現在は表面上友好な関係にあるが、肥沃《ひよく》な土地を有する我が国を虎視眈々《こしたんたん》と狙《ねら》っている国でもある。

そんな国に今、ウィルスナー氏がいるという意味は一つしかない。

「……そう。それで目的は？」

「娘を、王太子殿下と接触させることかと」

そう、まだ諦めていないわけだ。リーリエ嬢とのことは、反体制派の目を欺くためのものだったということは既に彼等もわかっているだろうが、それでも、という一縷《いちる》の望みに賭《か》けたのだろう。

それに、彼等にそう思わせるほどに、彼のリーリエ嬢に対する態度は真実愛を感じさせるものだったのだから。

「殿下は……？」

「ご存知です」

彼が既にリーリエ嬢のことを知っていたという事実に、一瞬息が止まる。

しかし、そんな私には構わず、護衛兼侍女の彼女が報告を続けた。

「わかっていて、泳がせているようです」

隣国カラルの手先と、元ウィルスナー伯の協力者を炙《あぶ》り出すつもりなのだろう。

国逆である元ウィルスナー伯と繋がっている証拠《しょうこ》を掴《つか》めれば、カラルへの牽制になると共に交渉材料にもなる。何よりそれは反体制派への牽制になる。だから、リュシリュール、彼の取った行動の意味はよくわかっているつもりだ。

けれど、彼がそれを私に話してくれなかったということが、割り切れない感情として私の胸の中に蟠《わだかま》りを残した。


その夜、いつものように寝所にやって来た彼に、特に変わった様子は見られなかった。

だが、今日私がどこに行っていたのか、もちろん彼も知っているわけで。

知っていて、私には何も話してくれなかったのだ。

その事実に、未だ彼と全てをわかり合えているわけではないことを、如実《にょじつ》に思い知らされたような気分になる。

それに、リーリエ嬢と彼の間にあったことはまだ、彼の口から何も聞いていない。私も彼が話してくれるまで待つつもりで、聞いてはいない。

だからこそ余計に、今回リーリエ嬢がこの国に戻ってきていることを知っていながら、彼が何も話してくれなかったということに、私は裏切られたような気分を味わっていた。

とはいえ、私を巻き込みたくないという彼の気持ちもわからなくもない。私が彼女のことを知ることによって、私が勝手に動くだろうことを懸念したということも。何より、潜伏中の彼女が私と接触する可能性があるとは思っていなかったのだろう。

だとしても、心の内を明かしてくれない彼に、私は失望に似た寂しさを味わっていた。

そうなると、私も意地になるわけで。リーリエ嬢が絡んでいるとなれば、なおさらだ。

それに、彼が話してくれないのであれば、私も知らないふりをするしかない。だったら私も私の好きにするだけだ。

その日から私は、彼には知られないよう、彼とリーリエ嬢の動向を探らせることにしたのだった。


そこからの数日は特に何事もなく過ぎていった。

リーリエ嬢の方も、特に何の動きもない。

てっきり、彼と密会するために様々な方策を練ってくるかと思っていた私は、彼女側に何の動きもないことに少し拍子抜けをしていた。

ただ彼女に付けた密偵からの報告では、事あるごとに、思い合っていた相手と引き裂かれたという話を周囲にしているという。加えて彼宛《あて》と思《おぼ》しき手紙を何通も書いているとも。

やはり彼女はまだ、諦めていないのだ。あの彼女が、何の目的もなくこの国に戻ってくるはずがない。必ずや彼と接触をはかってくるはずだ。

そうなった時、彼は一体どんな反応をするのだろうか。

彼が私のことを思ってくれているということはわかっている。誓約魔法により、彼が私以外の女性と結ばれることができないことも。でも。

過去、リーリエ嬢への思いが全くなかったわけではないことも知っている。

だからこそ余計に、そのことを考えると私の胸はキリキリと痛みを訴えるのだった。


リーリエ嬢に動きが見られたという報告を受けたのは、折しも建国祭が目前に迫った頃だった。

密偵の報告では、建国祭での出し物を王宮に献上するとして、献上品の中に手紙を紛れ込ませたとのことだ。そしてもちろんそれは、王太子側の密偵も把握している。

ただ、こちらが手紙の中身を確認する前に、王太子付きの密偵が手紙を抜き取ったため、内容まではわからない。しかしながら、彼の日程とその行動を見れば、おのずと手紙の内容もわかるというもので。

彼の動向を探らせていた別の密偵から、手紙が届けられてから三日後の今日、夜半前に彼が忍んで会いに行く旨の手紙をリーリエ嬢に届けたという連絡を私は受けたのだった。

「……お嬢様。どうなさいますか?」

彼の動きを報告させていた密偵が、険しい顔で聞いてくる。

ドラフィール侯爵家に忠誠を誓っている彼女としては、彼の行動は私への裏切りと映っているのだろう。彼とリーリエ嬢の過去も知っているのだから、なおさらだ。

だが一番は、彼が私に今回のことを何も話していないということが許せないのだろう。そしてそれは、私も同じ思いだ。

そんな彼女に、私は艶《つや》やかに微笑んで見せた。

「そうね。そのままには、できないわね」

「では……」

「ええ。彼らに気付かれないよう、私も出掛ける準備を」

「はい！」

もちろん、黙って見過ごせるわけがない。夫が妻に無断で昔の女に会いに行くなど、言語道断《ごんごどうだん》だ。

たとえ、実質不貞を働けないとわかっていても、だ。

そもそも彼は、私に誠意を見せると誓ったのではなかったか。それに私だって、彼からキチンと話をしてくれさえしていれば、別に咎め立てするつもりはない。

けれども、ずっといつ話してくれるのかと待っていたのに、結局彼は一切私に説明はしてくれなかった。多分、私を厄介ごとに巻き込みたくないという思いがあるのだろう。

だとしても、私は許せなかった。

何故なら、彼が私にリーリエ嬢のことを話さない理由、突き詰めればそれは、後ろめたいからにほかならないからだ。

それが過去のことなのか、それともこれから彼女に会いに行くことが、なのかは関係ない。彼が私に隠しごとをした、しかもリーリエ嬢のことで、ということが私は許せなかった。

そんな私は、今回の話の内容如何《いかん》では、今度こそ彼と決別する決意を固めていたのだった。

その夜、執務で遅くなるため先に休んでいて欲しい旨の連絡を彼から受けた私は、その日も変わりない様子でわかったとだけ返事を送っておいた。ここ最近は、建国祭が間近に迫っていることもあって、彼が遅くまで仕事をしているのはいつものことだったからだ。

けれども、密偵から彼が密かに王宮を出たとの報告を受けて、私は酷い失望感を味わっていた。やはりどこかで期待していたのだ。ギリギリで彼が考え直して、私に話してくれるのではないか、と。

しかしながら、最終的に彼は私には何も告げずに彼女に会いに行くことを選んだ。それは、ある意味私を拒絶しているに等しい。信頼してくれていない、ともいえる。

結局、どんなに体を繋げても、それでも彼は心の奥底を私に見せてくれることはないのだ。

彼を追って王宮を抜け出し、馬車に乗り込む。孤児院に向かいながら、私は冷え冷えとした気分でこの先に起こるであろう展開を考えていた。

彼等が密会の場所に選んだのは、孤児院の庭だ。

どうやら彼女からその場所を指定してきたらしい。まあ、いかにもな場所だ。

護衛の案内で、裏口から孤児院に忍び込む。庭木の陰に隠れるようにして静かに目的の場所へと進んでいた私達だったが、しかし、唐突に目の前に現れた人物によって、早々に行く手を遮られてしまった。

「……アニエス様。これ以上はいけません」

仁王立ちするようにして私達の行く手を塞ぐのは、リュシリュール付きの護衛、ディミトロフだ。よく見れば、木立のそこかしこに他にも護衛の騎士の姿が見える。しかも。

「これは……」

騎士達の足下には、縄で縛られた人間が。

それの意味することを瞬時に察した私は、顔から血の気が引いていくのがわかった。

「殿下は……？」

「ご存知です」

つまりはそういうことだ。彼は、罠《わな》とわかっていてここに来たわけだ。

まさかあのリーリエ嬢が彼に害をなそうとするなど考えもしなかった私は、その可能性に思い至らなかった自分の迂闊《うかつ》さを呪《のろ》った。

「……それで、刺客は全て？」

「はい。捕らえましてございます」

「そう……」

それを聞いて、ホッと胸を撫で下ろす。

とりあえずの危険がなくなったことを確認した私は、再び足を進めようとした。しかし。

「アニエス様。駄目です」

やはりディミトロフが行く手を塞いでくる。きっと、リュシリュール、彼から命令を受けているのだろう。

つまり彼は、私がここに来ることも見越していたわけだ。

ということは、ここ最近私が彼の周りを探らせていたことも気付いていたと。にもかかわらず、私には何も話してくれなかったわけで。

その事実に、途端私はムカムカと腸《はらわた》が煮えるのがわかった。

「……誰に、物を言っているのです」

険しい顔でこちらを見下ろすディミトロフを、傲然《ごうぜん》と顔を上げて睨み据える。

すると、私が怒っていることがわかったのだろう、ディミトロフがたじろいだのがわかった。

「ディミトロフ、王太子妃命令です。そこを退《ど》きなさい」

冷たく、しかし強く、命令する。

「し、しかしっ……！　殿下は、アニエス様の御身を案じられてっ……」

「いいから！　退くのです！」

隣国の狙いは、王太子である彼だけでなく、きっと私もなのだろう。

だからこそ、彼は私を余計に遠ざけておきたかったに違いない。けれども。

だったらなおさら彼は、話すべきだったのだ。

言ってくれれば、私だって。

とはいえ、それでも彼が一人でリーリエ嬢に会いに行くのを黙って見ていたかはわからないが。

「私の身を案じると言うのなら、だったら貴方《あなた》一緒に来ればよいでしょう!?　とにかく、私は行きます！」

敢然《かんぜん》と言い放ち、構わずディミトロフの隣を通り抜ける。

そんな私に、引き留めることは無理だと判断したディミトロフが、渋々といった様子でついてくるのがわかった。

それにしても、相当な人数の刺客が配されていたのだろう。そこかしこに、縛られ猿ぐつわを噛《か》まされた男達が転がっている。

つまり、本気でこの国の王太子を弑《しい》そうとしていたわけだ。

その事実に、リーリエ嬢はこのことを知っていて彼をおびき出したのかと、腹の底が冷えるような心持ちになる。

彼女は、彼を心から愛していたはずだ。にもかかわらず。

愛も過ぎれば憎悪と転じることを、まざまざと思い知らされたような気分だ。

そんなことを考えながら、慎重に歩を進めていると、前方から微かに人の話し声が聞こえてくるのがわかった。

「――――下。……お会いしとう、ございました……」

この声は、リーリエ嬢か。

涙を含んだ微かに震える声は、まさか彼女が彼の命を狙っていたとは思えないほどだ。相変らず愛らしくたおやかな雰囲気が、声からだけでも伝わってくる。

何より、そこには恋情が。

しかし、それに対するリュシリュール、彼の声は酷く冷たいものだった。

「……リーリエ。何故、戻ってきた」

「で、殿下……？」

低く突き放すような彼の声に、彼女が怯《ひる》んだ気配がする。

背の高い植え込みの陰に隠れているため、彼等の姿は見えないが、きっと今の彼は酷く冷たい顔をしていることだろう。

「……そなたが戻ってきたことを知ったからには、捕らえねばならん。それは、わかっているだろうな？」

彼のその言葉に、彼女がハッと息を呑んだ音が聞こえてきた。

演技にしては、本当、真に迫っている。

とはいえあれだけの刺客を用意しておいて、今更哀れな令嬢の役を演じたところで誰が信じるというのか。それに。

「……よもや隣国、カラルと手を組むとは……」

「そ、それはっ……！」

「私を憎むのはわかる。そなたには申し訳ないことをしたと思っている。だが、国までも裏切った今、そなたをこのままにはしておけん」

彼の声に苦々しいものが混じる。彼としても、本当は不本意なのだろう。

本来であれば処刑されていたはずの彼女が、国外追放で済むよう減刑を申し出たのは彼なのだ。にもかかわらず、彼女はこの国に戻ってきたばかりか、彼を殺そうとしたのだから。

「そなたとそなたの父がカラルと手を組み、我が国に仇《あだ》を為《な》そうとした証拠は既に手に入れている。……リーリエ、残念だよ……」

最後の呟《つぶや》きは、彼の本心だろう。寂しさを感じさせるその声に、リーリエ嬢の口から嗚咽《おえつ》が漏れる。

しばらくして、衣擦《きぬず》れの音と共に彼が踵《きびす》を返したらしい音がした。

しかし、その時。

「待って下さいっ！」

「……」

「く……国を裏切るなんてっ……！　私はただっ……で……殿下にもう一度、お会いしたかった……だけなのです……」

嗚咽で途切れがちにそう告げる声は、ただただ哀れだ。

「……言う……通りにすれば……殿下に……もう一度、会わせて、くれると……」

「……」

「……誓って……仇を為そう……などとは……」

ふと。もしかしたら彼女は、本当にただ彼に会いたかっただけなのかもしれないと思った。

彼女は彼をおびき寄せる餌《えさ》にされただけで、隣国が彼を暗殺しようとしているなど、知らなかったのかもしれないと。

そう私に思わせるほどに、彼女の声には真実味があった。

「……殿下……お慕い、してます……今でも……」

思わず息を詰める。

だが、間を置かずして答えた彼の声は、苦し気なものだった。

「すまない……」

「……」

「前にも言ったが、そなたの気持ちには、応えることはできない……」

彼が、深い悔恨の念を滲《にじ》ませた声で答える。

そんな彼に、彼女の嗚咽が大きくなった。

再び、彼が歩き始めた音がする。しかしそこで、彼女の声で彼がその歩みを止めた。

「…………あの女の、何がそんなに良いのですっ……！」

一転して恨みが込められたその声は、いっそ痛々しい。

「……ええ……知っておりましたとも……」

「……」

「……気付かない、わけがありませんでしょう……？　どんなに優しいお言葉を掛けて下さったって、殿下はいつでもアニエス様ばかり見ていたではありませんかっ！　しかも！　私に愛を囁くのも触れるのも、彼女の前でだけっ！　それで気付かないわけがないでしょうっ……！」

悲痛なその叫びに、思わず私の胸まで痛くなる。しかしまさか、彼女がそんな風に思っていたとは。

意外な事実に、私は息を詰めて彼らの話に耳をそばだてた。

「……本当に、悪かった……」

対する彼の声は、低く、暗い。

「ひとえに私が、暗愚だったのだ……」

「……暗愚……違いますでしょう？　殿下は本当はご存知だったはず。知っていてご自身のお気持ちを誤魔化しておられた。……単に殿下は、ご自分のお気持ちを認めるのがお嫌だったのでしょう⁉」

「……そうだ。……だが、リーリエ、そなたのことは、妹のように愛しく思っていたのも事実だ。……だから本当に、すまないことをしたと思っている」

彼のその言葉に、リーリエ嬢の啜《すす》り泣きが大きくなる。

「だとしても、そなたが犯した罪はなくならない。二度も当時王太子妃候補だったアニエスの部屋に侵入し、彼女に害を為そうとしたことは、さすがに許されることではない」

「……」

「たとえそれが、そなたの父の命令であったとしても、だ」

再び彼の声が、決然としたものになる。彼女の気持ちを利用し傷つけたことをすまなくは思っていても、やはり彼はどこまでも王太子であり、情に流されることはない。一切甘さのない、非情ともいえるその言葉に、私は少なからずリーリエ嬢に同情の念を禁じ得なかった。

今の遣《や》り取りを聞けば、さすがに私だってわかる。

そして、かつて彼女が私に様々な嫌がらせをしてきた意味も、彼女が私を強く憎む意味も、だ。

彼女にしてみれば、さぞかし私のことは妬《ねた》ましく、疎《うと》ましかったことだろう。さらには、結果的に自分は反体制派の目を欺くために利用されていただけなのだと知った時、きっと深く絶望し、私を憎んだはずだ。

そう思えば彼女も、政治に、様々な思惑に翻弄《ほんろう》された被害者の一人なのかもしれない。

とはいっても、彼女がしようとしたことは許されることではないが。

「いくらでも私を恨んでくれていい。…………ディミトロフ、そこにいるな？」

「はっ！」

どうやら、私達がここにいることを彼はわかっていたらしい。

彼の呼び掛けに、即座にディミトロフが反応する。

「お前はそのままアニエスの護衛を。リーリエは他の者等に捕らえさせろ」

その言葉に、リーリエ嬢が息を呑んだのがわかった。

それと同時に、待機していた護衛が彼女を捕らえる。私のいる場所から彼女の姿は見えないが、特に抵抗をする様子は窺《うかが》えない。

そして私も、敢えて彼女に姿を見せる気はなかった。

「……帰るぞ」

「……」

いつの間にか目の前に来ていた彼が、私の腕を取る。

そのまま無言で歩き出した彼に、私は素直に従った。その後ろに、私の護衛とディミトロフが続く。

しばらく歩いたところで、不意に、彼がその場の沈黙を破った。

「……今回、カラルが狙っていたのは、私ではない」

「……」

「アニエス、お前だ」

言われて、ハッと隣の彼を仰ぎ見る。

「リーリエがどこまでそれを知っていたかは知らない。だが、お前をおびき出すために、この孤児院にカラルから送り込まれたことは確かだ」

確かに、少し考えればわかったことだ。彼女がこの国に戻ってきたとして、潜伏場所にこの孤児院をわざわざ選んだ理由。

そう、建国祭の前に、この国では王太子妃が孤児院を訪れることを知っていて、彼女はここを潜伏先に選んだのだ。

隣を歩く彼の顔からは、何を考えているかはわからない。

しかし、多分、彼もわかっている。

リーリエ嬢は、知っていて、私の前にわざと姿を現したのだ。

「お前を人質に取られたならば、全てを投げ打ってでも私がお前を助けようとすると、知っていての所業だ」

「……」

「アニエス。お前に話せば、お前は多分確実に、私よりも先んじてリーリエに会いに行こうとしただろう？」

そう言って、そこで初めて彼が私に視線を向けた。

その顔は、怒っているわけでもなく、責めているものでもない。ただ淡々と事実を語っている、そんな顔だ。

「だからこそ、お前には話せなかった」

つまりはそういうことだ。

王太子である彼を害したとなれば、我が国とカラルの戦は避けられない。それはカラルとしても望まない事態だろう。

しかし、王太子の寵愛《ちょうあい》を受けている私を人質に捕れば、戦などせずとも彼を意のままにすることができる。彼が私を見捨てることは絶対にないと、カラルは踏んでいたわけだ。

それに。彼の言っていることは正しい。

リーリエ嬢のことを彼から聞いていたならば、きっと私は彼より先に彼女に会いに行こうとしただろう。たとえ彼女の狙いが、私だとわかっていても、だ。

いや、むしろ私が狙いだとわかっていればこそ、彼に先んじて彼女に会いに行っていただろう。

何故なら、これは私とリーリエ嬢の問題であり、彼の手を煩《わずら》わせたくないし、何より彼を彼女に会わせたくないと私なら考えただろうからだ。

つまり。

「……お前が、私を信用していない」

「……」

言われて、私は俯《うつむ》いた。

彼の言う通りだったからだ。私に話してくれないことで、彼が私に壁を作っていると、拒絶していると私は思っていたが、むしろそれは逆だったのだ。

そう、私はどこかで、無意識に彼に線を引いているところがある。これまでの彼と私の経緯もあるが、彼には頼れないと思っている自分がいる。

私が、彼を、信用していない。

でも。

「アニエス……？」

思わず歩みを止めた私を、彼が訝《いぶか》し気に振り返る。

そんな彼から顔を背けるように遠ざけて、私は苦々しい思いで口を開いた。

「……殿下が、いけないのではありませんか……」

「……」

「そもそも、殿下が彼女との経緯を話してくれていれば、私だって不安になることはなかったのです」

「……」

「……それに、私に不信感を植え付けたのは、それこそ殿下ではありませんか」

「……そうだな。それは本当に、すまなかったと思っている」

彼の声は、静かだ。わかって、いるのだ。

その声に、私一人が過去に固執して意地を張っていたのだという事実が浮き彫りにされたような気になる。

彼が責めないことが、今は辛かった。

自分の情けなさ、不甲斐《ふがい》なさ、やるせなさ、様々な思いがない交ぜになり、思わず涙がこぼれそうになる。

そんな自分が嫌で、この期に及んで自分の失態を泣いて誤魔化すようなことはしたくない私は、強引に彼の腕を振り払い、そのままその場から駆けだした。

「アニエス、待てっ！」

「アニエス様っ！」

「お嬢様っ！」

背後から、彼の制止する声と、ディミトロフ、私の護衛の侍女の慌てたような声が聞こえてきたが、構わず走り続ける。

とにかく今は、一人になりたかった。

しかし、庭の一画に差し掛かったその時。

何故か私の足下から、青い光が立ち上った。

「アニエス！　そっちは駄目だ！」

彼の焦ったような声が聞こえてくるも、既に私の足下には魔法陣が現れている。

罠、だ。

あっという間に、私の体を青い光が包む。

「アニエス!!」

私の名を呼ぶ彼の声を最後に、私の視界は青一色に染まった。

◇

「アニエス！　待て！」

駆け出した彼女を捕まえようとするも、伸ばした手が虚《むな》しく空を掻く。すぐさま追い掛けるも、彼女の向かう先を見て、私は顔から血の気が引くのがわかった。

彼女が向かう方向には、先ほど護衛から報告を受けた、敵の仕掛けた罠が。大声で警告するも、アニエスに私の声は聞こえていない。

そして、伸ばした手が彼女に届く前に、彼女と私を隔てるように目の前に青い閃光《せんこう》が走った。

彼女の足下には、魔法陣が。あれは、転移魔法の陣だ。

咄嗟《とっさ》に妨害を試みるも、あっという間に彼女の姿は光に呑まれた。

「アニエス!!」

目の眩《くら》むような光が消えた後に、彼女の姿はなく。辺りに、彼女の名を呼ぶ私の声だけがこだまする。

アニエスが消えた虚空《こくう》を見詰めて、私は呆然《ぼうぜん》と立ち尽くした。

リーリエがこの国に戻ってきたとの報告を受けた私は、深い失望感を味わっていた。

本来処刑されるはずだった彼女を、国外追放の処分で済むよう減刑を願ったのは私だ。様々な思惑に振り回された彼女があのまま処刑されるのでは、余りにも哀れだったからだ。

何より、彼女の思いを知っていながらそれを利用したことを、酷く後悔していたというのもある。だからこそ彼女には、せめて生きて、彼女の人生をやり直すことができたらと思ったのだ。

しかしながら、処刑されるべきウィルスナー氏が捕縛人の手を逃《のが》れ、隣国のカラルに身を寄せたのは知っていた。リーリエも彼を追って、カラルに行ったということも。

カラルは我が国の領土を虎視眈々と狙う小国だ。そんなカラルに彼等が行ったということは、必ずや今後何らかの諍《いさか》いが起こるであろうことも予期していた。私を恨んでいるだろうリーリエが、カラルの企《たくら》みに加担するであろうことも、だ。

そして実際、彼女はカラルの手先としてこの国に戻ってきた。報告を受けた潜伏先を考えれば、狙いは明らかだ。

十中八九《じっちゅうはっく》、彼等の狙いはアニエスの拉致《らち》だと当たりは付けたが、それでも万が一ということがある。それに彼等の出方を見ないことには、こちらも策を立てようがない。だから敢えてアニエスにはリーリエのことは告げずに、孤児院の訪問に行ってもらったのだ。

案の定、アニエスに付けている護衛から、リーリエが彼女の前に姿を現したと報告を受けて、私は読みが正しかったことを確信した。自分一人で物事を解決しがちなアニエスであれば、必ずや私よりも先んじてリーリエに会おうとするとわかっていての計画だ。アニエスの性格を熟知した行動が、いかにもリーリエらしい。

ただ、アニエスも馬鹿ではないから、自分が標的であることを承知してリーリエに会いに行くだろうが、しかし、私に気付かれずに動くには、十分な人員を連れていくことはできない。

リーリエは、それを狙ったのだ。

そうなると、彼等の裏をかくには、まずはアニエスが単独で行動できない状況を作らねばならない。

本来であれば、アニエスに勝手に動かないよう説明をして、彼女に納得してもらえれば一番いいのだが、きっとそれは無理であることはわかっていた。私がどんなに話をしたとしても、彼女は必ず自分一人で解決しようとするだろう。

何故なら、アニエスは私を信用していないからだ。

もともと他人には頼りたがらない彼女ではあるが、私に対しては特にその傾向が顕著だ。

頼らないし、甘えない。どこかで線を引いているのだ。

多分、再び私に裏切られたとして、いつでも私の側を離れられるようにと心積もりしているのだ。

しかし、それを責める気はない。彼女をそこまで追い込んだのは、私だからだ。

それに、今回はリーリエが絡んでいるのだからなおさらだ。アニエスが待ってくれているのをいいことに、リーリエと私の間にあったことを彼女に話していなかったことが災いした。

つまり、私の甘えが、この事態を生んだのだ。

そうなると、アニエスが単独行動を取れないようにするには、彼女が私の動きを窺う状況を作らねばならない。

そう、不本意ではあるが、私のことを疑わせればいいのだ。であれば、必ずやアニエスは、私がリーリエにどういう行動を取るのか確かめようとするだろう。

お互い辛い状況にはなるが、アニエスを守るためには仕方がない。それに、これを機に今度こそ、彼女に全てを話せばいいだけだ。

そこまで考えて、私とアニエスの関係、そして何より、アニエスの性格を知り尽くした上で立てられた今回の犯行計画に、思わず私は苦笑を漏らした。

そう、リーリエは、アニエスに次ぐ王太子妃候補とされていただけあって、その容貌《ようぼう》に反して意外に狡知《こうち》に長《た》けている。当時、私の目を盗んでアニエスに様々な嫌がらせやら何やらをしていたことは、私も知っている。

ただ、アニエスがリーリエよりも一枚上手《うわて》であり、それら嫌がらせに対してきっちり返礼をしていたことも知っていたため、特に私が関与する必要がなかったのだ。

それに、そんなリーリエの行動を咎めるには、余りにも私は後ろめたかった。

父王から、反体制派の目を欺くために、彼らの筆頭であるウィルスナー伯爵の娘と恋仲になる演技をしろと言われた際、私は激しい反発を覚えた。演技とはいえ、そんな低俗な真似《まね》をしなければならないことへの憤りだ。

しかしすぐに、その憤りは落胆へと取って代わられた。

何故なら、私にもわかっていたからだ。王太子である私がそんな姑息な振る舞いをせざるを得ないほどに、王家の立場はまだまだ危ういのだと。

一番は先代の王、私の祖父の奢侈《しゃし》が原因だが、現国王である私の父と廷臣の筆頭であるドラフィール侯爵の不仲が、本来一枚岩であるべき国の朝廷の基盤に亀裂を入れていた。

それでも、私とドラフィール侯爵の娘であるアニエスが婚約したことで、以前に比べればそれでも大分落ち着きはしたが、父王と侯爵が不仲である事実に変わりはない。現体制の転覆を目論む輩は、そこに付け込んだのだ。

丁度その頃は、私とアニエスの仲はすっかり膠着《こうちゃく》状態で、私自身、自分の気持ちには薄ら気付いてはいたものの、それを認めたくなくて余計に彼女に辛く当たっていた時期だった。

そんな私に、アニエスもますます態度が固くなり、私自身どうしてよいのかわからず常にイライラしていた時期でもあった。

だからリーリエのことは、正直アニエスに対する嫌がらせの気持ちもあった。

初めてアニエスの前にリーリエと姿を現した時のことは、今でもよく覚えている。その頃にはもう殆《ほとん》ど感情を見せなくなっていたアニエスが、あの薄水色の瞳を見開いて、彫像のように動かなくなったのだ。

一切の光を失ったガラス玉のようなその目を見た時、私は激しく胸が痛むと同時に、しかし、訳のわからない高揚感も覚えていた。

アニエスが、あの彼女が、私のことでそこまで感情を乱して傷ついている、ということに満足感を覚えたのだ。

けれども、彼女を傷つけたことに苦しくなるほど胸が痛むのも事実で。

程なくして会場から姿を消した彼女に、私は堪え切れなくなってすぐさまその後を追ったのだった。

追った先で見たのは、控室で床に頽《くずお》れて啜り泣く彼女だった。

初めて見るアニエスのそんな姿に、激しい後悔と罪悪感が湧き起こる。堪らず彼女の下に駆け寄ろうとして、しかし、そんな私の肩を掴んで止める者がいた。

ドラフィール侯爵――彼女の父だ。

無言のまま、冷たい蔑《さげす》みを込めた視線で見下ろされて、途端私の敵愾心《てきがいしん》に火がつけられる。侯爵が私を押しやるようにして控室に入り、それに気付いた彼女が涙に濡《ぬ》れた顔を上げたのがわかった。

そうなると、私はただの間抜けでしかなく。

同時に、久しく忘れていた侯爵への怒りと屈辱を思い出した私は、改めてアニエスに対する自分の気持ちを無意識のうちに押し込めたのだった。

そんな中、意外にもリーリエは私の心の慰めになった。

不思議と彼女には、穏やかで優しい気持ちで接することができたのだ。

アニエスには決して向けられない言葉も、リーリエにならば容易に口にすることができる。それに、会えばいつでも様々な感情で掻き乱されるアニエスとは違い、無邪気に微笑むリーリエといるのは安らぎでもあった。

　しかしそれは、自分の気持ちの誤魔化しであることにも気が付いていた。

　純粋に私への好意を向けてくれる彼女の向こうに、いつでもアニエスの姿を見ている自分がいることにも。

　結局は、アニエスに向けられない思いをリーリエに向けることで、私は自分を誤魔化していたのだ。

　事実、愛しいとは思うものの、アニエスに感じるような苛烈な感情や欲望をリーリエに感じたことはない。それは、あくまで妹を愛するような兄のような感覚で、穏やかに彼女の幸せを願う思いだ。

　けれども、そんな私の気持ちに、リーリエが気付かないわけがなく。自分はアニエスの身代わりにされているのではないかと、それとなく私を責めるようになった。

　それと同時に、あんなにも無邪気に私の前で微笑んでいた彼女が、アニエスを激しく憎み、嫌がらせをするようになった。そうなると、反体制派の目を欺くための演出であることを気付かれる恐れが出てくるわけで。

　何より、あれほど冷たい態度を向けていたにもかかわらず、何故か周りには私がアニエスを好きだと思われていたこともあって、リーリエが疑念を抱くようになるのは必然だった。

　そんな彼女とウィルスナー伯爵を納得させるために、私、というか父王が指示したのが、アニエスと私の婚約破棄、だ。

　ただ、そうはいっても本当にするわけではない。婚約破棄をしたと、リーリエと反体制派に思わせるための狂言だ。

しかし狂言ではあるものの、父の中で、侯爵と決別するのならそれはそれでよしとする気持ちがあったことも知っている。父としては、ドラフィール侯爵家が力を持つ今の体制が気に食わないという、個人的な気持ちが強くあったのだろう。

だから侯爵は、父の言葉に耳を貸さなかった。

それに、私のリーリエに対する態度が、真実彼女を慈しむものであったからこそ、余計に侯爵としてはアニエスと私の婚約破棄が狂言だなどとは信じられなかったのだろう。

まあ、純粋に私のことが気に入らない、というのもあっただろうが。

それでもその狂言を断行したのは、私の甘さだ。アニエスは、何があっても私から離れることなどないだろうという、無意識の驕《おご》りがあったのだ。最後に説明すればアニエスならわかってもらえるという、勝手な思い込みと甘えだ。

だが、アニエス——彼女が取った行動は、信じられないようなものだった。

体の自由を奪われて、アニエスに犯された——そう、犯されたことは、激しい屈辱を私に与えると同時に、あの彼女を、そこまでせざるを得ないような状況に追い込んだ自分の情けなさが悔しくてしょうがなかった。

そして何より、アニエスがあっさりと私との婚約の誓約魔法を解除したことが、私に激しい衝撃を与えた。

誓約魔法を解除し、私に微笑んで見せた彼女の顔は、何とも清々《すがすが》しいものだった。

その顔で、既にアニエスの中で私は切り捨てられた存在なのだということを、否《いや》が応《おう》にでも悟らざるを得なかった。

信じ、られなかった。

私はこんなにも、彼女に振り回され、掻き乱され、執着しているというのに、彼女は、アニエスは、違うのだ。

こんなにもあっさりと、私との絆《きずな》を断ち切ることができるのだ、と。


掛けられた睡眠魔法から目覚め、隣に彼女の姿がないことと、長年体の一部となっていた彼女との誓約魔法の繋がりが切れていることに気付いた私は、これまで味わったことのないような虚無感を感じていた。

それと同時に、身の内を焼き尽くすような激しい怒りを。

私を捨てた彼女が憎くて、憎くて、それこそ頭がおかしくなりそうだった。

私にあんなことをしたのだって、彼女にしたらただの策略にしか過ぎない。この国の王族の種を宿したとして、隣国にでも身を寄せる気だろう。それに隣国には、あのハトコがいる。

アニエスが私を捨てて他の男と一緒になるつもりなのだと、考えただけで気が狂いそうだった。

すぐさま逃げた彼女を追わせるも、初動が遅れたこともあって、既に彼女は隣国に渡った後で。今回のことは念入りに準備されていたらしく、見事なまでにアニエスは隣国でその行方《ゆくえ》をくらました。

これまでは婚約の誓約魔法により、常にお互いの存在を身の内に感じ取っていたのだが、彼女の誓約が解除された状態では、どんなに軌跡を辿《たど》ろうとしてもそれができない。彼女の存在が感じ取れなくなったそのことに、私は言いようのない不安と焦燥感を感じていた。

しかし何より耐えられなかったのは、心の虚《うろ》を風が通り抜けるような空虚さだ。

何をしようにも手につかず、世界が黒く塗り潰されたかのような日々は、自分が自分でなくなっていくかのようだった。

そう、アニエス、彼女を失って初めて、私はどれほど彼女が私にとってなくてはならない存在なのかを身をもって知る羽目になったのだ。それこそ、王太子の位や立場などどうでもいいと、彼女を再び得るためなら、何を投げ打っても構わないと思うほどに。

そんな私は、アニエスの父、ドラフィール侯爵に膝《ひざ》を折った。

明らかにこの政争の元凶であり、私に屈辱を与え、私とアニエスがここまで拗れた要因でもある彼に、だ。そうまでしてでも、アニエスを取り戻したかったのだ。

それでも、侯爵を説得するのは並大抵のことではなかった。

何度もドラフィール邸に足を運んで彼女がいかに私にとって必要であるかを説き、これまでの経緯を洗いざらい話して必ずや彼女を守ると宣言して、ようやく、侯爵を頷かせることができたのだ。

そして告げられたアニエスの居場所に、私はすぐさま向かった。

折しも私がその地に着いたその日に、アニエスが街へと降りていると聞かされて、旅人に身をやつした私はすぐに彼女の後を追うことにした。

変装魔法で姿形を変えるほどの念の入れようだったが、不思議と私はすぐに彼女がわかった。髪の色も目の色も何もかもが違うが、歩き方から仕草の一つに至るまで、私の目には間違いようがなかった。つまりは、それほどに彼女を見てきたという証左《しょうさ》で。

しかしながら、私にはまず見せない屈託のない笑顔で付き添いの侍女と笑い合う彼女の姿に、私は言いようのない怒りを覚えていた。

私は、彼女が姿を消してから、こんなにも悩み、苦しみ、耐えられないまでの虚無感と戦ってきたというのに、アニエスは違うのだと。むしろ私の元を離れた今こそ、晴れ晴れと楽しそうだ。

つまり、気が狂いそうなほど彼女を思う私と違い、彼女は私のことなどどうでもよいわけで。

私のことなどあっさりと過去のことにしてしまえるのだ、彼女は。

そのことに、激しい怒りと憎しみで頭がおかしくなりそうだった。

慎重に後を尾《つ》け、侍女が離れた隙《すき》に、彼女の前に立つ。驚愕《きょうがく》に目を見開いた彼女を見下ろす私の胸中は、嵐《あらし》のように吹き荒れていた。

すぐさま声を上げて逃れようとする彼女を拘束《こうそく》し、準備していた魔道具で彼女ごと王宮へと転移する。腕の中の、気絶させてぐったりと力の抜けた彼女に、私は苦々しい思いで一杯だった。

伝令よりも早く私が彼女の下を訪れたため、侯爵からまだ話を聞いていないだろうことはわかっていたが、それにしてもあんなにも嫌がられるとは。この状況で喜ばれることはないとわかってはいても、私から逃れようともがくアニエスの姿は、私の胸を酷く抉《えぐ》った。

けれども、彼女への恋情を認識した今、彼女が愛しくて堪らないのも事実で。愛しいと思えば思うほどに、彼女への憎悪も募った。

そんな私が出来心を起こすのは、必然の流れで。

彼女が何も知らないのをいいことに、敢えて何の情報も与えず、彼女が誤解するままに任せたのだ。実際は反体制派からアニエスを隠し、守るためであったが、軟禁状態の彼女は、私にあんなことをした彼女を憎む私が、彼女を嬲《なぶ》るために監禁しているのだと丁度良く誤解した。

それに、彼女への復讐《ふくしゅう》というのも、あながち間違いではない。アニエスを思いながら、私を捨てた彼女を激しく憎んでもいたからだ。

彼女との倒錯的な行為は、私の嗜虐心《しぎゃくしん》を満足させると同時に、初めて知った肉欲と快楽に私を溺《おぼ》れさせた。

そして何より、行為の最中だけは、彼女も素の姿を見せる。背中に回された腕に、伝わる鼓動に、私を見上げる淡い水色の瞳の中に、彼女の思慕を感じることができる。

それが気が遠くなるほど嬉しくて、ますます私は夢中になった。

けれども、そんなことをしていて上手くいくわけがなく。リーリエが伯爵家の権限を最大限に使ってアニエスの居場所を突き止めた時から、アニエスの態度に明らかに影が差し始めた。

日に日に昏《くら》くなるアニエスの瞳から、彼女が追い詰められ、心に闇《やみ》を抱えていくのがわかる。さしもの私もさすがにこれまでの所業を反省したが、それでもまだどこかでアニエスなら大丈夫と慢心していたのだ。

そして私はそれを、痛烈に後悔する羽目になる。

リーリエには、アニエスが出奔してすぐに別れを告げていた。ドラフィール侯爵家の離反が公のものとなり、状況が変わったということもあるが、何より私が、これ以上は自分の気持ちを誤魔化しきれなかったからだ。

妹のようにしか思えないのだと告白した私に、リーリエは泣き、私を詰った。そんな彼女に負い目を感じていたことが、リーリエにアニエスの部屋へ侵入する隙を与えてしまった。

それと同時に、如何《いか》に反体制派が王宮の奥深くまで手を回しているのかということが明るみとなる結果になった。

現体制を強化するためには、反体制派を一掃しなければならない。そんな折にちょうどアニエスの存在は、反体制派を炙り出すための囮《おとり》になると判断されるのも無理ないことで。

私一人が反対しても、王である父の判断の前には私も黙らざるを得ない。だから、リーリエが二度目の侵入を試みる計画を知っていながら、敢えて私はそれを看過した。

すぐにでも駆けつけたくて、イライラしていた私を諌《いさ》めるディミトロフは大変であったと思う。ようやくアニエスの下へと駆けつけて、そこで起きた想定外の事態に私は驚いてしまった。

部屋はまるで、嵐の後かと思うほどの荒れようで、家具という家具が壁に叩きつけられている。それでも、見ればアニエスは無事なようで、そのことにひとまず安堵するも、部屋の状況を検分した私の目に、壁に叩きつけられて床に倒れ伏したリーリエの姿が飛び込んできた。

今回の出来事は、リーリエが画策した犯行の末の顛末なのだが、どうしても彼女を憎み切れない私は、慌ててリーリエの下へと駆け寄った。

彼女を抱き起こすも、意識は戻らない。恐らく、何らかの方法でアニエスを害そうとして、それに抵抗したアニエスが魔力を暴走させたのだろうが、兎に角話を聞かないことには状況がわからない。

この場で一人状況がわかっているだろうアニエスに、何があったのか問いただしたところで、しかし、何故か彼女の瞳から光が消えた。

ゾッとするほど昏く、どこまでも虚《うつ》ろなその瞳に背筋が寒くなる。

何かが決定的に失われたと感じた次の瞬間、アニエスが私に背を向けて駆けだしたのだ。

慌てて後を追うも、気付けば彼女はバルコニーで。振り返って微笑んだアニエスの顔を、私は一生忘れはしないだろう。

彼女が何をしようとしているのか気付いてからは、そこからはもう無我夢中《むがむちゅう》だった。

手摺《てすり》から身を投げた彼女を追い掛けて、すぐさま私も飛び降りる。あの時彼女を助けられたのは、本当に幸運だったと思う。

今でも、あの時のことは時々夢に見る。

血の凍るような思いとともに、深い絶望と後悔の念に苛まれていつも飛び起きるのだ。

それでも。私はギリギリで間に合うことができた。

だからこそ、今度こそは二度と彼女の手を放す気はない。たとえ、何度彼女が私のもとを離れようとも、だ。

だから、今回も必ず彼女を連れ戻す。

青い光とともに彼女が消えた虚空を睨んだ私は、すぐさま踵を返したのだった。

敵国の罠《わな》である魔法陣に捕らわれ、青い光に呑《の》み込まれた後、次に私が見た光景は、葉を落とした木々が立ち並ぶ、寂しい山の中だった。

慎重に辺りを見回すも、人っ子一人いない。完全に、ここは秋も終わりの山中だ。

あの瞬間、足下に広がる魔法陣の形から、それが転移魔法の陣であると気付いた私は、咄嗟《とっさ》に妨害を試みた。あの場所にあったということは、十中八九《じゅっちゅうはっく》敵国カラルに通じる魔法陣だったのだろう。しかし間に合わず、結果、魔法陣は発動してしまった。

けれども、今いる場所を見るに、どうやら目的の場所とは違うところに私は転移されたようだ。一応、咄嗟に放った妨害魔法が功を奏したらしい。

とはいえ、ここがどこなのかはさっぱりわからない。わからない以上、むやみやたらに動き回るのは危険だ。しかも今は夜であり、月明かりがあるとはいえこの山中では、下手《へた》に動き回れば崖《がけ》から落ちかねない。

冷静に今の状況を判断し、注意深く辺りを観察する。

するとすぐ側《そば》に、風がしのげそうな窪地《くぼち》があることに私は気が付いた。

幸いまだ冬にはなっていないが、この時期の夜は寒い。それに、獣に襲われる心配も考えて、地面に落ちている手頃《てごろ》な枯れ枝を集めた私は、さっそく窪地で火を焚《た》くことにした。

こういう時、自分に魔術の才能があることが心底ありがたい。何より侯爵家の娘ということで、幼少期から誘拐などに備えて一通り不測の事態に対応する術《すべ》を習っていたことも幸いだった。

念のため、窪地の周りに防御の魔法を張り、夜陰を忍ぶために羽織ってきたマントに包まる。火に当たり、体が温まって、ようやく私は人心地がついた。

そうなると、途端胸に押し寄せるのは自分の失態を責める思いだ。一人で考えて行動し、結果読み違えていただけでなく、感情的になって突っ走った挙句にこの顛末《てんまつ》だ。

ただあの時は、どうしてもリュシリュール、彼の側にいられなかった。

彼が私を責めるつもりはないことは、わかっている。私を追い込んだことに対して、負い目を持っていることも。彼なりに、私との関係をやり直そうとしてくれているのも知っている。

知っていて、それでも心を閉ざしていたのは私だ。

彼は変わろうとしてくれているのに、私は過去に固執してそんな彼を信じようとしなかったのだ。

途端、結婚してからの、彼との様々なやり取りが思い出される。

同時に、身を切るような寂しさに私は襲われた。


辺りはシンと静まり、焚火《たきび》の爆《は》ぜる音だけが響く。風もなく、生き物の気配すらない。まるで世界に私一人になったかのようだ。

ここがどこなのかわからない以上、このなんの準備もない状態では、果たして戻れるのかどうかはわからない。それに、妖魔《ようま》や魔物が出る可能性だってある。野犬や狼《おおかみ》の群れの危険も。

いくら魔法が使えると言っても、一人でそれらと戦うのは無理だ。最悪の場合、このままここで野垂れ死ぬ可能性もある。

それもこれも全《すべ》て、自ら心を閉ざした結果だ。彼を信用せず、拒絶して、その結果今自分はこんな山中に一人でいるのだ。

考えれば考えるほど、寂しくて、寂しくて、堪《たま》らない。

こんな時。

子供の頃から必ずいつも、不思議と彼は側に来てくれていた。

あんなにも冷たい態度を取りながら、それでも私が心底傷つき一人になると、何故か必ず彼は私の側にやって来てくれていたのだ。

厳しい王太子妃教育が辛《つら》く、その上彼にまで冷たくされて、何度か王宮の庭に隠れるようにして一人でうずくまっていたことがある。もう嫌だと、こんな思いをするくらいなら王太子妃になどなりたくないと何度思ったか知れない。当時、彼には嫌われていると思っていたのだから、なおさらだ。

こぼれそうになる涙を必死で堪《こら》え、生け垣に身を隠すようにしてうずくまっていると、不意に腕を掴《つか》まれて、驚いて見上げた先には彼がいた。

怒ったような顔で見下ろされて、意地になった私がそっぽを向いても、彼は私の腕を放さない。それでも彼は、特に何か言うでもなく、無言で私の腕を掴んだままで。根負けした私が渋々立ち上がると、腕を放し、私の手を握って歩き出す。

彼は何も言わなかったけれども、繋《つな》いだ手から伝わる温《ぬく》もりと、わざと遠回りしてゆっくり庭を歩く彼からは、明らかに私を心配する気持ちが伝わってくる。

そうやって連れられて部屋に戻れば、必ずお茶の用意が。私が甘いものを好きなことを、知っているのだ。

相変らず感情の読めない顔で、碌《ろく》にしゃべりもしなかったけれども、逆にそれがおかしくて。不器用ではあるけれどもたまに見せるそんな優しさに、彼の気持ちを垣間《かいま》見た気がしたものだ。

だからこそ、嫌いにはなれなかった。

どんなに冷たくされても、どこかで必ず彼も私を思ってくれているのでは、という思いがあったのだ。それ故余計に、リーリエ嬢が現れた時には裏切られたと深く絶望したのだ。

けれども、今ではそれも違ったのだとわかっている。

先ほどの彼らの遣《や》り取りから考えれば、リーリエ嬢はやはり政治的に利用されただけなのだろう。つまり、リーリエ嬢の思いを知っていて、彼は彼女を利用したことになる。彼が私に彼女のことを話したがらなかったのは、その後ろめたさからだったのだ。

わかってしまえば、何とも彼らしい。やはり、どこまでも不器用なのだ。

昔は、冷徹で完璧《かんぺき》な王太子だと思っていた彼も、今では違うのだということを私も知っている。案外直情的で、必死でそんな自分を抑えているのだとも。

あの冷たく整った彼は、気が遠くなるような努力の末に作られたものなのだろう。そして多分、そんな王太子としての彼を揺るがせることができるのが、私なのだ。

今、彼に、リュシリュールに、会いたくて堪らなかった。

ようやく私達は互いに向き合うことができる。彼と私、ここからが本当の意味での始まりなのだ。

なのに私は、こんな場所に一人でいる。それどころか、もしかしたらこのまま彼と会うこともなく死ぬ可能性だって。

様々な思いが去来し、思わず額を膝《ひざ》に付けてきつく自分の体を抱きしめる。

その時だ。

それまで音一つしなかった山中に、誰《だれ》かが枯葉を踏みしめる音がした。

しかも、すぐ近くから。

急に現れた人の気配に、驚いて伏せていた顔を上げる。真夜中のこんな場所に急に現れるだなんて、絶対碌なモノであるはずがない。妖魔か人を誑《たぶら》かすという妖《あやかし》の類《たぐい》かと、体に緊張が走る。

まっすぐこちらに向かってくる足音に、私は素早く立ち上がって攻撃の態勢を整えた。

しかし。

窪地の縁に現れたその姿を仰ぎ見て、思わず私は目を丸くしたまま固まってしまった。

何故《なぜ》なら、そこにいたのは、今私が会いたくて堪らなかった人物だったからだ。

「……殿下……」

私の呟《つぶや》きに、防御魔法を軽々解いて彼が側までやってくる。呆《ほう》けたように立ち尽くす私に構わず、再び窪地に防御魔法を張って、そこで彼が私に向き合った。

焚火の明かりを受けて光る、銀の髪と瞳《ひとみ》。紛れもなく、リュシリュール——彼だ。

何より、身の内に刻まれた誓約魔法が、間違いないと告げている。そのまま無言で抱き寄せられて、途端馴染《なじ》んだ香りと温もりに包まれる。

すまなかった、と呟くように謝られて、堪らず私の視界が涙で霞《かす》んだ。

「……どうして、ここが……？」

「……捕らえたカラルの術者から、罠に使った術の構築を聞き出して、王宮の魔導師に痕跡《こんせき》を解析させた」

涙を堪え、胸に顔を埋めて聞けば、彼が抱きしめる腕に力を込める。

優しく、宥《なだ》めるようなその声音に、私はますます泣きたくなってきた。

「あとは、お前と私の誓約魔法の繋がりを使って、お前の居場所を特定した。それで術の軌跡を辿《たど》ったんだ」

「……でも……殿下自ら、こんなところに……」

彼は王太子だ。いくら場所がわかっているとはいえ、こんな場所に一人でやってくるなど無茶にも程がある。

けれども、そんな私の心配をよそに、彼が何でもないことのように話を続けた。

「術の軌跡を辿るにしても、誓約魔法の繋がりを持つ私でなければ無理だろう？　それに、早くしなければ痕跡も消えてしまうからな」

「そうは仰《おっしゃ》っても……」

「それに、妻を迎えに行くのは夫の役目だ」

その言葉に、これ以上涙を堪えることは無理だった。体を震わせて嗚咽《おえつ》を漏らす私に、彼が優しく

髪を撫《な》でてくる。

夫婦だと、彼の口から言ってもらえたことが嬉《うれ》しくて、同時に申し訳なかった。

「……ご……ごめんなさい……私……私が……」

「謝らなくていい。今回のことは、私が悪い」

「……で……でも……」

彼の言うことを聞かず、軽率な振る舞いをして敵の罠に嵌《はま》ったのは私だ。私達は夫婦なのに、私は彼を夫として信用していなかったのだ。

しかし、そんな私を強く抱きしめて、彼が私の髪に顔を埋めた。

「不安にさせて、悪かった」

その一言で、これまでの全ての蟠《わだかま》りが解けていくのがわかった。同時に、彼に受け入れられているという絶対的な安心感に包まれる。

そのまま彼は、泣きやむまで私の髪を撫でてくれていた。


「……じゃあ、ここは……」

「そうだ。カラルとの国境《くにざかい》の山脈だ」

焚火に枝をつぎ足しながらそう説明する彼は、背後から私を抱えて、頭からすっぽりと毛布で包まっている。私の居場所がわかってすぐに、早急に山越えの準備を整えてから、ここに転移してきたのだ。

「あの罠は本来であれば、そのままカラルの王宮に転移する仕掛けだったらしいのだが、咄嗟に放った妨害魔法と、もともと国境のここには転移魔法を無力化する仕掛けが施されていたことが関係して、ここに飛ばされたらしい」

隣国のカラルとは緊張状態にあるため、いざ争いになった際にカラルから我が国に簡単に兵を送り込めないよう、こういった仕掛けが国境に沿って施されているのだ。

「だから一旦《いったん》この山を抜けないことには、転移魔法は使えない。幸い、ここから南に行ったところに村があるから、とりあえずはそこを目指して山を下るぞ」

その村まで大体一日程度というから、きっと私の足では二日は掛かるだろう。

それにしても今日は、お忍びということで靴や服装を軽装にしていて本当に良かった。多分これなら、村娘は無理でもちょっと裕福な街の娘で通じるだろう。マントもあるから、旅人風の格好をした彼と並べば、旅の途中の夫婦と言い張ることができる。

さすがにカラルが目と鼻の先のここで、私達が王太子夫妻だと知られるわけにはいかない。

「夜が明けたらすぐに出発する。火の番は私がするから、お前は少し休むといい」

「でも、殿下は……」

「私は大丈夫だ。こう見えても、それなりに訓練を受けているのでな」

彼も、不測の事態に備えて子供の頃から様々な訓練を受けているのだ。それに、有事の際は彼が陣頭に立って指揮を執らねばならない。騎士の兄様ほどではないが、彼も何だかんだいって強いのだ。

それにしても。

先ほどまで、あんなにも寂しく心細かったのが嘘《うそ》のようだ。今ではひやりと静かな夜の空気すら、心地良い。何より、彼の温もりに包まれて安らぎに満たされていく。抱えた膝に頭を乗せれば、体から力が抜けるのがわかる。

自然と瞼を閉じた私は、小枝の燃える音を聞きながら、いつしか眠りに落ちていたのだった。

日の出とともに出発した私達だったが、意外にその道中は楽しいものだった。

秋も終わりの今の時期ならば、動いても汗ばむことはない。カラリと乾燥し、澄んだ空気の山の中を、落ち葉を踏みしめ歩くのは何とも清々《すがすが》しい。

何より、リュシリュール、彼と一緒だということが、私の気持ちを浮き立たせていた。

それでもやはり、普段王宮暮らしの私に慣れない山歩きは大変で。結局、予定通りとはいえ、行程の半分ほどのところでその日も野宿をすることになった。

野宿に良さそうな、ちょっとした岩穴を見つけられたのも幸いだった。

彼が道中で狩った獲物を処理している間に、煮炊きに必要な枯れ枝や、寝床にするための落ち葉を私が集める。体は疲れ切っているし慣れない作業のはずなのに、それでも不思議と楽しくてしょうがない。こんな時でしか見ることができない、彼が不器用に獲物を捌《さば》いて調理する姿に、思わず笑みがこぼれてしまう。

塩を振って焼いただけの獣肉に、拾った木の実、彼が用意した乾いた携帯食という粗末な食事にもかかわらず、一日歩いてお腹《なか》を空《す》かせた状態ではご馳走《ちそう》だ。焦げたり生焼けだったりするのもご愛敬で。自然と笑顔で食事を終えた後、その日も私達は毛布に包《くる》まって焚火に当たっていた。

「……案外こういうのも、悪くないですね」

「そうだな。……だが、もう少し料理の腕を上げないといけないな」

「ふふふ、そうですわね！」

ぼやく彼に、思わず声を上げて笑ってしまう。クスクスと笑う私に、彼も楽しそうに笑う。

屈託なく笑い合い、その後で、彼が私の体に腕を回して抱き寄せてきた。

「……ずっと、お前とこんな風に過ごしたかった……」

「殿下……」

「私のせいで、これまで本当に、すまなかった……」

そう言って背後から抱きしめてくる。

思わず胸が熱くなった私は、体の向きを変え、彼の背中に腕を回した。

「……リーリエのことは、本当に悪かった」

「はい……」

「自分の気持ちを誤魔化すために、彼女とその気持ちを利用したんだ」

彼の声に、悔恨の色が混じる。

「私の未熟さから、お前を、そして彼女も傷つけた。本当に、すまない……」

謝られて、私は一旦体を離して彼の顔を見上げた。視線を落とした彼のその様子からは、自分の過《あやま》ちを深く恥じているのが伝わってくる。

そんな彼に、私は苦笑して、彼の話を遮るようにそっと口付けた。

「……もう、いいです」

「アニエス……？」

「もう、わかってますから」

驚いた顔の彼に、微笑《ほほえ》んで答える。

「だからもう、それ以上は言わなくても大丈夫です」

孤児院での遣り取りを聞けば、彼とリーリエ嬢の間で何があったのかは大体わかる。どうして彼が私に説明しようとしなかったのかも。

彼のことだ、何を言っても言い訳にしかならないと、敢《あ》えて私にはああいう言い方しかしなかったのだろう。本当、不器用だ。

不器用なまでに実直な人なのだ。

「だが！　そういうわけには……！」

「いいんです」

「しかしお前は……」

「本当に。……それに、結局は過去のことですから」

確かに、リーリエ嬢のことでは苦しめられた。裏切られたと、彼に捨てられたのだと激しく絶望し、深く傷ついた。それが元で、彼のことが信じられなかったのも事実だ。

しかし、彼が心から悔い、変わろうとしてくれているのを知っている今、やはりそれは過去のことに過ぎない。

それに、やっぱり私は、そんな不器用な彼が好きなのだ。

少し前までの私だったら、彼に弁明を求めていただろう。彼の口から説明してもらうことで安心したかったというのもあるが、突き詰めればやはりそれは、彼の仕打ちを咎《とが》め、責める気持ちがそれを望んでいたのだ。

何より、彼女を愛してはいなかったのだと、彼に言わせたかっただけなのだ。

しかし、それを言わせたからといって、私は満足しなかっただろう。何故なら、過去に固執している限り、彼が何を言おうが完全には納得しないからだ。

許容する気持ちがない限り、際限なく責め続けることになる。そしてそれは、果てしなく不毛だ。そんなことを続けていれば、必ずどちらかが疲弊する。

でも、そんなことを私は望んではいない。

私が真に望むのは、彼との未来だ。

「だから、言わなくても大丈夫です」

微笑む私に、彼が戸惑ったような表情を浮かべる。私が無理をしているのではないかと、勘繰っているのだろう。

「別に、無理はしていませんよ?」

「では……」

「私の中で納得したから、それでいいんです」

それに。

「夫に、あれこれ言い訳させるような妻にはなりたくありませんから」

私のその言葉に、彼が面食らったような顔になる。

彼のそんな反応がおかしくて、私はクスクスと笑みをこぼして話を続けた。

「リーリエ嬢のことは、今回のことも、昔のことも、わかりましたから大丈夫です。それに、これからはきちんと色々話して下さるのでしょう？」

「それはもちろんだ」

私の問いに、彼が即答する。

それが嬉しくて、私は笑みを深めた。

「だから、いいんです」

「アニエス……」

過ちを咎めるのは簡単だ。間違いはどうしたって目に付くし、気になるものなのだから。

でも、重要なのはそこではない。

如何《いか》にその過ちを教訓として、未来に活《い》かすか、だ。

何より、彼が完璧ではないように、私も完璧な人間などではない。きっとだからこそ、人は寄り添い合い、支え合うのだろう。

「……それよりも、もっと言うべきことがあるのでは？」

少し意地悪に、拗《す》ねたようにそう言う私に、彼が戸惑ったような顔になる。しかしそれは一瞬で、すぐに意味を理解した彼が、思わずといった様子で声を上げて笑った。

「そうだな！」

「……では？」

クツクツと笑った後で、再び私を引き寄せ、額を合わせてくる。

素直にそれを受け入れた私は、そっと瞼《まぶた》を閉じた。

「アニエス、愛してる。子供の頃からずっと」

「……」

「色々と未熟な私だが、それでも、これからも一緒にいて支えて欲しい」

「……はい。私で、よければ」

私の返事に、彼が私の頬《ほお》に手を添える。

目を開ければ、穏やかに優しく見詰める銀の瞳が。

しばらくそのまま見詰め合った後、私達は口付けを交わした。


狭い岩穴の中を、揺れる焚火の明かりが満たしている。静かな山の夜に、聞こえるのは枝の燃える音と、互いの呼吸だけだ。

気付けばいつの間にか深くなっていた口付けに、私達は衝動に任せるまま互いの唇を貪《むさぼ》った。

舌を合わせ、絡ませるたびに、体の熱が上がっていく。どちらのものともわからない溜《た》まった唾液《だえき》を飲み下せば、下腹に疼《うず》きが溜まっていくのがわかる。

既に頭は快感ですっかり上気し、痺《しび》れたように何も考えられない。わかるのは、彼が欲しい、それだけだ。

は、と息継ぎの間でわずかに顔が離れる。その瞬間、見詰め合う彼の瞳の中にも、確かに同じ感情が。

それなのに、何故かそれきり顔を離して、彼がすっと体を引いた。

「……今日は疲れただろう。……明日も早い、もう寝よう」

視線を逸《そ》らしてそう言う彼に、はぐらかされたような気分になる。

けれども、彼の顔は赤いままだ。何より、彼の体は如実《にょじつ》に欲望を語っているわけで。

そのことに安心した私は、彼の首に腕を回して身を乗り出した。

「アニエス……――っ！」

彼の頭を引き寄せ、強引に唇を塞《ふさ》ぐ。それと同時に、彼の体を跨《また》ぐようにして膝の上に乗った私は、求めるままに体を押し付けた。

押し付けた脚の間に感じる熱くて硬い塊に擦《こす》るように腰を揺らせば、痺れるような快感が体に広がっていく。最初は戸惑ったように体を硬くしていた彼も、すぐに息を乱して応《こた》えるように深く口付けてきた。

「……はっ……リュシー……」

そっと彼の手を取り、導くように胸に当てる。

しかし、再び顔を離されて、私は憮然《ぶぜん》として彼を見下ろした。

「……これ以上は、駄目だ……」

「……」

「止められなくなる……」

そう言って、困ったように瞳《め》を伏せる。彼なりに、私のことを心配してくれているのだ。

でも。無言で彼の手を放し、体を引く。

驚いたように顔を上げた彼に、私は見せつけるようにゆっくりと胸のボタンを外していった。

「アニエス……」

「……防御魔法を、掛けてありますから……」

岩穴の入り口には、防御魔法だけではなく様々な仕掛けを施してある。私達以外でここに何かが入ることは不可能だ。

「だから……」

服のボタンを全て外し終えて、自ら前をはだけてみせる。

現れた薄いシュミーズ越しに見える胸のふくらみに、私は彼の手を取って押し当てた。

こんなところでこんなことをするだなんて、自分でもどうかしているとは思う。でも今は、彼の温もりを、熱を、確かな繋がりを感じたくてしょうがなかった。

それに、きっとそれは彼も同じで。

押し当てた彼の手に、力が込められる。見れば明らかに彼の目に、情欲の光が浮かんでいる。

「……ん……」

形が変わるほど胸を鷲掴《わしづか》まれて、私の口から吐息が漏れる。それを合図に、彼が私の背中に腕を回して抱き寄せてきた。

「あ……」

シュミーズの襟《えり》をずり下げて、晒《さら》された胸のふくらみに彼が顔を埋める。胸の谷間を舐《な》められて、私の肌がゾクゾクと快感に粟立《あわだ》った。

次いで、背中に沿わされた手が、つっと背筋をなぞるように下ろされる。そのまま腰を掴まれ、引き寄せられて、脚の間に彼のものが当てられた。

脚の間のそれは、服の上からでもわかるほど、熱く、硬い。熱を持って痛いほど張り詰めたそれを強く押し当てられて、自然と腰が揺れてしまう。更には彼の頭に腕を回し、胸で彼の顔を挟むように抱え込むと、彼が低く呻《うめ》きを漏らしたのがわかった。

「……はっ……」

「……あ……リュ、シー……」

裸の胸に彼を抱え込んで、互いに体を擦りつけ合う。

その様子は、行為そのままで。服越しに、秘所が水音を立てているのがわかる。

でも、布地に遮られたそれは、もどかしくて。

更には焚火の熱と、ジクジクと身の内から湧《わ》く熱で、体は火照《ほて》ったように熱い。

彼もそれは同じなのだろう、私の胸に顔を埋めたまま、性急な手つきで私の服を脱がせに掛かる。

剥《は》ぐように服を、下着を取り払われて、素裸になった私を、彼がマントを敷いた落ち葉の寝床に優しく横たえた。

揺れるオレンジの光に照らされて、彼も服を脱いでいく。焚火の明かりを反射して、光る瞳には欲望の揺らめきが。

強く、射貫《いぬ》くようなその視線に、私の体がフルリと震えた。

「アニエス……」

「あ……」

覆い被《かぶ》さられて、濡《ぬ》れそぼり、蕩《とろ》け切ったそこに、彼のものが宛《あて》がわれる。

蜜《みつ》を纏《まと》わせるように襞《ひだ》を擦られて、脳天が痺れるような快感が駆け巡る。

同時に、中を、体を、彼に貫かれたい衝動が溜まっていく。彼が欲しくて、腰を揺らしてはしたなく喘《あえ》げば、彼もまた苦しそうに呻く。

次の瞬間、不意にぐぷりとそれが中に入り込み、その強烈な刺激に私は目を見開いて呼吸を止めた。

「あっ、あっ……！」

「……くっ」

体内を押し広げるように、埋め込むようにゆっくり刺し貫かれ、待ち望んでいた刺激に目の前が白く染まっていく。

背中を反らせ、ブルブルと震えてそれを受け入れて、そこで彼が私を強く抱きしめてきた。

痛いほど抱きしめられて、中も外も彼で一杯になる。眩暈《めまい》がするほどの充足感に、私も彼の首にかじりつくようにして強く抱きしめ返した。

しかしそれもほんの数秒で、すぐさま腰を突き上げられて、何も考えられなくなる。高い声を上げて善《よ》がる私に、しかし彼にも余裕は見られない。欲望のまま貪るように腰を打ち付けてくる。

けれども、それがたとえようもなく嬉しくて。

私が彼を求めているように、彼も私を求めてくれているのだ。

突き上げられ、揺すり上げられて、あられもなく啼《な》いて善がる。存在を刻みつけるように体内を往復する彼の熱と質量が、気が遠くなるほど気持ちが良い。

更には、自分の喘ぎ声と肌を打つ音に混じる水音、そして彼の荒い呼吸に、否応《いやおう》なく興奮が増していく。肌に落ちる彼の汗にすら、感じてしまう。

それと共に、体を高みに押し上げられていくのがわかる。一層強く、深く、抉《えぐ》られるように突き入れられて、その瞬間私の目の前が真っ白に染まった。

「あぁぁあああっ……！」

「……ぐぅっ……はっ……！」

弓なりに体を反らせ、高い嬌声《きょうせい》を上げる私に、彼もまた呻き声を上げて強く腰を押し付けてくる。

蠢《うごめ》き、不規則に収縮する体内に、彼がその滾《たぎ》りを放ったのがわかった。

「あっ、あ、……は、あ……」

「はあっ、はっ……は……」

ドクドクと吐き出される欲望を、膣奥《ちつおう》がうねるように蠢いて吸い上げる。奥深くで彼を受け止めて、その広がる熱に私の体が悦《よろこ》びに震えた。

同時に、ギュッと強く抱きしめられる。重ねた肌から伝わる、彼の鼓動と熱に、今、確かに彼に愛されているのだという実感が。

行為直後の彼のこの癖を知っているのは、私だけだ。

そして、この先も。

そのことが、言葉にできないほど嬉しい。思いのままに抱きしめ返せば、更に強く抱きしめられる。

身の内を満たす充足感に浸っていた私だったが、しかし、唐突に体を抱き起こされて驚いて彼の首にしがみついた。

「あ……」

気付けば、未《いま》だ中にある彼のものは硬いままで。体を起こしたことで、自然と繋がりが深いものとなる。

それとともに、不随意に中が収縮して、彼のものを締め上げるのがわかる。

体内にある、彼の存在を強く感じた次の瞬間、座った状態で下から突き上げるように揺すり上げられて、堪らず私は背中を反らせて嬌声を上げた。

「ああっ、あっ！　リュシー、待っ……あぁんっ！」

背中を反らせたことで、彼に胸を差し出すような体勢になる。揺すられて、上下に揺れる胸のふくらみは、彼を誘っているかのようだ。

その誘いのままに、揺れる乳房を口に含まれて、私の体が痺れるような快感に貫かれた。

硬く膨らんだ頂を舐めて吸われる度、ビリビリとした刺激に中が収縮するのがわかる。更には、より深く、抉るように突き上げられて、強すぎる刺激に跳ねるように体を仰け反らせた。

悲鳴のような嬌声を上げ、ビクビクと痙攣《けいれん》する私を強く抱き込んで、彼がさらに奥を突いてくる。力が抜け、何も考えられない私は、振り落とされないようにするだけで精一杯だ。それでも、ねだるように胸を押し付け、無意識に腰を擦りつけてしまう。

泣き声のような喘ぎを上げ、彼の頭を掻《か》き抱いて腰を揺らす私に、彼が低く呻いて一層その動きを強めた。

「ああっ！　はっ、やっ……あぁぁあんっ！」

ガツガツと下から突き上げられて、再び高みに昇らされた体が絶頂を迎える。ガクガクと震えながらしがみつく私に、彼もまたその欲望を解き放った。

荒い息を吐いてぐったりとしなだれ掛かる私を、彼がきつく抱きしめてくる。繋がったまま向かい合うようにして抱きしめ合っているために、隙間《すきま》なくピッタリと肌が密着し、それこそ彼と一つに溶け合うかのようだ。

更には彼に口付けられて、私は恍惚《こうこつ》となった。しかし、しばらくしてまたもや彼が動き出す。

立て続けの情交にすっかり体力を使い切ってしまった私は、慌てて体を離して彼の胸を押した。さすがにこれ以上は無理だ。それに、明日のこともある。

「リュシー、もう、無――――っ！」

押しとどめようとするも、言い終わらないうちにアッサリと後ろに押し倒されて、組み伏されてしまう。

驚いて見上げれば、楽しそうに微笑む彼が。しかし、目は笑っていない。

薄らと青く光る銀の瞳に居竦《いすく》められて、思わず私は息を呑んだ。

「……煽《あお》ったのは、お前だ」

「え……、待っ……——あぁっ！」

その夜、結局彼に翻弄《ほんろう》されることになった私は、最後は気絶するように眠りについたのだった。


翌朝、少し遅れたもののそれでも大体予定通りに出発した私達は、順調に山を下っていた。

しかしながら、やっぱり寝不足で。回復薬を飲んだため体力的には問題ないが、思うところのある私は、少し前を行く彼を恨めし気に見上げた。

「……回復薬を、こんな風に使うなんて……」

ため息とともに、呆《あき》れたように言う。

そんな私の呟きに、リュシリュールが楽しそうに私を振り返った。

「使えるものは使うべきだろう？」

「……破廉恥ですわ」

恨みがましく見上げる私に、彼が面白いものを見るような顔になる。私がそれを言うのか、とでも言いたげだ。

昨夜、確かに誘ったのは私だが、それにしたってその後のことはどう考えてもやりすぎだろう。

それに、回復薬は本来怪我《けが》の回復に使うものだ。疲弊した体力の増強にも使うが、疲弊の原因が原因なだけにどこか後ろめたい。

拗ねたようにふいっと顔を逸らせると、彼が楽しそうに笑い声を上げた。

「お前は、とんでもなく大胆なことをするくせに、変なところは気にするのだな！」

「別にそんなことは……」

「それに、存外もの知らずだ」

そう言って、揶揄《からか》うような顔になる。

ムッとした私が睨《にら》むように彼を見上げると、歩みを緩めて隣に来た彼が笑いながら私の手を取った。

気安いその態度と雰囲気は、王宮ではまず見ることはないものだ。人の目がある場所では、私達は常に公人として振る舞わねばならない。しかし今ここには、彼と私だけだ。ここでなら、私達はただのリュシリュールとアニエスとして振る舞うことができる。

そのことが新鮮で、そして何より嬉しくて。拗ねたふりをしながらも、手を握られて顔が緩んでしまう。

些細《ささい》なことだが、こんな遣り取りすらも楽しい。

そしてそれは、彼も同じなのだろう、楽しそうに笑いながら握った手を引いて私を引き寄せる。

そんな彼に、私もクスクス笑いながら彼の手を握り返した。

「……落ち着いたら、一度どこかに出掛けてもいいな」

「ふふふ、そうですね。それに、料理の練習も……ですわね！」

負けじと揶揄い返す私に、彼も声を上げて笑う。

彼との、こんなにも気安く親密な遣り取りは初めてだ。そしてきっと、私達に必要なのはこういった時間なのだろう。

しかしその時、前方からやって来る人の気配に、私達はすぐさま口を噤《つぐ》んだ。

改めてマントのフードを深く被り直して顔を隠すと同時に、彼が私を守るように前に立つ。たとえ地元の人間であっても、私達が王太子夫妻であるとは知られるわけにはいかない。何故なら、自国の領域とはいえ国境のここは、カラルの手先がいないとも限らないからだ。

彼の背中に隠れるようにして、緊張しながら前方を窺《うかが》う。足音から推測するに、三人ほどだろうか。

けれども、やって来た人物の姿を確認して、彼がその緊張を解いた。

「ディミトロフ」

「殿下！」

その声に、私も体の力を抜く。見れば、急いで私達の側に駆け寄る王太子付きの護衛の姿が。

旅人風に身をやつしているが、その顔は子供の頃から見慣れたディミトロフで間違いない。

「アニエス様もご無事で？」

聞かれて、フードを外して顔を見せる。無言で頷《うなず》く私に、ディミトロフが明らかにほっとした顔になった。

どうやら、リュシリュールが私のもとに転移してすぐに、ディミトロフ達も最寄《もよ》りの村近くに転移したのだという。その後は、彼が持っている魔道具の発信機を頼りに、私達を捜索していたらしい。

無事、護衛の彼等と合流できたことに私もほっと胸を撫で下ろす。これで一応は、カラルの手先に襲われたとしても何とかなる。

けれども、どこか寂しいのも事実で。迎えが来たということは、私達二人きりの時間も終わりだということだ。

名残惜《なごり》しさに、ふっと小さく息を吐く。

すると握った手に、リュシリュールが力を込めたのがわかった。

「……いずれ、近いうちに」

「……はい」

その言葉に、小さく頷いて答える。彼も、同じ気持ちなのだ。

そのことが嬉しくて、思わずふわりと笑みが浮かぶ。

その後も山を下る間ずっと、彼は私の手を握っていたのだった。

七

無事、王宮へと戻った私達は、表面上は特に変わりない日々を送っていた。

今回、リーリエ嬢を囮《おとり》としてカラルが私を攫《さら》おうとしていたわけだが、それを公にするわけにはいかない。それこそ、戦争の火種になりかねないからだ。

しかし水面下では、今回の企《たくら》みに加担した者達は全《すべ》て捕らえられ、その事実をもとにカラルには圧力を掛けることになった。

ちなみにカラルは、今回のことは全てウィルスナー氏が企んだこととし、国としては一切関わりはないのだと嘯《うそぶ》いている。ウィルスナー氏一人にその罪を被《かぶ》せたカラルは、先日、彼の処刑をもって国としての企みを隠滅させた。加えて、ウィルスナー氏と共にカラルに逃《のが》れた反体制派の人間も処刑されることとなった。

つまりこれで、一応は我が国の反体制派と現体制派の争いは終着したわけだ。


今回の騒動に関わった人間の全ての処断が決まり、順次刑が執行されることとなったその日の夜、私はいつものように私室で彼を待っていた。

ソファーで寛《くつろ》ぎながら本を読んでいた私だったが、ちらりと顔を上げて時計を確認すれば、もう随分と夜も更けた時間だ。ここ最近の彼は、カラルとの交渉や捕らえた者達の処遇を決めるために、連日非常に忙しい。日付も変わろうかという時間にようやく部屋へと戻ってきた彼の顔には、濃い疲労の色が浮かんでいた。

そんな彼のために自ら温かい飲み物を用意した私は、無言で彼の前にカップを置いた。

彼が一息吐《つ》くのを待ってから、窺《うかが》うようにその顔を仰ぎ見る。同じく無言でカップの中身を見詰める彼に、私は静かに話を切り出した。

「リーリエ嬢の処分は、変更されないのですか……？」

「ああ……」

「……そう、ですか……」

彼の短い返答に、私はそれ以上の質問を諦《あきら》めた。

リーリエ嬢は、敵国と結託して私を拐《かどわ》かそうとしたとして、処刑されることが決まっている。その処分の決定には、リュシリュール、彼自身が裁量を取り持った。

つまり彼が、リーリエ嬢の処刑の判断をしたのだ。

彼女の罪を思えば、それは当然の処遇だ。王太子として、彼のその判断は至極正しい。それが、かつて情けを掛けた相手だとしても、だ。いや、むしろだからこそ、でもある。王太子として国の秩序のためには、情に流されることなく冷徹に判断、かつ処分を与えるということを示さねばならないからだ。

ただ、彼の心の内を思うと、私は複雑な心境だった。

彼は何も言わないが、彼がリーリエ嬢の処分に関して、深く心を痛めていることを私は知っている。

何故《なぜ》なら、彼女が罪を犯す切っ掛けを作ったのは、彼自身に他《ほか》ならないからだ。彼がリーリエ嬢と偽りの関係を持たなければ、彼女が彼に執着することもなく、罪を犯すこともなかっただろう。

彼の立場を考えれば、それも仕方がなかったことだと、今では私も知っている。

しかし、彼の性格を考えれば、自分が関わったことでリーリエ嬢の人生を狂わせたのだと、罪の意識を感じているだろうことは明らかだ。

何より彼は、一度自分の懐に入れた相手に対しては、非常に情が深い。冷徹なようでいて、実はそうではないのだ。

そんな彼が、リーリエ嬢のことで自分を責め、酷《ひど》く苦しんでいることを私は知っていた。


それから数日が経《た》ち、リーリエ嬢の処刑が間近に迫ったその日の夜、私は身を隠すようにして王宮の地下牢《ろう》へと向かっていた。

彼がその日も遅くなるということは、事前に調べて確認済みだ。きっとまだ、後三時間ほどは彼は執務室にいるはずだ。その間に、彼に気付かれないよう物事を進めなくてはならない。

目立たぬよう、暗い色のマントを羽織り、数人の護衛を連れて隠し通路を進む。しかし。

通路の出口で待ち構えていた人物を確認して、私は思わず息を呑《の》んだ。

「殿下……」

魔法の松明《たいまつ》の明かりを反射して、銀の髪と瞳《ひとみ》が光っている。まぎれもなく、リュシリュール、彼だ。

私の姿を認めて、彼が側《そば》までやって来る。

すっと道を開けた護衛に目もくれず、無言で私の腕を掴《つか》んだ彼に、私は小さくため息をこぼした。

「……ご存知、だったのですか……」

「ああ」

諦めたように呟《つぶや》いた私に、彼が静かに答える。

「だったら……」

「駄目だ。彼女は国を裏切った。その罪は償わねばならない」

全て、お見通しだったわけだ。私が何をしようとしているのか知っていて、その上でここにいるのだ。

そこまで理解して、私は深く息を吐き出した。

「……わかっています」

「……」

「でも……」

言いながら、ひたりと彼の瞳を見据える。一見無表情なように見えるその顔を見上げて、私は静かに言葉を続けた。

「私が、責任を取ります」

「……」

「王太子妃として、私が、責任を持って彼女の処分を請け負います」

きっぱりと、宣言するように言い放つ。

しかし、彼は無言だ。私の腕を掴んだまま、鋭く射貫《いぬ》くような視線を向けてくる。

その目は、為政者《いせいしゃ》としてのそれだ。裁可が下った今、たとえ王太子妃であっても、それを覆すことはできないとその目は語っている。

そんな彼に、私はふと、視線を下に落とした。

「……殿下」

「……」

「ご厚情を……」

その言葉に、彼が私の腕を掴む手を緩める。

解放されて一歩後ろに身を引いた私は、そのまま膝《ひざ》を曲げ、頭《こうべ》を垂れて正式な礼を取った。

「……殿下、ご厚情を賜《たまわ》りたく。今一度、リーリエ・ウィルスナー嬢に更生の機会を」

その場に、痛いほどの沈黙が降りる。

どのくらいそうしていただろう、腰を落とし、頭を下げたままの私に、彼が小さく息を吐いたのがわかった。

「……どうして、お前は……」

「……」

「……彼女が害を為《な》そうとしたのは、アニエス、お前なのだぞ？　それも一度ならず、二度までも。それなのに、何故そのお前が、彼女の命乞《ご》いをするのだ」

そう聞く彼の声は、酷く静かだ。

しかしそれは、先ほどまでの王太子としての彼ではなく、リュシリュールとしての言葉だ。そのことに内心ほっとする。

それでも私は、頭を上げることなくその問いに答えた。

「端的に言ってしまえば、私の我儘《わがまま》です」

「……」

「国を裏切ったリーリエ嬢の罪は、本来死をもって償われるべきものであることは、私もわかっております。それでも、家に、国に翻弄《ほんろう》されて、罪を犯さざるを得なかった彼女が憐《あわ》れだと、思ってしまうのです。きっとこのまま彼女が処刑されれば、私は一生彼女に負い目を感じたまま過ごすことになるでしょう。ですから、私は自分のために、彼女の命を助けたいのです」

正直、リーリエ嬢が私にしようとしたことは、私としても許せるものではない。かつて彼女が私にしてきた仕打ちもあるのだからなおさらだ。

彼と彼女の関係の真実を知った今でも、彼女が嫌いだという気持ちに変わりはない。それでも。

「……殿下、お願いです。私を思って下さるというのなら、今一度、彼女にご厚情を」

王太子妃としてではなく、彼の妻として、アニエス一個人としてお願いする。

更に深く頭を下げた私に、彼がゆっくりと口を開いた。

「それでも駄目だと、言ったら……？」

「その時は、このまま殿下を拘束《こうそく》してでも、私は行かせていただきます」

今、彼は一人だ。もしかしたらすぐ側にディミトロフがいるのかもしれないが、それでも数ではこちらが勝っている。何より、彼が私に剣を向けることはないという確信があった。

静かな緊張が漂う。

しばらくして、彼が諦めたように息を吐き出した音が聞こえてきた。

「……わかった」

「……」

「私は、何も見ていない。……後は、お前の判断に任せる」

「……ありがとうございます」

再度、深く腰を落として礼を取る。

次に私が顔を上げた時には、彼は既にその場から立ち去った後だった。


軋《きし》む鉄格子の扉を開けて、護衛と共に牢の中へと入る。人がやって来たことに気付いていながらも、なお冷たい石の床に座り、簡素なベッドに突っ伏したままの彼女に、私は無言の一瞥《いちべつ》をくれた。

きっと彼女も、誰《だれ》が来たのかわかっているだろう。しかしながら、身動《みじろ》ぎ一つしない。

そんな彼女に、私は静かに声を掛けた。

「……リーリエ様」

「……」

「お立ちになって」

そう言って、護衛の一人に目線を送る。

合図を受けた護衛がリーリエ嬢にマントを羽織らせようとして、しかしそこで、ようやく体を起こした彼女が手で払いのけるようにして抵抗を見せた。

「リーリエ様……」

「……放《ほう》っておいて」

私の呼び掛けに、顔を隠すようにして再びベッドに突っ伏す。

「もういいの」

「……」

「……これ以上、私を惨めにしないで……」

とうに涙も枯れ果てたのだろう、疲れ、掠《かす》れた声で呟くようにそう言う。

もともと華奢《きゃしゃ》な体がさらに痩《や》せて折れそうな様は、何とも哀れだ。その様子からは、自らの運命を諦めているのが伝わってくる。既に家もなく、家族も処刑されて天涯《てんがい》孤独の身となった彼女にとって、生きていることの方が辛《つら》いのだろう。

微《かす》かに肩を震わせる彼女に、しかし私は、冷たく一喝した。

「いい加減になさいませ」

「……」

「その涙は、ご自身の境遇を嘆くためでしょう？　……本当、どこまでも厚かましい」

そう言って、鼻で笑う。

「結局は自分で選択した結果ではないですか。罪とわかっていて貴女《あなた》はカラルに協力した。あのまま新たな人生を送ることもできたのに、それをしなかったのは貴女ではないですか。それを、めそめそと。いつまで悲劇の主人公気取りですの？」

敢《あ》えて、彼女を煽《あお》るような物言いをする。

しかし、言っていることは本音だ。彼女の企みのままカラルに捕らえられていたら、今苦しんでいるのは私だったのだ。それを思えば、これくらいの嘲《あざけ》りは可愛《かわい》いものだろう。

するとと私の挑発に、リーリエ嬢がゆっくりと体を起こし、瞳を光らせて睨《にら》みつけてきた。

「……本当に、嫌な女……」

「お互い様でしょう？」

憎々し気なその呟きに、肩を竦《すく》めてみせる。同時に、内心苦笑が。

見た目こそ違うが、案外私達は似た者同士なのかもしれないとも思うからだ。

とはいえ、いくら彼の気持ちを自分に向けられないからといって、彼女のように卑劣な真似《まね》をしようとは思わないけれども。

「……さ。おしゃべりも大概にして、行きますわよ」

そう言って、護衛の手からマントを受け取り、強引にリーリエ嬢に纏《まと》わせる。

しかし、再び抵抗する素振りを見せる彼女に、私は呆《あき》れたようにため息を吐いた。

「……はあ。なんですの」

「放っておいてって、言ってるでしょう⁉」

ヒステリックに言い放ち、私の手を振り払う。

「なんなのよ！　あなたにしてみたら、私なんて目障りでしょう⁉　だったら、このまま捨て置けばいいじゃない！」

「……」

「第一、私は貴女をカラルに売ろうとしたのよ⁉　……それに……それに、もう……、お父様もお母様もいらっしゃらない今、私だけ生きていたってしょうがないもの……！　だから放っておいて！」

そう言って、ベッドに身を伏せてしまう。

彼女の頑《かたく》ななその態度に、この場で説得することは不可能だと判断した私は、諦めて隣に立つ護衛に指示を出すことにした。

「なっ⁉　やっ、嫌――んんっ‼」

抵抗をものともせず、彼女に猿ぐつわを噛《か》ませた後で目隠しをして、担ぎ上げる。

マントで拘束されるように包《くる》まれ、くぐもった呻《うめ》き声を漏らしてもぞもぞと動いていた彼女だったが、無駄だと悟ったのだろう、しばらくすると動きを止めて大人《おとな》しくなった。

それを確認して、私は護衛と共に彼女を連れて牢から外に出た。王宮の隠し通路を抜け、用意していた馬車に私も乗り込む。

馬車が走り出してから、そこで私はリーリエ嬢の口から猿ぐつわを外した。

「……どこに、連れていくおつもり？」

狭い馬車の中、暴れられても迷惑なので拘束はそのままだ。顔だけ私の方に向けて、不機嫌そうに眉《まゆ》をひそめて聞いてくる。

「海の向こう、ティナワへ」

素っ気なく答えた私に、リーリエ嬢が何とも嫌そうな顔になった。

「……恩でも着せたいんですの？」

「まさか」

「それとも、心優しい王太子妃様であらせられるアニエス様は、殿下の愛も得られず、全てを失った愚かな女を憐れんで下さってるのかしら。本当、お綺麗《きれい》なことで」

嘲笑《ちょうしょう》と共に、侮蔑《ぶべつ》の言葉を投げ掛けてくる。

しかしそれも、致し方ない。今の私の立場では、何を言っても彼女には嘲りとしか捉《とら》えられないだろう。

それをわかっている私は、肩を竦めたまま口を閉ざした。

「……この、偽善者がっ……！」

ひとしきり罵《ののし》った後で、殺意のこもった瞳《め》で睨みつけてくる。

それもそうだろう、彼女にしてみたら私はどこまでも邪魔者であり、憎い存在でしかないのだから。

そんなリーリエ嬢に、私は、敢えて口の端に笑みを浮かべて見せた。

「どうとでも」

「……」

「それに今回のことは、貴女を助けるためにやったことではありませんもの」

つと、優雅に微笑んで見せる。

「死んで償うって、私、好きじゃありませんの」

「なっ……！」

その言葉に、リーリエ嬢が驚愕《きょうがく》に目を見開いた。まさか私が、そんなことを言うとは思ってもいなかったのだろう。

唖然《あぜん》とした顔で、私を見詰めてくる。

「それにこのまま貴女が死んだら、私、ずっと貴女に囚《とら》われたまま生きていかなくてはなりませんでしょう？　そんなの、嫌ですもの。だからぜひともリーリエ様には、生きて、苦しんでいただかなくては」

ニッコリと、微笑んで言う。

随分と酷いことを言っている自覚はあるが、うわべの言葉を言っても意味がない。それに、ある意味本音だ。

このまま彼女が処刑されれば、リュシリュールは一生彼女の死に責任を感じ続けることになる。死してなお、彼女は彼の心に居座り続けるわけだ。そんなこと、許せるわけがない。

それに、今彼女を助けたからといって、身寄りのない彼女がこの先生きていくのに、酷く苦労するだろうことは明白だ。伯爵令嬢であった彼女が、平民として女一人で暮らしていくのは途轍《とてつ》もなく大変なことだろう。

だからこれは、完全に私の我儘であり、彼女への復讐《ふくしゅう》でもあるのだ。

「死んで終わりにしようだなんて、そんな甘いことが許されるなどと思わないことですわね。貴女には、生きて自分のしたことの意味と責任を考えていただかねば。その上でいくらでも、憎みたければ憎んで下さいな」

そう言って、くすくすと笑う。

そんな私をしばらく見詰めて、それからリーリエ嬢がふいっと顔を逸《そ》らせた。

「……本当、嫌な女……」

気が抜けたように、小さく呟く。

しかしそこには、先ほどまでの憎しみは感じられない。毒気を抜かれたような顔で、見るともなしに窓の外を眺めている。

それきり再び口を閉ざした私達は、そのまま無言で馬車に揺られたのだった。


途中、ドラフィール侯爵家の転移陣を抜け、侯爵家の領地に移動した私達は、その足で領地の港へと向かった。リーリエ嬢の行先であるティナワ国は、私の実家であるドラフィール侯爵家と交易を結んでいるのだ。

遥《はる》か大洋を越えた先にある彼《か》の国であれば、おいそれとこちらに戻ることもできない。何より彼女としても、我が国と極力関わりのない遠く離れた国の方が、新たな人生をやり直すにはいいだろう。

港に着き、夜明けとともに出港予定の交易船の前まで彼女を見送る。

見張りの護衛と共に船のタラップに向かった彼女だったが、しかし、タラップの途中でピタリとその足を止めた。

「……私、感謝なんかしませんことよ」

振り向きもせずに、言い放つ。

思わず私は苦笑してしまった。

彼女なりに、恩を感じていると言いたいのだ。本当、素直じゃない。

まあでも、私と彼女の関係を考えたら、そんなものだろう。

「……私。貴女も、殿下も、嫌いですわ」

「ええ」

「本当、面倒臭い者同士、お似合いですこと」

ツンと、顎《あご》をそびやかしているのがわかる。

「せいぜいこれからも、素直じゃない二人でいがみ合って過ごされたらいいんですわ」

「そうね」

これは、彼女なりの餞別《せんべつ》の言葉なのだ。

彼女の精一杯の強がりに、私は気付かないふりをして肩を竦めてみせた。

「……まあでも、これで二度とお会いすることもないでしょうから言いますけど……」

「……」

「アニエス様、貴女、いい加減そのやたらとキツイ物言いは直された方がよろしくてよ？　そのわかりにくい持って回った言い方、如何《いか》に殿下が貴女にベタ惚《ぼ》れだとしても、その内飽きられましてよ」

呆れたような声でそう言う。

「……では、精々お元気で」

「リーリエ様も……」

その言葉に、再びリーリエ嬢が歩き出す。

一度もこちらを振り返らず、今度こそ歩みを止めずに船へと姿を消した彼女を見送って、私は、ふうっと息を吐き出した。

先ほどの言葉からするに、どうやら彼女なりに全てを察していたのだろう。敢えてああいう物言いをした私の意図もわかっていたわけだ。

言外に損な性分だと、言われたわけで。

苦笑いが込み上げる。

しばらくその場で彼女が乗った船を見詰めた私は、心の中でもう一度別れを告げてから踵《きびす》を返したのだった。


王宮に戻り、再び隠し通路を通ってひっそり部屋へと戻ったのは、日付も変わって大分過ぎた頃《ころ》だった。

当初の予定では、王宮を出た先は護衛に任せて最後まで見送るつもりはなかったのだが、リュシリュールに気付かれてしまった以上は、特に彼に隠す必要もなくなったために予定を変更したのだ。

静かに部屋に入れば、案の定寝ないで待っていた彼が私を静かに出迎える。促されてソファーに座った私は、珍しく彼が手ずから淹《い》れてくれたお茶をゆっくりと飲んだ。

「……すまなかった」

私が一息吐くのを待ってから、隣に座った彼がポツリとこぼす。

「お前に、気を遣わせてしまった。……すまない」

そう言って、緩やかに視線を落として手元を見詰める彼に、私はカチリと音を立ててカップをソーサーに戻した。

「何のことを仰っているのか、わかりかねますわ」

「……」

「むしろ謝らねばならないとしたら、私の方です」

リーリエ嬢のことは、完全に私の私情で動いたことだ。国の裁断を覆すことは、たとえ王太子妃としてできるものではない。だから今回のことは、世を儚《はかな》んだ彼女が処刑を前に、自ら隠し持っていた毒を飲んで自殺をしたという処理になるよう手はずを整えてある。元々伯爵令嬢だった彼女の処刑は、ひっそりと目につかない形で行われる予定であったためにできたことだ。

それに、ここまでスムーズに事を運ぶことができた陰には、国王、そして父が、私のやろうとしていたことを知っていながら黙認していた、ということもある。彼等も、彼等なりにリーリエ嬢のことについては思うところがあったのだろう。

しかしながら、表沙汰《ざた》にはされないとはいえ、処刑が決まっていた人間を逃がしたその罪は重い。

「……国の、殿下の命に背き、王太子妃としてあるまじき行為を致しました。処罰は如何様にでも」

スッと背を伸ばし、彼を見詰める。そんな私に、リュシリュールが深く息を吐き出した。

「それこそ何を言っているのかわかりかねる」

「……」

「……それに、アニエス。お前に判断を任せると言ったのは、私だ」

きっぱりと言い切られたその言葉に、胸に温かいものがよぎる。

何より、彼が私を信頼して全てを任せてくれたことが嬉しかった。

語らずとも、互いに通じ合っているのがわかる。

そのまま再び無言でお茶を飲んだ私達は、その夜は静かに寄り添って過ごしたのだった。


それから数日。

届けられた書簡を読み終えて、私は見るともなしに窓の外を眺めていた。

あれからリーリエ嬢の件は、予定通り処刑を前に服毒自殺をしたとして処理をされ、事なきを得た。

彼女が国外に逃げたことを知っているのは、ほんの一握りの人間だけだ。もちろん、逃がした私にお咎《とが》めはない。カラルと通じて捕らえられた者全ての処分が終わった今、これで反体制派にまつわる一連の騒動は幕を閉じたことになる。

そのことに一種の感慨に浸って窓の外を眺めていた私は、つい先ほど読んだ書簡の内容を思い出していた。

書簡は、リーリエ嬢の監視役としてティナワに送った護衛から届けられたものだ。

実は、あのまま彼女が逃げ出したりしないよう同じ船に侯爵家の護衛を潜ませ、監視役として同行させていたのだ。そしてもし万が一、彼女が逃げ出したりおかしな行動を取った場合は、彼女を殺すようにと。

しかしながら、その護衛の報告によれば、彼女は無事ティナワにある孤児院に辿《たど》り着いたという。

あの場ではリーリエ嬢に何も告げなかったが、彼女に纏わせたマントの内ポケットには、最低限の路銀とティナワのとある孤児院への紹介状を忍ばせておいたのだ。

それというのも、捕らえられる前までこちらで潜伏していた孤児院で、リーリエ嬢は子供達にとても慕われていたらしいのだ。元伯爵令嬢でありながら、彼女は三カ月以上、質素な孤児院の生活を文句の一つも言わずに送っていたのだという。それどころか率先して子供達の世話をし、日々の手伝いをしていたというのだ。

もちろん迷惑を掛けることも多かったらしいが、それでも慣れないながらに努力をし、日々朗らかな笑顔を見せていた彼女に、子供達を含め施設の人間は好感を抱いていたのだそうだ。

ひとえに恋した彼に会いたいがため、と言ってしまえばそうかもしれないが、だからといって、それまで伯爵令嬢として甘やかされ、何の不自由もなく贅沢《ぜいたく》な暮らしをしてきた人間が、そうそうできることではない。そこには彼女なりの、なんらかの思いがあったのだと思う。だからこそ余計に、私は彼女をあのまま死なせたくはなかったのだ。

とはいえ、身寄りのない身で暮らしていくのは、相当に辛いのはわかっている。

それでも生きてさえいれば、どのような形にせよ、いつかは彼女なりの幸せを見つけることもあるだろう。まあ、結局は私の自己満足に過ぎないのだけれども。

そこまで思いを馳《は》せて、ふうっと息を吐く。

すると、少し前に部屋へやって来たリュシリュールが、私の顔を覗《のぞ》き込んできた。

「……どうした。悩みごとか？」

眉を寄せてそう聞く顔は、心配そうだ。長いこと無言で窓の外を眺めてため息を吐いたために、何か悩んでいるように見えたのだろう。

「いえ……そういうわけでは」

そう言って、微笑んで見せる。

しかし、なおも彼が私を観察するかのように見詰めてくる。

納得していない彼のその様子に、思わず私は意地悪な気持ちになってきた。

「……何か、心当たりがおありのようで」

「……」

ちらりと意味深に微笑んで見せれば、困ったように視線を逸らせる。

わかりやすすぎる彼のその反応に、私は苦笑してしまった。

「……殿下、私に何か言うことがあるのでは？」

「それは……」

そう言ったきり、口籠《ごも》ってしまう。

最近の彼は、私の前ではとても感情豊かだ。以前では考えられないような彼のその態度に胸が温かくなる。何より、私だけがそんな彼を知っているというのが嬉しい。

しかしだからといって、ここで追及の手を緩めるわけにはいかない。

そのまま黙って責めるように微笑み続けると、ようやく観念した彼が小さくため息を吐いた。

「……ティナワにいる者から、報告の手紙が届いたのだろう？」

問われて、私は無言で頷《うなず》いた。

どうして彼がそれを知っているのかとは聞かない。何故なら届いた書簡に、王太子の遣わした間者と接触したという報告が書かれていたからだ。

それによれば、王太子の寄こした間者は、リーリエ嬢がおかしな動きを見せた場合には、即刻始末をせよとの命を受けてティナワに遣わされたのだという。しかも、同じ交易船に最初から同行していたと。つまり私の遣わした監視役と同じ命令を受けていたわけだ。

「それで、何かお前が憂《うれ》うようなことを言ってきたのか？」

心配そうに見詰められて、くすぐったい気分になる。

これも最近わかったことなのだが、こと私に関して、彼は意外と過保護だ。監視とまではいかないが、常に私の動向は彼に把握されていることを私も知っている。しかもどうやらそれは、結婚以前からのことだったようで。

つまり、昔から私のことが気になってしょうがなかったわけだ。

そのことが堪《たま》らなく嬉しくもあり、面映《おもは》ゆくもあり。

けれども今は、敢えて私はツンと顎を反らせてみせた。

「別に何も。特に問題ないことは殿下だってご存知でしょう?」

「……」

責めるようにそう言えば、気まずそうに彼が黙り込む。私が言いたいことをわかっているのだ。

「……私に任せて下さると、言ったのに……」

「……」

「私を信頼して下さっているのだと、嬉しかったのに……」

「……」

上目遣いに見上げれば、困ったような顔の彼が。

とはいえ彼が、私には任せられないからと間者を潜ませたわけではないことは、私もわかっている。

ひとえに、私に余計な責を負わせたくないがためにしたことだ。それにリーリエ嬢の行く末を確認することは、王太子としてのけじめでもある。

そのことを私に言わないのは、彼なりの優しさなわけで。

本当、不器用なのだ。だからこそ。

「お一人で抱え込むのは、やめるはずでは?」

拗《す》ねるように、そう言う。

すると彼が、一瞬驚いたように目を見開いた後で、すぐに照れたように破顔した。

「そうだったな」

「そうですよ」

「すまない。……………アニエス、ありがとう……」

小さく、呟くように礼を言った後、私の腰に腕を回して引き寄せてくる。

大人しく彼にされるがまま寄り添った私は、力を抜いて彼の肩に頭を預けた。そのまま静かに、二人で窓の外を眺める。


折しも今、季節は真冬だ。

けれども冬至を越え、日一日と日差しが長く、明るくなっているのがわかる。まだまだ寒さは厳しいが、いつかは草木が明るく芽吹く春がやってくることを私達は知っている。

そしてきっと、これから何度も私達は寄り添って廻《めぐ》る季節を迎えるのだろう。それは、穏やかで暖かな春ばかりではなく、嵐《あらし》の夏や凍える冬も、だ。

実りの秋もあるだろう。

だからこそ。

「……どうせ……」

「……ん？　なんだ？」

私の呟きに、彼が訝《いぶか》し気に聞き返す。

そんな彼の顔を下から覗き込んで、私はにっこりと微笑んだ。

「殿下と私、どうせこれからもずっと一緒にいるのですから、だったらお互い無理をせず、支え合っていけたらな、と」

「……そうだな」

「もちろん、隠しごともなしです」

「ははは！　もちろんだ！」

「ふふふ！」

屈託なく笑う彼に、私も声を上げて笑う。

ひとしきり笑い合った後、私達は再び寄り添って窓の外を眺めた。

雪がやみ、雲間から漏れる日差しが、この先訪れるであろう春を予感させていた。

波乱と策謀の新婚旅行

明るい日差しを受けて、エメラルドグリーンに輝く若葉が美しい。吹き渡る爽《さわ》やかな風を頬《ほお》に受けて、しかし。

緑の香りを打ち消して辺りに漂うのは、焦げた煙の臭《にお》いだ。目の前には、もうもうと煙を上げる黒焦げの魚が。

無言で焚火から魚の残骸《ざんがい》を下ろすと、リュシリュールとディミトロフが残念なものを見るかのような目で、私の顔を見詰めてきた。

「……人には、向き不向きというものがあるから……」

「……」

「そうですね。とりあえず他の料理は出来上がっていますので、アニエス様は座って待っていていただければと……」

「…………わかりました」

気を遣ってくれる二人に頷いてから、草の上に敷かれた敷物の上に座る。そんな私に、リュシリュールとディミトロフがホッとしたように息を吐いたのがわかった。

私達は今、王都から遠く離れたとある村にお忍びで旅行に来ている。以前にリュシリュールと約束した旅行を、ようやく実現できたのだ。

しかし、公のものとなると色々と手続きもあって面倒なため、少人数の護衛を連れてのお忍びの旅行だ。とはいえ、それ以外に理由があるのだけれど。

そして、何故《なぜ》今、王太子とその妃《きさき》である私が、野外で料理などしているのかというと。

以前山中に飛ばされた際、お互い料理の手際が悪かったことを受けて、やはり非常時に料理くらいできなければまずいだろうと、この機会に練習しておこうということになったのだが……。

「殿下。串《くし》は口から一度背側に刺してから、角度をつけて尾びれまで通すとしっかり固定されるかと」

「……こうか？」

「そうです。後は塩を振って焼くのですが……」

「わかっている。火から少し離したところに置くのだな」

同じように教わり、同じことをやっているはずなのに、彼と私とでは随分違う。

私が焼いたものは、まずは何度も串を刺し直したせいでボロボロになり、更には焼いている途中で串から抜け落ちて灰だらけとなり、挙句に火力調整を間違えて黒焦げに。それらの魚を前に、深くため息を吐く。

するとため息を聞いた彼が、自分の焼いた魚を手に、私の隣に座った。

「……なんだ？　気にしているのか？」

言いながら、彼の焼いた魚を差し出してくる。それは、こんがりと焦げ目がついていて、いかにも美味《おい》しそうだ。

「たくさん焼いたから、お前はそれを食べるといい」

そう言って、自分は私の焼いた魚が載った皿を取る。

串に刺さったそれを当然のように口に運んだ彼に、私は慌ててしまった。

「殿下！　そのような物を口にされては……！」

王太子である彼に、灰だらけの魚を食べさせるわけにはいかない。

しかし、私が止めるよりも早くそれを口にした彼が、無言で咀嚼《そしゃく》した後で横の私を振り返った。

「少し……大分苦いが、食べられないこともない」

「……無理に、食べなくても……」

気を遣わせてしまったことが申し訳なくて、眉《まゆ》を下げる。私なりに言われた通りにやったつもりなのだが、何故か上手《うま》くいかないのだ。

すると、気落ちをして肩を落とした私に、彼が非常に楽しそうな顔になった。

「はははは！　お前でも、苦手なことがあるのだな！」

「……」

「むしろそのくらいの方が、可愛《かわい》げがあっていい！」

「……」

楽しそうに笑われて、思わず私はむくれてしまった。その言い方では、まるで私は可愛げがないみたいではないか。

可愛げがない自覚はあるが、それでもやはり誰《だれ》かに言われるのとではまた違う。何より、彼にだけは言われたくない。

むっすりと押し黙って、手に持った魚をもそもそと食べる。

しかしながら悔しいことに、彼の焼いた魚は非常に美味しい。塩味も焼き加減も抜群だ。野外で、串に刺さったままの魚を手に持って食べる新鮮さもあって、余計に美味しく感じる。

それでも美味しいと言うのは何か悔しくて、そのまま無言で食べていると、そんな私に彼がクツクツと笑みをこぼした。

「なんだ？　拗《す》ねているのか？」

「……別に、拗ねてなどおりません」

「そうか？　それよりもアニエス、……ついているぞ？」

そう言いながら、おもむろに伸ばされた彼の手が私の頬を拭《ぬぐ》う。

そのまま至近距離で微笑《ほほえ》み掛けられて、私は堪《たま》らず固まってしまった。

「どうした？　顔が赤いな」

揶揄《からか》うように聞かれて、ますます顔に熱が集まっていくのがわかる。

わかっていて、やっているのだ。本当に、ズルい。

頬に添えられた手で優しくそこをなぞられて、しかしその時。

控えめな咳《せき》払いが。

「…………ああ。ディミトロフ、お前がいたのだったな」

「私の存在を、忘れないで下さるとありがたいのですが……」

ディミトロフは何とも気まずそうだ。その様子に、私も恥ずかしさが込み上げてくる。

しかし、一人気にした様子のないリュシリュールが、肩を竦《すく》めて言葉を続けた。

「そうはいっても、初めての旅行なんだ、むしろお前が遠慮しろ」

「………はい」

そう、こんな形にはなってしまったが、私とリュシリュールにとって、一応これが初めての旅行になる。時局が落ち着いていれば、本来は新婚旅行となっていたところだ。

「……では、私は一旦《いったん》報告に戻ります」

「わかった」

「くれぐれも結界の外には出ないよう、お願い致します」

何度目になるかわからない忠告に、二人で頷いて応《こた》える。

そんな私達を交互に見比べてから、ため息とともにディミトロフの姿が消えた。転移魔法の魔道具を使ったのだ。

すると唐突に、私の膝を枕《まくら》にリュシリュールがゴロリと横になったため、私は慌ててしまった。

「……殿下！　行儀が悪いですよ！」

「固いことを言うな。今は二人きりなのだし、いいだろう？」

「まあ、そうなのですが……」

ディミトロフがいない今、ここにはリュシリュールと私、二人きりだ。

「それに。どうせ夜にはあいつも戻ってくるからな」

狭い山小屋に三人で過ごさざるを得ないのが、不満なのだろう。

とはいえ、この状況下で完全に二人だけで過ごすというのは難しい。今だって完全には二人きりではないのだ。距離は大分あるが、護衛が遠巻きに私達の周囲を警戒しているわけで。

それでもディミトロフは気を遣って何とか二人にしてくれたわけだが、本当は不本意であることは間違いない。

しかし、そう言って彼が拗ねる様はまるで子供のようで、普段は滅多に見ることができないそんな姿に、思わず私は笑ってしまった。

空は穏やかに青く、辺りには草の緑の香りが立ち込めている。そよ風に揺れる膝の上の銀の髪を撫《な》でれば、彼が気持ちよさそうに目を細める。何とも長閑《のどか》で幸せなひと時に、私達が今置かれている状況を忘れてしまいそうだ。

けれども、私達がまだ新婚であることは事実で。

それに、ようやくお互いわかり合えたばかりなのだ、こんな状況でも少しぐらい楽しんだっていいだろう。

微笑みを返せば、彼が腕を伸ばして私の耳を挟むように髪に指を埋める。そのまま引き寄せられるまま、体を屈《かが》めて口付けようとしたその時。

背後でまたもや咳払いが。

「ディミトロフ、お前……」

「……あの、緊急でお伝えしなくてはならないことができたものですから。………すみません」

うんざりしたようなリュシリュールに、ディミトロフが申し訳なさそうに顔を横に向ける。

そんな二人の遣り取りに、私は一人、赤くなった顔を隠すように、帽子のつばを深く引き下ろしたのだった。


「それで？　緊急の用件とは？」

「はい。視察先で行方《ゆくえ》不明になった殿下達が見つかったという情報を受けて、早速レオール伯が動き出した模様です。……今日中には、刺客が囮《おとり》の小屋に辿《たど》り着くかと」

「ははは！　やけに早いな。これは相当私が疎《うと》ましかったとみえる」

楽しそうに笑うリュシリュールに、しかしディミトロフの顔は険しい。

それもそうだろう、視察先で行方不明になっていることにかこつけて、目障りな王太子を弑《しい》そうというのだから、本来は笑いごとではない。

「人数は？」

「七名です。レオール伯本人は、オーブリー殿下が囲い込んでくれています」

ディミトロフのその言葉に、リュシリュールが頷く。後は、上手く襲撃の事実を作り出せれば、レオール伯を失脚させることができる。

そう、今回のことは、全て仕組んだことなのだ。

近々、リュシリュールの兄王子であるオーブリー殿下は、王位継承権を永遠に放棄して臣籍に降《くだ》る。

本来であればもっと前に臣籍降下がなされるはずだったのだが、当時は反体制派の勢いが強かったためになかなか実現しなかったのだ。

しかし、反体制派の筆頭であるウィルスナー氏と共に主だった面々がカラルで処刑され、我が国に残った反体制派のメンバーもほぼ鳴りを潜めた状態の今、ようやくオーブリー殿下の臣籍降下が実現する手筈《はず》になったわけだ。

そして、オーブリー殿下の臣籍降下の発表を受けて、心中穏やかではない残りの反体制派を敢《あ》えて煽《あお》るために、今回の旅行が計画されたのだった。

数年前にリュシリュールが治水目的で護岸工事を指揮をしたこの土地を視察するという名目で、私達は数日前からこの山小屋にディミトロフと数名の護衛達と一緒にいるわけなのだが、もちろん行方不明になどなっていない。行方不明という情報を掴まされているのは、レオール伯の一派だけだ。

そこにこちらの護衛に混ざっていたレオール伯側の人員によって、行方不明になっていた私とリュシリュールを保護したと、偽りの情報を流したのだ。

当然、レオール伯が忍び込ませた間者はとうの昔に捕らえてある。偽の情報を流したのも、もちろんこちらが送り込んだ諜報員《ちょうほういん》だ。

つまり今回のことは、オーブリー殿下の臣籍降下を受けて浮足立った反体制派を完全に叩《たた》くための、完全な陽動なわけである。

「まったく。私だって王太子になど、なりたくてなったわけではないというのに。兄上が代わって下さるというのなら、喜んで王太子位などお渡しするのだがな」

そう言って、肩を竦める。

そんなリュシリュールに、ディミトロフの顔はどこまでも渋い。

王太子位など兄王子に渡してしまいたいというのが、彼の本音であることを知っているのだ。

しかし当のオーブリー殿下は、王太子になるなど絶対に嫌だと言っているわけで、どんなにリュシリュールがそれを望んだとしても実現はしないのだが。

何より、国の安定のためには、リュシリュールが王太子で在《あ》り続ける必要がある。

そしてそのことを、一番にわかっているのも彼で。

私は、そんな彼を支えていくだけだ。

「それで？　私達はどうしたらいいんだ？」

「別に何も。殿下達は小屋で待機していていただければ大丈夫です」

「しかし、そういうわけにもいかないだろう？　あちらはこっちにお前がいることを知っているんだ、寄こした刺客は相当な手練《てだ》れなんじゃないのか？」

行方不明になったとはいえ、王太子付きの護衛であるディミトロフも一緒でなければおかしい。私達二人だけが護衛と離れて行方不明になるなど、まずあり得ないからだ。

ちなみに設定では、視察先の堤防で足を滑らせた私を助けようとして、リュシリュールとその護衛であるディミトロフが川に飛び込んだ、ということになっている。

つまり、私は別として、リュシリュールとディミトロフの二人を相手取ることを想定してレオール伯は刺客を放っているわけで、そうなるとかなりの手練れを寄こしている可能性が高い。ディミトロフは、王太子付きの護衛だけあって国でも五本の指に入るほどの腕前なのだ。

それに、私が魔術に長《た》けているということは、近しい人間しか知らない事実だが、リュシリュールがそれなりに剣を使うことは知られている。

「まあ、そうなんですが……」

曖昧《あいまい》に答えたディミトロフは、しかし何かを危惧《きぐ》している顔だ。

すると案の定、真面目《まじめ》な顔で言葉を返したリュシリュールに、ディミトロフが深いため息を吐いた。

「私も一緒に行こう」

「……殿下」

「私とて、自分の身くらい自分で守れる。お前達を危険に晒《さら》して自分だけ隠れているなど、そんな真似はできんからな」

彼の性格上そう言うだろうことは予想はついていたが、ディミトロフとしてはできればここで待っていて欲しいに違いない。

しかしディミトロフが何かを言う前に、リュシリュールがそれを遮るように言葉を続けた。

「私達がこちらにいるとなると、護衛を二分しなくてはならないだろう？　だったら、一緒にその場にいた方が、どう考えても安全だ」

確かに、彼の言い分にも一理ある。

こちらの護衛も手練れ揃《ぞろ》いではあるが、少人数であるため両方に配置するとなると戦力は十分とは言えない。だったら、一緒にその場で襲撃に備えた方が余程安全だ。

それでもまだ、ディミトロフは何か言いたそうだ。リュシリュールと私、双方の顔を交互に見遣《みや》って難しい顔をしている。

そんなディミトロフに、私は安心させるように声を掛けた。

「大丈夫です。今回私は、一切手を出す気はありませんから」

「……」

「それに。殿下が私を守って下さるのでしょう？」

そう言って、リュシリュールに微笑みを向ける。

つまり私を守るとなれば、彼が前に出ることはなくなるわけで。そうなれば、必然リュシリュールの身の危険も減るわけだ。

それに、何よりディミトロフが心配しているのは、私が無茶な行動をしないかということだろう。以前、独断で行動して敵の罠《わな》に嵌《はま》った過去がある私を、ディミトロフは信用していないのだ。

「もちろんだ。アニエス、お前のことは私が守る」

力強く頷き返した彼に、私も微笑んで頷いて見せる。

その遣り取りを見て、ようやくディミトロフが諦めたように私達の同行を認めたのだった。


レオール伯の襲撃を予想して用意した囮の山小屋には、変装魔法で姿を私とリュシリュールに変えた護衛が控えている。ちなみに、その場に一緒にいるディミトロフは本人だ。

護衛に囲まれて、小屋から少し離れた場所にある藪《やぶ》の中でレオール伯の放った刺客を待つ。

太陽が沈んで、辺りは一面の暗闇《くらやみ》だ。風一つなく、痛いほどの静けさに満ちている。小屋から漏れる灯《ひ》と月明かりだけが頼りだ。

その時。

微かにカサリと葉の擦《こす》れる音が。

同時に、人の気配が増えていく。

小屋を囲うように人が配され、彼等が目配せをしあって小屋の中を確認しているのがわかった。

「……殿下と妃殿下は、絶対にここをお動きになりませんよう……」

聞き取れるギリギリの小声で囁《ささや》かれ、それに頷いて応える。

私とリュシリュールの下に二人の護衛を残して、その他の護衛が音もなくその場を立ち去った。

「……っ」

気配を消して忍び寄った護衛が、一人二人とレオール伯の放った刺客を静かに倒していく。相手に気付かれることなく人数を減らすその技術は、大したものだ。

最初の人数の半分以下になったその時、刺客が襲撃開始の合図らしきものをしたのがわかった。

「……なんだ、お前達はっ……!?」

「殿下、お覚悟をっ！　────うぐわあっ!?」

刺客が一斉に踏み込んだ小屋の中からは、混乱したような声と、物が派手に壊れる音が聞こえてくる。どうやら、私とリュシリュールに扮《ふん》した護衛の思わぬ反撃に狼狽《うろた》えているようだ。

それと同時に、小屋の外で待機していたこちらの護衛も突撃する。

様々な怒号に、剣の打ち合わされる音。魔法攻撃らしき明滅に爆発音。既に小屋からは大乱闘の派手な物音が響いている。

その様子を固唾《かたず》を呑んで見守って、しかし決着がつくまでは案外すぐだった。

「……終わりました」

小屋の外に出てきたディミトロフは、涼しい顔だ。髪一つ乱れていない。見たところ怪我《けが》もなさそうだ。

「大事はないか」

「はい、こちらは何も」

立ち上がって聞くリュシリュールの問い掛けに、ディミトロフが頷いて答える。

その言葉を聞いて、知らぬ内に詰めていた息を、私は大きく吐き出した。

「それで。この後はどうするのだ？」

小屋の外に転がされた刺客を尻目《しりめ》に、リュシリュールが護衛に淡々と聞く。

先ほど確認したが、やはりこちらの護衛達は全員無傷の様子だ。

護衛が一人しかいないと思われていたとはいえ、仮にも王太子と王太子妃の暗殺をしようというのだ、相当な手練れが送られてくると思いきや、数で勝《まさ》っていることに油断したのか随分とアッサリ片が付いたのだ。

「我々がこの者等を連れていきますので、殿下と妃殿下は、ディミトロフ隊長と一緒に一旦《いったん》避難場所の小屋にお戻り下さい」

「わかった」

護衛のその言葉に、私とリュシリュールが同時に頷く。

レオール伯の襲撃を無事やり過ごした今、この場所に用はない。明日、明るくなったら早々に王宮へ戻ることになるだろう。

それに、今度はレオール伯の弾劾《だんがい》が待っている。きっとまた忙しくなることは間違いない。

この数日の、長閑で平和な時間を思い出して、名残惜《なごり》しさに小さくため息を吐く。

すると、そんな私の心の内がわかったのだろう、リュシリュールが繋《つな》いだ手に力を込めてギュッと握ってきた。

彼もまた、私と同じ気持ちなのだ。

そのことが嬉しくて、無言で手を握り返す。繋いだ掌《てのひら》から、温《ぬく》もりと共に気持ちが通じ合うかのようだ。

そのまま互いに顔を見合わせ、小さく笑い合う。

しかしその時。

縛られて地面に転がされていたはずの刺客の一人が、見張りの隙をついて大声で何事かを唱えたかと思うと、私とリュシリュールめがけて何かを投げつけてきた。

「きゃっ⁉」

「なっ！」

それと同時に、青い閃光《せんこう》と共に魔法陣が私と彼の足下に現れる。

転移魔法の魔法陣だ。

以前と似たような状況に既視感を覚えつつ、咄嗟《とっさ》に妨害を試みるも、さすがに詠唱が間に合わない。

目の眩《くら》むような青い光の中、彼が私を庇《かば》うように抱き寄せる。

あっと思う間もなく、私達は完全に青い光に呑み込まれていた。

「――――！　――――！」

それでも光の中、彼と共に必死に妨害を試みる。

その甲斐《かい》あってか、術に揺らめきが生じているのがわかる。心なしか光も弱い。

徐々にその光が弱まって、しかし次に目に飛び込んできた景色《けしき》は、先ほどとは全く違うものだった。

「……ここは……？」

月明かりに照らされたそこは、大きめの石がゴロゴロと無数に転がる河原だ。すぐ側の足下からは川のせせらぎが聞こえている。

どうやら、ここは上流らしい。

彼と抱き合ったまま辺りを見回して、互いに顔を見合わせる。

目が慣れてからそろそろと体を離して、数歩足を踏み出せば、革の靴底が硬い石の感触を伝えてくる。

「夜に歩き回るのは危ない。この近くで一晩を凌《しの》げそうな場所を探してみよう」

「そうですね」

月明かりがあるとはいえ、それでも歩くには足下が心許《もと》ない。山歩きには慣れていない上に、見知らぬ場所ではなおさらだ。

何よりここがどこかわからない以上、歩き回るのは危険だ。

「アニエス」

呼ばれて振り返れば、差し出された手が。

その手を取ろうと足を踏み出して、しかし。

「きゃあっ!!」

「アニエスっ!!」

丁度踏んだ石が安定性の悪い石だったのだろう、体重を掛けた途端にぐらりと体が傾く。

バランスを取るように手をばたつかせるも、次の瞬間には派手な水音共に私は川の中に横向きで倒れ込んでいた。


「……とりあえず、怪我はないようで良かった」

「はい……」

焚火の照り返しで浮かぶ彼の顔は、心配そうに眉がひそめられている。

あの後、急いで一夜を過ごせそうな場所を見つけ、びしょ濡《ぬ》れになった私に代わって彼が焚火を準備してくれたのだ。

それにしても、足を挫《くじ》いたりどこかを切ったりといった怪我がなかったのが不幸中の幸いだろう。

転んだ先の川が、手のつく程度の浅瀬だったのも良かった。

けれども。

「……アニエス？」

「……」

「寒いのか？」

昼とは違い、夜はさすがに冷える。しかも今は、川に落ちたせいで全身びしょ濡れの状態なのだからなおさらだ。

ブルブルと震える体を両手で掻《か》き抱いて、火に当たる。

すると、そんな私に眉間《みけん》のしわを一際深めてから、彼がおもむろに服を脱ぎだした。

「濡れたままでは良くない。乾くまで、一旦これを着ているといい」

そう言って、自分の着ていたシャツを差し出す。

差し出されたシャツと彼の顔を交互に見遣って、私は戸惑ってしまった。

それを私に渡してしまったら、彼が寒いではないか。

「でも……。そうすると、殿下が……」

「私は大丈夫だ。それより、そんな青い顔をして、お前が体調を崩す方が問題だ」

自分でも酷い顔色をしている自覚はある。火に当たっているというのに、指先は寒さで真っ白だ。

「それに、服を風魔法で乾かす。だから早くそれを脱いで寄こすんだ」

強引にシャツを私に手渡して、彼が後ろを向く。私に気を遣ってくれているのだ。

そんな彼に、私はありがたく厚意を受け取ることにした。

かじかんだ指で肌に張り付いた服を脱ぐのは大変だったが、幸い今日は自分で脱ぎ着できる服で本当に良かった。今回は侍女を連れてきていなかったため、身の回りは全て自分でできるような物にしていたのだ。

まあ、彼は私の夫で、しかも今更隠すようなこともないのだから手伝ってもらえばいいのだが、それでもさすがにこの状況下では恥ずかしい。私だって一応、恥じらいくらいあるのだ。

水分を含んだ服が、ドサリと重い音を立てて足下に落ちる。シュミーズ一枚になって、迷った私は結局それも脱ぐことにした。

シャツの袖《そで》に腕を通せば、乾いた布の感触が濡れて冷たくなった肌には温かく、心地よい。

彼に感謝をしつつ着替えた私は、前のボタンを全て留め終えてから彼に声を掛けた。

「ありがとうございます。着替えました」

「そうか。では濡れた服を――っ！」

言いながら、振り返る。

しかし、何故か彼が、言葉の途中で絶句したように固まってしまった。

「……殿下？」

彼は固まったままだ。

何かあったのかと周りを見回すも、特に先ほどと変わりはない。辺りは梢《こずえ》を揺らす微かな風の音だけだ。

もしかして自分が何かおかしいのかとシャツに目を落とすも、太腿《ふともも》の上三分の一ほどしかシャツの丈がないために素足が剥《む》き出しになってしまってはいるが、普段裸を見ている彼にしてみたらこんなものは別に何でもないだろう。

それでもはしたないことには変わりなく、何となく気になって長い袖口から指先を覗かせ、裾《すそ》を下に引っ張るようにして脚を隠す。

すると、明らかに動揺した様子の彼が、手で口元を覆って後退《あとずさ》った。

「殿下？　どうかしましたか？」

「い、いや。なんでもない」

見れば、心なしか頬も赤い。

どう見てもなんでもないようには見えないが、慌てたように濡れた服を受け取って再び背中を向けた彼は、それ以上声を掛けるのが憚《はばか》れる雰囲気だ。

何となく腑《ふ》に落ちない物を感じながらも、再び焚火の前で膝を抱えるようにして火に当たる。濡れた服を脱いだことで、随分と温かい。

しかし、小さなくしゃみが。

やはり、シャツ一枚なのは寒いわけで。

すると私のくしゃみを聞き咎めた彼が、振り返ってずかずかと私の側までやって来たため、私は何事かと彼を見上げてしまった。

「あ……」

「これなら、寒くないだろう？」

私の背後に座った彼が、背中に覆い被さるようにして私を抱き込む。

途端、彼の体温と匂《にお》いに包まれて、私は寒さで強張《こわば》った体から力が抜けていくのがわかった。

「……ありがとう、ございます」

「礼はいい。……まだ、寒いか？」

「いいえ。大分いいです。それより、殿下は？」

「大丈夫だ。それに、こうしていれば私も温かい」

夏用の上着を羽織っているとはいえその下は裸なわけで、彼だって寒かったに違いない。

それでも、シャツを通して感じる彼の素肌の熱は、何とも心地よくて。抱きしめられれば、より一層熱を持って温かい。

しばらくそうしていると、体が温まった私は急に眠たくなってきた。

今日は色々あって気を張っていたこともあり、疲れていたのだろう。更には聞こえてくる川のせせらぎが、ますます眠気を誘う。

「アニエス？」

「……体が温まったら、ちょっと眠気が……」

気付かない内に、こくりこくりと船を漕《こ》いでいたらしい。

そんな私をギュッと抱き込んで、しかし何故か彼が深く吐息を吐き出した。

「そうか……そうだな。……火は私が見ているから、お前は少し寝るといい」

「ん……ありがとう、ございます……」

申し訳ないと思いつつも、眠気には勝てない。

でもそれも、彼がいてくれるからで。

こんな時に頼れることが、何とも嬉しく頼もしい。

優しく髪を撫でられて、急速に意識が遠のいていくのがわかる。

完全に眠りに落ちる少し前に、切ないため息を聞いたような気がしたが、その時にはもう、私は深い眠りについていた。


翌朝。

鳥の囀《さえず》りで目を覚ました私は、まだ日が昇る前の薄暗がりの中で、手早く服を着替えて支度を整えた。こんな時、魔法が使えることが心底ありがたい。

ずぶ濡れだった私の服は、夜のうちに彼が乾かしてくれたのだろう、もうすっかり乾いている。

「殿下？　どうかしましたか？」

支度の整った私に、何故か彼が残念そうにため息を吐いたのだ。

「いや。……それより、やはりここはあの小屋から少し離れた場所のように思うが、お前はどう思う？」

聞かれて、私は頷いた。

あの時、魔法陣の発動は不完全だった。術者がすぐに護衛に取り押さえられたため詠唱が不十分であったのと、咄嗟に二人で妨害を試みたのが良かったのだろう。

それに、私達には様々な守りが施してある。以前の失敗を踏まえて、今回の襲撃に際して守りの護法を強化したのだ。

「とりあえず、沢伝いに山を下ろう。太陽が昇れば、おおよその位置もわかるしな」

「はい」

襲撃のあった小屋の付近であれば、私達の護法を辿ったディミトロフ達にその内合流できるだろう。

頷いた私は、差し出された彼の手を取って歩き出した。


日が昇る直前、空と立ち込める朝靄《もや》が淡紅色の曙《あけぼの》色に染まる。

山の稜線《りょうせん》から滲み出た金色の光が靄に反射して、薄紅の霧《にじ》に金粉が散っているかのようだ。

何とも幻想的なその光景に、思わず私達は足を止めて見入ってしまった。

「綺麗ですね……」

「ああ」

今この時を、彼と共有できるのが嬉しい。

きっと同じ気持ちなのだろう、繋いだ手を彼が強く握り返してくる。

それに、こんな状況下だというにもかかわらず、彼と一緒だというだけで、驚くほどの安心感だ。

刻々と変化する空と景色を堪能《たんのう》しながら、不思議と私は穏やかに楽しい気分で彼と歩き続けた。

途中、休憩を取りつつ、順調に沢を下っていく。

日が完全に昇り切った昼の少し前くらいだろうか、何度目かの休憩を取っているその時。

前方から人の気配が。

慌てて立ち上がり、私を守るように前に立った彼の背中に身を寄せる。

クマ除《よ》けのチリンチリンという鈴の音と共に私達の前に現れたのは、杣人《そまびと》の形《なり》をした三十半ば辺りの男だった。

「あいや。あんだら、こっだらどころでどうすたがね」

随分と訛《なま》りがきつい。言葉にしても格好にしても、男はこの土地の人間に見える。

「もしかして、迷いなすったがね？」

聞かれて、リュシリュールが警戒したように頷く。

大丈夫だとは思うが、万が一の可能性もあるからだ。

「はあー。そん格好、あんだら都《みやこ》の人じゃね。もしかして、お貴族様でねえべか？　お付きの人とはぐれただか」

一人でしゃべって、納得したように相槌《あいづち》を打つその様子は、何とも純朴そうだ。レオール伯の刺客には、とても見えない。

お人好《よ》しが前面に出たような顔で微笑み掛けられて、リュシリュールが少し警戒を解いたのがわかった。

「お前は、この土地の人間か？」

「んだ。生まれも育ぢも、ごごの人間でさあ。母っちゃも、オラんとこの子ぉも、骨の髄までこの土地のモンさぁ」

「そうか。では、人里まで案内をしてくれると助かるのだが」

「あいあい。そっだらこと、なんでもねえ。んだば、ついてきなせ」

にかりと笑って、クルリと背を向ける。

今来たばかりの道を引き返し始めた男に、私とリュシリュールは目配せをし合ってからその後をついていくことにした。

「で。やっぱりあんだら、都の人だぁ？」

「そうだ」

「だろね。そっただ綺麗な言葉使うモンは、こん辺りにはいないさあ」

最初は何を言っているのかわからなかった男の言葉も、慣れてしまえば意外に聞き取りやすい。それに、どうやら男の方でも、私達に合わせてそれでも言葉を選んでくれているらしい。

「したら、あんだら、この国の王太子様さ、会っだごどあるかね？」

聞かれて、思わず緊張してしまう。

レオール伯の手先には見えないが、どちらにしろ私達が王太子夫妻だと知られるわけにはいかない。

私達が数日前からこの地方にお忍びで来ていることを知られているわけではないだろうが、もしかしたら探りを入れている可能性もある。だとしたら、相当な演技だ。

しかし、前を行く男は、こちらのそんな様子には一向に気付いた様子もなく、言葉を続けた。

「んどいうのもさ、オラだち、王太子様にはたんげ感謝してるのさ」

「……」

「こっだら辺鄙《へんぴ》な場所にもがわらず、王太子様ぁこん川の下流に堤防さ作ってぐれたお陰で、わった暮らすが楽ぅなったんだ。こごのもん、みいんな、王太子様ぁ感謝すてらんだよ」

「そうか……」

「んだ」

男の話に、思わず胸が熱くなる。隣を見上げれば、彼が穏やかに微笑みを浮かべている。

数年前に彼が指揮した治水事業は、この土地の人間達に心から感謝されているわけだ。

それに、お忍びとはいえ視察目的でここを訪れたことに間違いはなく、こうして意外な形で彼の努力が報われていることを知れて、私は胸に温かいものが広がるのを覚えていた。

「都のお貴族様のあんだらならぁ、王太子様さ会う機会あるべ？　会っだっきゃ、感謝すてるっで、伝えて欲すうだよ」

「わかった。会ったら、伝えておこう」

伝えるも何も、彼がその王太子本人だと知ったなら、この男は一体どんな反応をするのだろうか。

内心それが微笑ましいと同時に楽しくて。

しかし、続けられた男の次の言葉で、私達は思わず顔を見合わせてしまった。

「そういやあ、王太子様ご夫婦は、たんげ仲がいいどか。お妃さまさ、見だこともねぐねえくれえ、綺麗な方なんだべさね」

「そうだな」

笑って答えた彼に、顔に熱が集まっていくのがわかる。

それにしても、市井《しせい》では私達は仲の良い夫婦として通っているのか。そのことが嬉しくもあり、くすぐったくもあり。

それからも男の取り留めない話を聞きながら、沢を下っていく。

随分と打ち解けてきたところで、しかしそこで、沢の下流から何人かの背の高い人影がこちらに向かってやって来るのが見えた。

「殿下！」

「ディミトロフ！」

呼び掛けに答えたリュシリュールに、ディミトロフが急いで駆け寄ってくる。その後ろには、数名の護衛達が。

「お二人共、ご無事で？」

「ああ、大事ない」

その言葉に、見慣れたいかつい顔がわずかにほっとしたように緩められる。

きっと昨夜から今まで、気が気でなかっただろうことは想像に難くない。真面目なディミトロフのことだ、私達を守り切れなかったことで相当自分を責めていたことだろう。彼の目の下にある濃いクマが、それを物語っている。

しかし、そんなディミトロフ達を安心させるかのように、リュシリュールがにこやかに微笑みを浮かべた。

「存外、山歩きも悪くないな。それに、こういう機会でもなければ、朝焼けの美しい景色を見ることもなかっただろうからな」

「殿下……」

彼の言葉に、私も同じように微笑んで頷く。

すると、私達の遣り取りを聞いていた杣人の男が、驚いたように目を丸くしたまま固まってしまった。

「ここまで、案内助かった。お前の言っていたことは、必ずや伝えておこう」

「へ、へえ……や、はい!」

被っていた帽子を慌てて外して、くしゃりと握りしめる。

そのままかしこまったように頭を下げた男に微笑みを向けてから、私達はその場を後にしたのだった。

「それで、捕らえた者達は？」

「はい。全員、レオール伯の依頼であったことを聴取済みです」

ディミトロフ達と合流してすぐに、魔道具の転移魔法で王宮に戻った私達は、服を着替えるのもそこそこに襲撃の後の報告を受けていた。

「レオール伯は？」

「もちろん、襲撃の後すぐに捕らえて投獄してあります」

「そうか。兄上が上手くやってくれたのだな」

「はい」

今回の計画では、オーブリー殿下がレオール伯をその気にさせて唆《そそのか》してくれたのだ。

王位継承権第二位の兄王子に王位を望んでいると仄《ほの》めかされて、レオール伯は今回の襲撃に踏み切った。その際に、レオール伯とそれに連なる反体制派の面々から連署などの主要な証拠《しょうこ》をオーブリー王子が手に入れてくれていたのだ。

「兄上はああ見えて、意外に策士だからな」

自慢するようにそう言う彼が可愛くて、思わず内心クスリと笑ってしまう。リュシリュールは、腹違いの兄を心底敬愛しているのだ。

しかし、彼等が非常に仲の良い兄弟であることを知っている人間は少ない。

そして、雰囲気こそ柔らかいが、オーブリー殿下は案外食えない御仁だ。その辺りはやはり、リュシリュールの兄、といったところだろうか。

「――では。後のことはもう、任せていいな？」

「はい」

細かな指示を出した後でそう聞いたリュシリュールに、ディミトロフが頷いて答える。

そのまま部屋を後にしたディミトロフの姿がドアの外に消えるなり、リュシリュールが私に向き直った。

頬に手を添えられ、微笑み掛けられて、私の胸がドキリと高鳴る。こうやって、彼と部屋で二人きりになるのは随分久し振りなのだ。

それはつまり、そういったことも数日振りということで。

期待と照れ臭さに、急に胸がドキドキとしてくるのがわかる。

けれども。

「アニエス、今日はもう疲れただろう。風呂《ふろ》に入って、ゆっくりするといい」

ニコリと笑って、彼が手を引っ込める。

さらには、くるりと踵を返して部屋を出ていってしまう。

そんな彼の姿を呆然《ぼうぜん》と見送って、てっきりこの後は二人で過ごすのだと思っていた私は、拍子抜けしたような、はぐらかされたような気分を味わっていた。

湯浴みをして服を着替えた私は、用意された軽食をとってようやく人心地がついた。

けれども、その間ずっと彼とは別々で。

忙しいのはわかっている。数日王都から離れていたこともあって、レオール伯のこと以外にもやらねばならないことは山ほどあるのだから。

それでも、唐突に二人の時間が終わってしまったことが寂しい。

旅行といったってレオール伯を欺《あざむ》くためにずっと山小屋に身を潜めていただけで、旅行らしい旅行ではなかったのだからなおさらだ。そもそも、二人きりになれたのは敵の術で飛ばされたあの時だけだ。それ以外はずっとディミトロフもいたわけで。帰ってきた今日くらい、もう少し一緒にいてくれたっていいではないか。

寂しさと共に、もっと一緒にいたいと思うのは自分だけなのかと、モヤモヤとした思いが募っていくのがわかる。

そんなこんなで、何か納得いかない思いで悶々《もんもん》とした私は、まだ日が高い時間ではあるが晩餐《ばんさん》の時間までふて寝をすることにした。

それに、疲れているのも確かで。なんだかんだいっても、野外で過ごした昨夜は余り寝ていないのだ。しかも朝からずっと歩き通しだったのだからなおさらだ。

ボフリと寝台に体を横たえれば、急速に眠気が襲ってくる。

それでも、ここ最近はずっと寝る時は彼と一緒だったため、側に温もりがないことが寂しい。

代わりに並んだ隣の枕を抱きしめて顔を埋めた私は、気付けばそのまま眠りに落ちていた。

唇に触れる柔らかく温かな感触で、意識が浮上する。

ゆっくりと瞼《まぶた》を開けると、非常に近い距離でリュシリュールの顔があった。

「……ん……」

再び、唇が柔らかな感触で覆われる。

彼にキスされているのだと気付いた時には、既にそれが深いものになっていた。

「……は……んっ……」

寝起きの頭では、何がどうなってこんな状況なのかはわからない。

けれども、与えられる欲望には忠実で。

頭の奥が痺《しび》れるような甘い感覚に、悦《よろこ》んで思考を放棄する。当たり前のように腕を首に回して応えるのも、それを与えてくれるのが彼だからだ。

舐《な》めて、吸われて、深く口付け合う。お互いがお互いの快感を知り尽くしたキスは、そのまま体に火をつける。

そんな私は、顔が離された時にはすっかり上気してしまっていた。

「……あ……」

離れていった熱が、物足りない。

縋《すが》るように見上げると、そこには楽しそうに微笑む彼がいた。

「アニエス。食事に行こう」

「……」

さらりと言われて、またもや私ははぐらかされたような気分になった。

あんなキスをしておきながら、食事に行こうなどとは。彼だって、私の体の熱には気付いているはずだ。

寝起きということも相まって、中途半端に掻き立てられた官能の感覚に不満が募る。

むっとむくれて、拗ねるように背中を向けると、背後の彼がくつくつと笑う声が聞こえてきた。

「……アニエス、起きないのか？」

「……」

まだ、言うか。

これはもう、確信犯だろう。

「私は行かな――きゃっ！」

しかし、唐突に引き寄せられ仰向けにされて、私は驚いてしまった。

「はは！　悪かった！」

「……」

そう言って笑う彼は、私の体の上だ。楽しそうに笑って、なだめるように私の髪を撫でてくる。

けれども、揶揄われた私としては面白くない。ムスッとしたまま、彼から背けるように顔を横に向ける。

するとと、再びくつくつと笑みをこぼして、彼がふわりと私の頬に口付けた。

「……」

「悪かった。ちょっと、揶揄いたかっただけだ」

その言葉に、横を向いたままジロリと彼を睨む。

けれども、頬に添えられた手で顔を引き寄せられ、口付けられて、私はあっさり陥落した。

「……旅行中、ずっと私ばかり我慢させられていたからな……」

「……そんなこと……んっ」

再び唇を塞《ふさ》いだ彼が、私の服を脱がせていく。

更には自分の服も脱ぎ去って、彼が私の上に乗り上げてきた。

「あ……」

触れた素肌は、驚くほど熱い。つまり、彼も同じ気持ちだったのだ。

それが嬉しいと思うのと同時に、恨めしい。

けれども、与えられる蕩《とろ》けるような官能に、揶揄われたことなどどうでもよい気分になってくる。

今、彼と触れ合う喜びの前では、大概のことは許せてしまうから不思議だ。

そしてそれを、多分彼も知っている。

深く互いに求めるように口付け合いながら、彼が私の胸を掴んで揉《も》みしだく。

揉まれるほどに高まる熱と疼《うず》きに浮かされて、本能のままに腰を擦り当てる。

瞬間、ぬるりと、彼のものが秘所の潤みに滑り、強い快感に私の腰が跳ねた。

「んうっ……！」

触られてもいないのに、既にそこは滴るほどだ。腰を動かす度に、くちゅくちゅと淫靡《いんび》な水音が響いている。

けれども、感じているのは彼も同じで。私の動きに、彼も低く呻き声を漏らしている。

すると、唐突に体を離されて、私は驚いて彼を見上げた。

「リュシー……？」

「……すまない。余り、持ちそうにない……」

苦しそうに寄せられた眉間の下で、銀の双眸《そうぼう》が欲望を宿して光っている。

その瞳に見詰められて、体の奥が、ズクリと疼いたのがわかった。

「あ、あ、あ……」

「く……」

熱い杭《くい》の先端を押し当てられて、私のぬかるみにずぶりとそれが沈み込む。

そのままぐぶぐぶと男の欲望を呑み込んで、拓かれ押し広げられる悦びに、私の体が震えながらそれを迎え入れた。

「あぁあっ……！」

根元まで埋め込まれ、腰を強く押し付けられて、体がぎゅうぎゅうと埋め込まれた杭を締め上げるのがわかる。同時に、きつく掻き抱くように抱きしめられて、ひくひくと体内が痙攣《けいれん》する。

その痙攣が収まるのを待ってから、緩く腰を動かされて、私は堪らず声を上げて体をくねらせた。

「ああっ、リュシーっ……！」

意味をなさない言葉が口から漏れる。蕩け切った頭は、与えられる快感を追うので精一杯だ。

彼の熱が体内を出入りする度に、全身が甘い痺れに支配されていく。

媚《こ》びるように、甘えるように啼《な》けば、彼が応えるように低く呻く。

それが嬉しくて。

さらには、縋り付くように彼の背中に回した腕からは、筋肉の動きと共に彼の熱と汗を伝えてくれる。

彼が感じてくれるのが嬉しくて、煽るように脚を開いて身をくねらす。

深く咥《くわ》え込むように開いた脚を彼の腰に絡めると、誘われるままに最奥に滾《たぎ》りを捻《ね》じ込まれて、私は高い嬌声《きょうせい》を上げて体を反らせた。

そのまま、ガツガツと貪《むさぼ》るように腰を打ち付けられる。

打ち据えるかのようなその動きに、私は急速に体の奥に快感の熱が膨らんでいくのを感じていた。

「あぁぁああっ！」

「……ぐぅっ！」

膨らんだ快感が弾《はじ》けるのと同時に、一層深く捻じ込まれた熱の杭が、体内で跳ね上がるようにしてドクドクと欲望を迸《ほとばし》らせる。

ギュッと強く抱き込まれ、絶頂の酩酊《めいてい》感に酔いながら、応えるように私も彼を抱きしめ返した。

じんわりと、奥に広がる熱が心地よい。

このまま一つに溶け合っていくかのようだ。

しっとりと汗を掻いた素肌を重ねて抱き合うこの瞬間、心も体も彼と繋がっているのだという実感がある。

その幸福感に陶然として、彼の肩に顔を埋めて目を閉じる。この幸せを知ってしまった今、私はもう一人には戻れないだろう。

このままずっと、二人で。

生きている限り、喜びも悲しみも、全て彼と共に分かち合いたい。

抱きしめ合っていた腕が緩められて、私を見下ろす彼と微笑みを交わす。多分きっと、彼も同じはずだ。

軽く口付けられた後で、私の額に自分の額を合わせる。

「……ずっと、こうしたかった」

「私も……」

旅行中、ずっと一緒にいられるのは嬉しかったが、物足りなかったのだ。

仕方がないこととはいえ、やはり側にいれば触れ合いたくなる。

以前の自分では考えられないような変化だが、不思議とそれが嫌ではない。それに、彼も同じ気持ちでいてくれたことが嬉しい。

けれども私のその言葉に、何故か彼が軽く眉間にしわを寄せて顔を上げた。

「……そんなことはないだろう。お前はずっと、平気そうだった」

どうやら、拗ねているらしい。

「いつも求めるのは、私ばかりだ」

その言葉に、私は目を見開いた。

何故ならそれは、かつて私がずっと思っていたことだったからだ。彼とこんな関係になる前は、私ばかりが彼に振り向いて欲しいと思いを寄せていたわけで。

なのにそれが今。

同時に、彼に思われているという実感に、胸が熱くなる。

堪らず彼の首に腕を回して引き寄せた私は、耳元に顔を埋めて囁いた。

「……私も。私も同じです」

「……」

「私もずっと、こうしたかった……」

思いの丈を込めて、強く抱きしめる。

抱きしめ返されて、泣きたくなるような幸せに満たされていくのがわかる。

しばらくそのまま、幸せを噛みしめて抱き合っていた私達だったが、しかし、繋がったままの部分が再び硬い質量に押し広げられていくことに気が付いた。

一旦腕を緩め、サラサラとした銀の髪に指を沈めて耳元に唇を寄せる。

「リュシー。お願い……もう一度……」

そっと囁けば、体内の楔《くさび》が一層硬く体を押し上げるのがわかる。

ゆる、と動かされて短く喘《あえ》げば、彼が嬉しそうに笑った気配がした。

「仰せのままに」

笑いながら口付けを落とされて、私も笑顔になる。

額を寄せてクスクスと笑い合った私達は、結局その日は食事もとらずに愛し合ったのだった。


後日、今回の騒動に加担した者全てに裁可が下った。

主犯であるレオール伯は処刑され、それに連なる者達も同様に処刑されることになった。

オーブリー殿下がレオール伯達に用意させた連署が、決定的な証拠となったのだ。

これで我が国に残っていた反体制派の残党は、完全に消えたわけで。また一つ、現政権の地盤が固まったのだ。

それは、私とリュシリュールの未来に向けての一歩でもある。

きっとこうやって私達は前に進んでいくのだろう。

「そういうわけで、アニエス。旅行の仕切り直しをするぞ」

楽しそうにそう告げる彼に、私も笑顔で頷いて応えた。

山小屋での数日は、あれはあれで新鮮で楽しかったが、やはり折角の旅行なのだから彼と二人きりでゆっくり過ごす時間が欲しい。それこそ寝る時まで四六時中《しろくじちゅう》護衛に張り付かれているのでは、さすがに落ち着かない。新婚旅行というからには、二人で甘い時間を過ごしたいと思うのは当然のことだろう。

今は部屋に二人きりということもあって、自然と良い雰囲気になる。

その雰囲気のままに、私は飲んでいた紅茶のカップをソーサーごとテーブルに戻してから、そっと隣に座る彼の腕を取って寄り掛かった。

「……じゃあ今度は二人きりで、い……いちゃいちゃしたい……です……」

言いなれない言葉に、顔に熱が集まっていくのがわかる。

そのまま上目遣いで窺うように隣の彼を覗き込むと、そこには驚いたような顔のリュシリュールがいた。

しかし同時に、徐々に彼の頬が赤く染まっていく。見れば、耳先まで赤い。

視線を絡ませて、しばし互いに固まってしまう。

そんな中、先に動いたのは彼だった。もう一方の腕を私の体に回して抱き寄せる。

優しく力を込めて抱きしめられて、私は安心して体を彼に預けた。

「……そうだな」

「はい……」

私の心臓もうるさいが、抱きしめられた体から伝わる彼の鼓動もまた、速い。

けれども、それが嬉しい。

本当は旅行になど行かなくても、こうして彼と過ごすことができれば私はいいのだ。そして多分、それは彼も同じで。

「……では、今からでも、いちゃいちゃ……するか……？」

同じように言いなれない言葉を口にする彼に、思わず笑みがこぼれる。

こんな時間が愛《いと》しい。

どちらからともなくクスクスと笑って額を合わせた私達は、そっと口付けを交わした。

そしてこの後、実はあの川に落ちた夜、彼のシャツに着替えた私に一晩中ドキドキしていたのだと告白されて、再び同じ格好をすることになるのだが、それは二人の秘密だ。

おれの弟が可愛すぎる件

おれには二つ下の弟がいる。

弟は、あらゆることに秀で、非常に優秀であるにもかかわらず、さらには勤勉で努力家だ。

それこそ、真面目《まじめ》を絵に描《か》いたような弟だが……。

「オーリー。確かお前、弟がいたよな？」

「ああ」

〝オーリー〟とは、おれのここでの呼び名だ。もちろん、偽名だ。

それにここの連中は、おれが何者かだなんて気にしちゃいない。

「弟が家業を継ぐんだろ？」

「おれは妾腹《しょうふく》だからな」

そう、おれと弟は腹違いの兄弟になる。親父が当時メイドだったおれの母親に手を付けて、それで生まれたのがおれだ。

二人の間に、愛があったのかどうかは知らない。おれの母親は、おれを生んですぐに亡くなってしまっているため、実際のところはわからない。

それでも、見ていればわかることもある。

親父の正妻――つまり弟の母親には、親父と結婚する前から密《ひそ》かに思いを寄せていた男がいたらしい。自分の兄の親友であり幼馴染《おさななじみ》でもあるその男は、幼い頃《ころ》から弟の母親のことを実の妹のように可《か》愛《わい》がっていたそうだが、彼女はそれ以上の想いを抱いてしまったのだ。

その男が、彼女の想いを知っていたかどうかは知らない。

しかし知っていたとしても、きっと結果は変わらなかったに違いない。

何故《なぜ》なら、身分ある人間にしては珍しく、その男は大恋愛をして他《ほか》の女性と結婚しているからだ。

だからきっと、どちらにしろ彼女とその男結ばれることはなかっただろう。

そんな中で親父と彼女の婚約の話が持ち上がり、二人は結婚することになった。だが、これはおれの推測に過ぎないが、弟の母親は親父と結婚しても、例の男のことを忘れられなかったんじゃないかと思う。

実際、二人が結婚して弟が生まれるまで三年もの月日が経《た》っていることを考えても、何らかの蟠《わだかま》りがそこにはあったんじゃないだろうか。何より、親父が例の男を嫌い抜いていることが一番の証拠《しょうこ》だろう。

結婚した新妻に他に思う男がいるとなれば、それは面白くないわけで。親父がおれの母親に手を出したのは、そんな新妻に対する当てつけのような気持ちがあっただろうことは想像に難くない。

となると、おれの母親は気の毒としかいいようがないが、爺さまから聞くからには、彼女は彼女なりに幸せだったらしい。親父もそれなりに大事にしてくれていたのだろう。

それに、そもそもそういった関係になることすらあり得ない身分差なわけで、彼女にしてみたら親父とのことは夢のような出来事だったのかもしれない。

そんなこんなでおれを身籠《みごも》った母親は、正妻への遠慮から、おれを身籠ったことを内緒でメイドの仕事を辞めて実家に戻った。そして俺が生まれ、まもなく彼女は亡くなって、おれは母方の祖父母によって育てられることになった。

爺さまも婆さまも、娘の形見であるおれを可愛がってくれたが、しかしおれが五歳の時、おれの存在を知った親父が、おれを引き取ることになった。

おれとしては放《ほう》っておいて欲しかったが、親父の立場を考えれば致し方ない。おれが、男子だということも悪かった。

すでにその時には親父と正妻の間には弟がいたが、親父の血を引くおれをそのままにするわけにはいかないし、何より子供は多いに越したことはない。

まあ、後を継ぐのは弟と決まっていたが、おれは弟に万が一があった場合のスペアみたいなもんだ。

それでも、当時三歳だった弟にそんなことがわかるわけもなく。弟は実の兄としておれに懐いてくれた。

それに、あの頃の弟はめちゃくちゃ可愛くて、天使みたいな笑顔で「あにうえ」なんて呼ばれたら、誰《だれ》だって一瞬で落ちるだろう。それまでおれには兄弟がいなかったわけだからなおさらだ。

だから腹違いとはいえども、おれ達は普通の兄弟か、それ以上に仲がいい。

「じゃあさ、オーリー。俺《おれ》と商売をやるって話――」

「無理」

即刻、断る。いくらバロンがいい奴《やつ》でも、無理なものは無理だ。

「家は弟が継ぐけど、おれも手伝わなきゃ」

「……そっかー。まあ、残念だけどしょうがない」

そういうバロンは、本気で残念そうだ。

しかしながらこの遣《や》り取りは、今日が初めてじゃない。バロン的には、それでもあわよくば、という気持ちがあるのだろう。

「腹違いっつっても、オーリーんとこは仲いいんだな。俺んとこなんて、実の兄貴だけど俺のことは害虫さながらで毛嫌いしてるぜ？」

「……あいつには、おれのせいで苦労を掛けてるからな……」

そう、おれのせいで、弟はしなくてもいい苦労をしている。

妾腹ではあるものの、おれが親父の第一子であることに変わりはなく、そんなおれに家督を継がせて甘い汁を啜《すす》ろうという輩《やから》が大勢いるのだ。

おれはあんな面倒な家を継ぐなんて絶対にごめんだが、そんなおれの気持ちを忖度《そんたく》してくれるような輩だったら、最初から人の家の事情を揉《も》め繰り返すようなことはしない。

そもそも、身分も、血筋も、何より人間としても、弟の方が優れているのだ、おれが出る幕など本来あるわけがないのだが、人というものは少しでも甘い汁が吸えると思うと目が眩《くら》むらしい。

元より、気楽なスペアの立場のおれと違って弟は、幼い頃から様々な我慢を強いられ苦労をしているのだ、出来の悪い兄で申し訳ないが、それでも支えるくらいはしてやりたい。

魑魅魍魎《ちみもうりょう》が跋扈《ばっこ》するこの世界で、せめて兄弟だけでも支え合っていかなければ。

「でもさ。弟さん、結婚したんだろ？　確か」

「ああ」

「じゃあ、もうオーリーがそんなに心配すること、ないんじゃないか？」

「それが、なあー……」

深く、ため息が出てしまう。

「うちの弟、意地っ張りで……」

「あれか？　家の決めた結婚ってやつか？」

「まあ、そうなんだが……。それでも子供の頃から付き合いのある相手で、二人共好き合ってるのは確かなんだよ」

「じゃあ、いいじゃん。何が問題なんだ？」

「二人とも素直じゃないから、揉めに揉めたんだよ……」

弟達が結婚に至るまで、おおいに揉めたのだ。

それでも最近は大分落ち着いたみたいだが、結婚に至るまでの経緯が経緯なため、弟と義妹《いもうと》は誤解やら擦れ違いやらで結婚後も大変だったのだ。

傍から見れば二人共お互い思い合っているのは丸わかりなのに、何ともヤキモキする。

しかし、その誤解や擦れ違いの発端がおれなわけで。

弟達が拗《こじ》れた原因が、おれを家督に据えようとする一派の企《たくら》みを弟が阻止しようとしたある演技がもとなわけで、おれとしては非常に責任を感じていた。

「でも、やることはやってんだろ？　だったら大丈夫なんじゃないか？」

肩を竦《すく》めるバロンに、おれは苦笑いしてしまった。

やることは、やってるのは間違いない。あのお堅い弟が、結婚前に手を出していたくらいなんだから。それを知った時は、非常に驚いたものだ。

にもかかわらず素直になれない弟は、筋金入りの意地っ張りだ。

「まあ、子供でもできりゃあ、上手《うま》くいくんじゃね？」

「そうだな」

そう、二人に子供ができてくれたなら、きっと二人の関係ももっと良くなるだろう。それに。

「オーリーが相手作んないのってさ、弟さんに遠慮してるから、なんだろ……？　弟さん夫婦に子供ができるまでは結婚しない、とか……？」

窺《うかが》うように言われて、おれは苦笑いを深めた。

なんやかんやあって、おれを家督に据えようとする輩たちはほぼ一掃され、弟の跡継ぎとしての立場は揺るぎないものになった。加えて、近々完全におれは後継資格を放棄することに決まった。

これでようやく本当に、本人達の意思を無視した我が家の跡目争いは終結するわけだ。

しかし、それでもおれが親父の血を引いていることに変わりはないわけで、そんなおれの結婚は後の争いの元でしかない。子供でもできようものならなおさらだ。

だから、おれは一生結婚をするつもりはないし、もちろん子供を持つ気もない。

少し寂しい気もするが、弟達の子供を可愛がればいい話だ。そのためにも、弟にはぜひ頑張ってもらわねば。

「オーリー、すっげえもてんのに。狙《ねら》ってる奴、多いぜ？」

「ははは。そういうバロンだって」

それ以上深い話をしたくなくて、笑って話を逸《そ》らす。

バロンは気のいい奴だが、さすがに全《すべ》てを話すわけにはいかない。

「まあな。でも、女の子は皆可愛いから、一人を選ぶなんて俺にはできねえよ」

ニヤリと笑うバロンに、思わず笑ってしまう。

男らしい見た目のバロンは、その気さくな性格もあってモテるのだ。

「悪い男だなあ。でも、ほどほどにしておけよ？」

「ははは！　そうだな。……にしても、やっぱオーリーは〝お兄ちゃん〟、って感じだな！」

「そうか？」

「そうだよ！　なんだかんだいって、面倒見いいしな！」

自覚はないが、そうなのだろうか。

まあ、しっかりしているくせに、変なところで抜けてる弟がいるせいかもしれない。

それにあいつは、なんでも自分一人で抱え込んで無理をするし。しかも周りもそれをあいつに求めるから、せめておれが見ててやらなきゃって思うのだ。

「……で、さ。面倒見いいついでに、今日はちょっと付き合ってくれよ？」

そう言って、肩に腕を回してさらりと笑う。本当、バロンはこういうところが抜け目ない。

うちの弟も、これくらいずうずうしければいいのだが。

「はあ？　無理」

「そう言わずに！」

「今日は爺さまと婆さまの顔を見に抜けてきただけだから、そんな時間はない」

街に住む爺さまと婆さまに、こうやって時々会いに来ているのだ。もちろん、お忍びで。

正式な後継の弟と違って、おれは案外その辺りの行動は自由だ。そいういう意味でも、弟は本当によくやってると思う。四六時中《しろくじちゅう》護衛に監視されるとか、おれだったら無理だ。

「ちょっとくらいなら、いいだろ？　それに、オーリーにはいつ会えるかわかんねえんだし」

必死だ。やけに今日は食い下がる。そんなバロンに、おれは諦《あきら》めたようにため息を吐《つ》いた。

まあ、話くらい聞いてやってもいいだろう。

それに、次にいつ会えるかわからないのは本当だ。弟ほどではないが、おれもそこそこ忙しい。今日は随分久し振りに息抜きで街に来れたのだ。

「はあ。しょうがないな」

「さすがオーリー！　恩に着るぜ！」

「で？　何を頼みたいんだ？　ただ先に言っとくが、無理なものは無理だからな？」

おれにも一応立場がある。それにここにはお忍びで抜けてきているわけで、大したことはできない。

しかし、そんなおれにバロンが何とも嬉《うれ》しそうな顔になった。

「大丈夫だ。本当にそう大したことじゃないんだ。ただ、相手が相手だから……」

「……そんなに面倒な相手なのか？」

俄《にわ》かに不安になる。人好きのするバロンが面倒な相手など、おれに相手ができるとは思えない。

不安に顔を曇《くも》らせると、慌ててバロンが顔の前で手を振った。

「いやいやいや！　別に変な相手じゃないんだ！」

「じゃあ……？」

「今回ちょっとした筋から紹介された客なんだけど、隣国のお貴族様なんだと。お忍びでこっちの国に遊びに来てて、それで俺に街を案内して欲しいっていう依頼なんだよ」

バロンは、街の案内屋だ。王都の外から来た観光客を相手に、街の名所を案内して回る。

実家の家業を彼と仲の悪い兄が継いだため、家を追い出されて始めた仕事なのだ。

従業員もまだ数名のほんの小規模な商売ではあるが、一般的な観光名所だけでなく、客の要望を見分けて街の人間しか知り得ないような隠れた穴場にも案内してくれると、そこそこに人気がある。

「ただほら、俺はこんなんだろ？　根っからの町育ちで、お綺麗《きれい》な言葉なんて知らねえし。その点オーリーは、俺達にはこんなんだけど、育ちが良いだけあって綺麗な言葉使うし、何より見た目に品があるからな。ちょっとした服着て澄ました顔してたら、お貴族様でも通るんじゃねえか？」

「……」

思わず、押し黙る。

バロンがおれの正体を知っているとは思わないが、薄々勘づいてるんじゃないかという気もしなくもない。何より、変装しているとはいえ、おれの姿形はそのままだ。

すると、おれの考えていることがわかったのだろう、バロンが苦笑しておれに向き直った。

「や、詮索《せんさく》する気はねえよ？」

「……」

「ただ、さ。オーリーの目、銀色だろ？　この国じゃあ銀色は、高貴な方の血筋に多い色だ。有名なとこだと国王様、とかか？　だからきっと、オーリーもどこかのお貴族様のご落胤《らくいん》なんじゃねえのかな、とは思ってる。時々、やたらと品があるしな」

「……」

「でもさ。オーリーはオーリーだろ？」

そう言って、ニヤッと笑う。

「たとえどこかのお貴族様の息子でも、オーリーが弟思いで優しい、面倒見がいい奴ってことに変わりはないからな」

「……そうか」

「そうだ」

再びニカッと笑い掛けられて、おれは驚くほど気持ちが楽になっていた。

おれの周りには、おれ自身を見てくれる人間はほとんどいない。もちろん弟は別として、おれに寄ってくるのは、おれの体に流れる親父の血目当ての人間ばかりだ。どいつもこいつも、〝おれ〟ではなく、親父の第一子という立場でおれを見てくる。

それが嫌で嫌でしょうがない時期もあったが、最近はそれでも諦めがついたというか、大人《おとな》になったんだと思っていたけれども、やはりおれの中で、まだまだしこりになっていたらしい。

「というわけで。オーリー、頼むぜ？」

何となく、丸め込まれた気がしなくもないが、不思議と嫌な気分ではない。

バロンは本当、そういうところがある。天然の人誑《たら》しなのだ。

それに外国の貴族なら、おれの顔を知っていることもないだろう。万一見知った人間だったなら、その場で断ればいい話だ。

ちなみに、おれは一度会ったことのある人間の顔は全て覚えている。弟もそうだが、それが求められる立場の人間だからだ。本当に、厄介な立場だと思う。

「しょうがないな」

「へへへ。オーリーならそう言ってくれると思ってたぜ」

眩《まぶ》しい笑顔で笑われて、つられて俺も笑顔になる。

肩を叩《たた》き合ったおれ達は、そこから待ち合わせの場所へと向かったのだった。


待ち合わせである噴水広場でおれ達を待っていたのは、十四、五歳くらいの可愛らしい女の子だ。

プラチナ色の金の髪に金の瞳《ひとみ》を持つその少女は、どことなくおっとりとしていて品がある。

隣にいる目つきの鋭い女性は、侍女の格好をしているがきっと護衛に違いない。雰囲気から察するに、相当な手練《てだ》れだ。つまり、この少女は隣国でそこそこの地位にある貴族の娘ということだ。

しかし、おれの記憶では確実にこれが初対面のはずだ。

「はじめまして。貴方《あなた》達が、今日案内をして下さる案内屋さんですか？」

ふわりと笑って挨拶《あいさつ》をされて、ひとまずおれはほっとした。

この様子なら、少女の方もおれのことは知らないだろう。

「はい。俺は、バロンと言います。んで、こっちがオーリー」

「オーリーです。今日は助手を務めさせていただきます」

バロンの紹介に合わせて礼を取る。

すると、何故か少女が一瞬驚いたような顔になった。

「……あ、はい……」

そのまま、口籠《ごも》ってしまう。

次いで、じわじわと頬《ほお》を赤くした少女を見詰めていると、バロンが無言でおれの脇《わき》腹を肘《ひじ》で突いてきた。

「……さすがオーリーだな。やっぱ、お前に頼んで良かったぜ」

相手に気取られないくらいの声で囁《ささや》かれて、内心おれはため息を吐いていた。

おれの正体に気付いたわけではないことにはホッとするも、少女の反応は見慣れたものだ。

一応、自分の見た目に自覚はあるが、それがもとで面倒臭いことに巻き込まれるのもしょっちゅうだからだ。

それに、おれに寄ってくるような女は、殆《ほとん》どがおれの立場を利用したいがために寄ってくる人間ばかりで、正直おれは女には辟易《へきえき》していた。

「あ、あの……。私は、エル……いえ、エリーと呼んで下さい」

エリーは、きっと偽名だろう。お忍びで来ているのだから当たり前だ。

それに、おれだって人のことは言えない。

「では、エリー様――」

「あの！　ただのエリーで……！」

敬称はいらないと慌てて訂正するエリーの姿は、なんだか微笑《ほほえ》ましい。きっと、お忍びということで普段とは違う庶民の気分を味わいたいのだろう。

高慢な貴族の女が多い中、エリーのそういうところは好感が持てる。

「わかりました。……では、エリー」

「はい」

頬を染めてこくりと頷《うなず》く。その様子は何とも愛らしい。

妹がいたら、こんな感じだろうか。

そんなエリーにクスリと笑って、おれは言葉を続けた。

「ようこそ、我が国へ。それでは今から、我が国の魅力を存分に堪能《たんのう》していただけるよう、精一杯務めさせていただきますね？」

ニコリと笑って手を差し出せば、おずおずとエリーがおれの手に手を重ねる。その手を取って膝《ひざ》を軽く曲げ、重ねられた手に触れるか触れないかの挨拶のキスを落とす。

別に他意はない。女性への一般的な挨拶だ。

すると、ぼんっと音が聞こえてきそうな勢いで顔を赤くしたエリーと、背後から「あちゃー」というバロンの声が。

再び脇腹を突かれて、何だと思って振り返ると、呆《あき》れたような顔のバロンがいた。

「……オーリー。お前、そういうとこだぞ？」

「？」

バロンは何を言いたいのか。

エリーは高位の貴族だから、こんな挨拶は日常茶飯事だろう。それに、だからこそバロンはおれに案内役を頼んだのではなかったか。

肩を竦めて首を振られても、こちらは何のことだかさっぱりわからない。

「……これだから天然は。無自覚でこれだから、たまんねえよ……」

言われて首を傾《かし》げると、ますます深いため息を吐く。どうやらそれ以上、説明する気はないらしい。

しかし、よくわからないながらも気を取り直したおれは、改めてエリーに微笑みを向けたのだった。

「そういえば、何故こちらに来ようと思ったのですか？」

一通り一般的な見どころを案内して、今おれたちは街のカフェにいる。というのも、我が国は菓子が美味《おい》しいことで有名なのだ。

穏やかな気候と肥沃《ひよく》な土地の我が国は、農業と酪農が盛んだ。そのため菓子の原料も豊富に取れるわけで、自然とどの町でも菓子作りが盛んだ。その土地その土地で名物の菓子があり、この王都には各地から料理人が集うため、それら各地の名物を味わうことができる。そのため、菓子の食べ歩き観光、なんてものもあるくらいだ。

とはいえエリーの国である隣国は、大陸随一の大国であり、ありとあらゆることが発展している。特に魔術研究が盛んで、最先端の魔術を駆使した街は非常に賑《にぎ》わっているとか。様々な国と手広く交易も行われており、それこそ隣国の王都では手に入らないものはないとまで言われているのだ。

それに比べて我が国は、最近こそかつての賑わいを大分取り戻してきてはいるものの、先代の王が布《し》いた圧政のせいで、その時の荒廃がまだそこかしこに残っている。それこそ目に見えるところから、見えないところまで、だ。

だから、何故エリーがわざわざこちらの国にお忍びまでしてやって来ているのかがわからなかった。

「それこそエリーの国の方が、色々見るところはたくさんあるでしょう？　こちらの菓子は確かに美味しいかもしれませんが、菓子だったらエリーの国にもいっぱいあるはず。むしろ、そちらの方が色々な種類の菓子があるのでは？」

お茶を飲みながら、聞く。

すると、手に持ったカップを優雅にソーサーに戻したエリーが、ふわりと笑顔になった。

「そうですね。種類だけなら、うちの方が多いかもしれません」

そうだろう。それこそ様々な国からありとあらゆる食材が集うのだ、種類でいったら我が国の比ではないはずだ。

「でも、やっぱり本場の味は違いますでしょう？　それに……」

そこで何故か、エリーが言葉を途切れさせて頬を染めた。

視線の先には、先ほどからずっと肌身離さず持っている本が。

「……この小説。今、向こうの国の王都で密かに流行《はや》っているのですが……。実は、こちらの国が舞台なんですの……」

そう言って、はにかむような笑みを浮かべる。言われておれは、なるほどと納得した。

本好きの人間の中には、その作品が好きな余り舞台となった土地や場所に旅行して、作品の雰囲気に浸って楽しむという楽しみ方をする人間もいるのだという。舞台となった場所に行くことで、より深くその作品を理解することができるわけだ。

きっとエリーも、そういった楽しみを求めてこの国に来たのだろう。

「なるほど。わざわざそのためにこちらの国に来るくらいですから、とても素敵な本なんでしょうね？」

「ええ！　とっても！」

ニコニコと笑うエリーは嬉しそうだ。相当にその本が好きなのだろう。

それに、一般的な小説に比べると少し薄いような気がしないでもないが、一見しただけでそれは凄《すご》く読み込まれていることがわかる。

「一体、どんなお話なのですか？」

「あ……、そ、それは……」

「……題名は『日と月の――」

「まっ、待って下さい！　ひ、秘密です！」

おれが題名を確かめようと身を乗り出したところで、慌ててエリーがその本を胸に抱き込んだ。

「れ、恋愛小説、なんです……。だから、見られるのは、恥ずかしい、です……」

そう言って、俯《うつむ》いてしまう。

垂れた髪の間から見えるエリーの耳先は、真っ赤、だ。

確かにこのくらいの年頃の女の子であれば、異性に読んでる本を知られるのは恥ずかしいのかもしれない。それが恋愛小説となればなおさらだ。

けれども、その様子がなんだか可愛らしくて、くすくすと笑みがこぼれてしまう。

そういえば弟も、やたら何でも恥ずかしがる時期があったな、などと思い出していると、馬鹿《ばか》にされたと思ったのだろう、エリーがぷくっと頰を膨らませておれを睨《にら》んできた。

「……笑うなんて、酷《ひど》いです……」

じとっと上目遣いに睨んでくるが、そんな仕草すら可愛い。隣を見れば、先ほどからバロンは顔が緩みっぱなしだ。

それにきっと、エリーは普段からこうやって周りに甘えることに慣れているのだろう。多分、可愛がってくれる兄や姉がいるに違いない。

「ははは、違う違う。そういえばうちの弟も、エリーみたいな時期があったなって思い出してただけなんだ」

「……弟さんが、いらっしゃるのですか……？」

聞かれて俺は、笑顔で頷いた。

「ええ。二つ下なんですが、小さい頃はそれはそれは可愛かったんですよ。……といっても、今も何だかんだで可愛いんですが」

もうすぐ二十歳になる男をつかまえて何を言ってるのだと言われそうだが、やっぱり可愛いのだから仕方がない。

弟に聞かれたら、それこそ怒られそうだが。

「……オーリーは、ほんっと、弟さんのことが好きだよな。大丈夫か？　弟さんの嫁さんと取り合いとかしないでくれよ？」

おどけて言われて、思わず笑ってしまう。

それこそ、ありえない。

「ないない！　第一弟は、義妹にぞっこんだし」

弟が義妹にベタ惚《ぼ》れなのは間違いない。というか、こちらが心配になるくらいの執着振りなのだ。

義妹は気付いていないようだが、実は彼女の行動は全て弟に監視されている。もともと互いの居場所がわかるような魔法が掛けられているにもかかわらず、弟はさらに義妹の行動全てを報告させているのだ。

一度、彼女に逃げられたのが、相当堪《こた》えたのだろう。このままエスカレートすると、義妹を監禁しかねない勢いだ。

ただ、詳しくはおれも知らないが、弟はどうやら結婚前に何かやらかしたようで、その際に彼女を追い詰め、傷つけてしまったことを深く悔いている。

だから、さすがに監禁なんて馬鹿なことはしない……はずだ。多分。

とはいえ、弟が彼女を心から大事に思って、愛していることは確かだ。

問題は、あの意地っ張りな弟が、如何《いか》にしてそれを言葉にして彼女に伝えられるか、だが。

「……では、オーリーの弟さんは、ご結婚なさっているのですね？」

「ええ」

「では、オーリーも？」

「いえ、私は」

「ご予定は……？」

聞かれて、苦笑いをして首を振る。

すると、エリーが少し照れたような、はにかんだ顔になった。

「……オーリーでしたら、とてもおもてになるのではなくて？」

「はは。私は朴念仁《ぼくねんじん》ですから」

聞かれていることはわかったが、おれは敢《あ》えて話をはぐらかした。

おれの事情を話すつもりはない。初対面の相手ならなおさらだ。

しかし、金に光る瞳でジッと顔を覗《のぞ》き込まれて、思わずおれはたじろいでしまった。

「何か……？」

「あ、いえ。……ただ……」

「ただ……？」

口籠ったエリーに、聞き返す。

しばらく迷った後で、エリーがおずおずとその口を開いた。

「……きっと弟さんも、オーリーを大事に思われてらっしゃると思うんです。……だから……、オーリー自身が自分の幸せを諦めるのを、弟さんは望まないんじゃないかと……」

「……」

言われて、おれは返す言葉を失った。

確かに、おれが生涯《しょうがい》結婚する気も、ましてや子供も作る気はないと知ったら、弟は確実に自分を責めるだろう。それは全く弟の責任ではないにもかかわらず、だ。

それがわかっているからこそ、おれも敢えてその話は弟にはしていない。そして多分、弟も気付いてはいないはずだ。

弟は今、おれがこれ以上血筋に振り回されることのないよう、色々と奔走してくれている。継承権の放棄がまずそれだが、全ては今後おれが気兼ねなく人生を送ることができるようにするためのものだ。

本当は、家督をおれに継いで欲しいと弟が思っていることも知っている。真面目な弟は、常に自分がその立場に相応《ふさわ》しいかを顧《かえ》りみて逡巡《しゅんじゅん》しているのだ。

むしろそんな弟だからこそ相応しいのだが、あいつは自分に厳しすぎる。加えて、おれを過大評価しすぎだ。

ただ、弟がその立場故に苦しんでいることも知っている。

だからこそおれは、一生そんなあいつを支えていくつもりだ。

「……そう、かもしれませんね」

「ええ」

微笑んで、答える。

ホッとしたような顔になったエリーに、おれは笑顔を向けた。

「エリーは、優しいのですね。そんなエリーこそ、きっと周りが放っておかないでしょう」

エリーの思いやりは嬉しいが、しかしやはり、それ以上の話はここではすべきでない。

何よりこれは、おれと弟の問題だ。

すると、おれのやんわりとした牽制《けんせい》を知ってか知らずか、エリーがふわりと笑ってからお茶の入ったカップに口を付けた。


その後は、エリーが今回こちらの国に来るきっかけとなった小説の舞台になった場所を巡り、おれ達は非常に和《なご》やかな時を過ごした。

余程その小説が好きなのだろう、興奮した面持ちで頬を赤くしてはしゃぐエリーはとても可愛らしく、そこまで喜ばれると悪い気はしないわけで。

結局そんなエリーにつられて、おれは結局夕方近くまでエリーの案内に付き合ってしまったのだった。

「……今日は、本当にありがとうございました」

「いや、楽しんでもらえたのなら良かったです」

丁寧にお礼を言われて、微笑んで返す。

本当、どう見ても高位貴族の娘なのに、平民であるおれ達にきちんと礼を言う辺りがエリーらしい。

エリーのそんなところは好きだと思う。何より、エリーは思いやりのある子だ。

するとそんなおれに、もじもじとエリーがはにかんだような視線を向けてきた。

「……あの……、オーリー……」

「はい。なんでしょう」

「……あ、あの……また、お会いすることはできます、か……？」

赤い顔で、縋《すが》るように見上げてくる。

けれどもおれは、敢えて線を引くように、にこりと笑ってみせた。

「ご縁があれば、またお会いすることもあるかもしれませんね」

エリーが隣国の貴族の娘である以上、会うことはもう二度とない。たとえエリーがこちらの国の人間であってもそれは同じだ。

どちらにしろ、おれ達が会うのはこれきりだ。

「……そう、ですか……」

おれの言外の意味を汲《く》み取ったのだろう、はっと息を呑《の》んだ後で、エリーの顔が寂しそうに笑顔を作る。

その様子に、一瞬チクリと胸が痛んだが、おれは綺麗に笑顔を返して見せた。

ここで気を持たせる方が余程残酷だ。それに、エリーだったらこの先いくらでもいい相手ができるだろうことは間違いない。

けれどもその時。

「……兄上……。いったいこんなところで、何をしているのです」

「リュっ、……っ！」

そこには、眉《まゆ》をひそめておれを見据える弟が。

驚いて振り返ったおれは、思わず出かかった言葉を呑み込んだ。こんなところで、迂闊《うかつ》に弟の名前を呼ぶわけにはいかない。

しかし、何故弟がここに。しかも。

「なっ⁉　お前、その姿！」

弟は、シャツにズボンといった軽装に、マントを羽織っただけの格好だ。深くフードを被《かぶ》っているため髪の色と目の色はわからないが、姿形はそのままだ。

おれと違って弟は顔を知られているため、これでは人によっては気付かれてしまう。

「ディミトロフを撒《ま》いてきた」

さらには平然とそう言ってのけた弟に、おれは思わず頭を抱えた。

つまり、護衛を撒くために変装魔法を掛ける時間がなかったということか。

しかも、弟は今、一人ということで。

「おまっ！　さすがにそれはまずいだろう⁉」

「兄上だって、一人じゃないですか」

「そういう問題じゃない！　おれとお前とじゃ、立場が違うだろうが⁉」

呆れたようにそう言うと、弟が不貞腐れたような顔になった。立場の違い、という言葉が気に入らなかったのだろう。

とはいえ、正式な後継である弟と、スペアのおれとじゃ立場は全く違う。それに、弟の命を狙う不届き者は多いのだ。

「第一！　お前、こんなとこにいていいのか⁉　執……仕事はどうした！」

「それを言ったら兄上こそ。兄上がなかなか戻ってらっしゃらないから、こうやって迎えに来たんじゃないですか」

「うっ……」

ジトリと睨まれて、おれは口籠った。

執務を抜け出したまま、こんな時間までここにいるのは事実なわけで。さすがに気まずい。

しかし、そんな微妙な空気にもかかわらず、割って入る人間がいた。

「おおっ！　あんたが、オーリーの弟さんか！」

底抜けに明るいバロンの声に、ホッと息を吐く。

しかしすぐに、おれはバロンが弟の正体に気付くんじゃないかとヒヤヒヤする羽目になった。

「いやー、さすが兄弟だけあって、そっくりじゃんか！　でも、雰囲気は全然違うのな！」

「……そちらは……？」

「あ、悪い悪い。俺はバロン。オーリーとはもう四、五年の付き合いかな？　一応親友ってことで、よろしく！」

そう言って、にっかりと笑う。

そんなバロンに弟は、何とも鋭い視線を向けている。バロンが信用に足る人物なのかどうか、見定めているのだろう。

思わず身を竦めたくなるような威圧感だが、しかしバロンは相変わらずだ。値踏みされていることもわかっているだろうに、変わらずこちらが気の抜けるような笑顔を浮かべている。

さらにはそのまま弟に近づいて、ひょいっとその身を屈《かが》めてみせたため、おれは慌ててしまった。

「パロン……！」

「あ、やっぱり」

その言葉に、気付かれたかと体を硬くする。

だが、続けられたのんびりとしたバロンの言葉に、おれの体から力が抜けた。

「目、オーリーとおんなじなのな。やっぱ、兄弟だ」

「……」

「オーリーと一緒の銀色で、すげえ綺麗だ。でも、オーリーよりもあんたのは、ちょっと青味が強いのか？　光の加減か？」

そんなことを言って振り返ったバロンからは、特に気付いた様子は見当たらない。いつもと同じ、人好きのする笑顔を浮かべている。

けれどもあの至近距離ならば、弟の髪の色にも気付いたはずだ。

そしてバロンも言っていたように、この国で銀という色彩は、限られたごく一部の血筋にしか現れない。髪と瞳に銀の色を持つ人物、それこそこの国では二人だけだ。

「ん？　オーリー、どうかしたか？」

「……いや……。なんでもない」

気付いているのか、いないのか。

しかし、深追いするのは危険だ。この場では敢えてその話題には触れずに首を振る。

すると、そんなおれ達の遣り取りを見守っていた弟が、むすっとしたままおれに向き直った。

「それで？　そちらの女性は？」

「ん？　ああ！」

視線を向けられて、おれはようやくエリーの存在を思い出した。

エリーには申し訳ないが、弟の突然の出現ですっかり彼女のことを忘れていた。

「こちらはエリー嬢。隣国の方だ。今日は彼女にこの街を案内していたんだ」

「エリーです……」

おれの紹介に、エリーがぺこりと頭を下げる。けれども、何故かその後も顔は俯けたままだ。

「エリー？」

「い、いえ……」

訝《いぶか》し気に問えば、困ったように首を振る。

照れて、いるのだろうか。

それにしては、何かがおかしい。エリーの動きはまるで、弟から顔を隠すかのようだ。

するとそんなエリーに、弟がすっと一歩前に出た。

「オーリー……の弟の、リュートと申します。先に挨拶をすべきところを、申し訳ありません」

そう言って、簡単な礼を取る。

平民にしては少し丁寧すぎる物言いと仕草だが、まあ、いいところのお坊ちゃん、ということなら別に普通だろう。

それにしても本当、お堅いというかなんというか。弟は相変わらずだ。

しかし、エリーは顔を俯けたまま、だ。そんなエリーに、弟がふと、首を傾げたのがわかった。

「……どこかで、お会いしましたか？」

「い、いえ！　お会いするのは初めてです！」

「そうですか……。でも、どなたかに似て……」

「あ、あの！　私そろそろ、戻らなくては……！　オ、オーリー、バロン、今日はありがとうございました。それでは、ごきげんよう！」

そう言って再び頭を下げてから、くるりと背中を向ける。

去り際、護衛の女性がちらりと弟に視線を向けたのが気になったが、おれ達は呆気《あっけ》に取られて慌てたように去っていくエリーの背中を見送ったのだった。

「どうしたんだあ……？」

「さあ……？」

バロンと二人、訳がわからず顔を見合わせてしまう。

そのまま視線を横に向けると、弟が口元に握った手を当てて、何かを考え込むような仕草をしていた。

「……リュート。お前、エリーを知っているのか？」

「……いいえ。彼女とは初対面だと思うのですが、どこか雰囲気が誰かに似ているな、と」

弟の記憶力は確かだ。だから、弟とエリーが今日初めて会ったということは、まず間違いないだろう。

だが、隣国の貴族の娘であるエリーに似た人物と弟が面識がある、というのも変な話だ。

それに、エリーの先ほどの態度。

会うのは初めてのはずなのに、明らかにエリーは弟を知っているようだった。知っていて、弟に顔を見られるのを嫌がっていた。

「……お前、心当たりあるか……？」

「それが、ないから困ってるんですよ」

こそっと囁いて聞けば、弟が困ったような顔になる。本当にわからない様子だ。

とはいえ、エリーも高位貴族なわけで、弟が彼女の血縁の誰かと面識があったとしても不思議ではない。夜会かなにかで、弟に挨拶をしていた可能性はある。

「向こうは、お前のことを知ってるっぽかったけどな……」

弟は髪をフードで隠しているだけなわけで、見る人が見ればすぐにわかる。弟の正体に気付いたなら、確かに逃げ出したくなるのはわからなくもない。

それに、エリーはお忍びでこちらに来ているわけで、弟に正体がバレるかもしれないとなれば、慌てるのも当然だ。

「……悪い子じゃ、ないと思うんだけどなあ……」

息を吐きながら言えば、弟が呆れたように片眉を上げた。

ちなみに弟が見せるこの仕草は、誰かさんの影響であることは間違いない。本人にそれを言ったなら、おおいに怒るだろうが。

「兄上は甘い」

「そうかー？　だって、エリーはおれのことは気付いてなかったんだぞ？」

エリーがおれの正体に気付いていなかったのは間違いない。おれだって、それくらいはわかる。伊達《だて》ではなく、苦労しているのだ。

それに、弟やおれの立場を知っていて近づいてきたのだとしたら、今回のやり方はあまりにも不確定すぎる。何故なら、バロンがおれをエリーの案内に誘ったのは完全に偶然であり、そもそも今日おれが街に降りていたこと自体、おれの気まぐれの結果だからだ。

「だから、エリーは本当に偶然だと思うな」

「……兄上がそう言うのなら……」

渋々、といった様子で弟が引き下がる。まだ納得はしていないが、今はそれ以上詮索する必要性はないと判断したのだろう。

何より、なんだかんだでおれの判断を信用してくれているのだ。弟のそういうところは、兄としてやはり嬉しい。

そのまま子供の頃からと同じように、笑顔で弟の肩に腕を回して、フードの上から頭をグリグリと撫《な》でる。

すると、おれ達の遣り取りを見ていたバロンが、堪《こら》え切れない様子で吹き出した。

「お前ら、本当に仲良いな！　つか、オーリーが弟離れできてないって思ってたけど、弟さんも兄離れができてねえのな！　こんなところにまで迎えに来るくらいだし！」

笑われて、途端に弟がムッとした顔になる。

けれども、それでもおれの腕を振りほどこうとはしない。

そんな弟が可愛くて、おれは笑みを深めて弟の肩を抱き寄せた。

「可愛いだろ？　おれの自慢の弟なんだ！」

「……っ！」

おれの言葉に、フードの下の弟の顔が傍目にもわかるほど赤くなる。

身内からの誉《ほ》め言葉に、慣れていないのだ。

「ははははは！　本当、いいな！」

「だろ？」

笑うバロンに、自慢げに笑みを向けてみせる。

弟離れができていようがいまいが、おれにとって唯一無二《ゆいいつむに》の大事な弟であることには変わりない。

それに、互いに置かれた過酷な状況を考えれば、やはり兄弟で協力し合っていかねば。

「こりゃあ、どっちの嫁さんも苦労しそうだな」

楽しそうに言われて、思わず弟と二人、顔を見合わせてしまう。その様子がおかしかったのか、バロンが再び声を上げて笑う。

そんなバロンに、どちらからともなく忍び笑いを漏らしたおれ達は、三人で大いに笑い合ったのだった。


「……それで。両殿下とも、どちらにお出《い》でになっていたのでしょう」

王宮に戻ったおれ達を待っていたのは、氷の女王もかくやとばかりの笑みを湛《たた》えた義妹だった。

「お二人共いらっしゃらなくて、私達がどれほど心配したか。ご存知ではないご様子ですわね」

どうやら、おれと弟、二人がいなくなったことで、王宮ではちょっとした騒動になっていたらしい。

ただ、公に騒ぐことはできないため、義妹が機転を利かせて上手く護衛や大臣たちに話をしてくれていたのだという。本当、できた義妹である。

「お出掛けになるのならなるで、一言仰《おっしゃ》っていただければよかったのです」

「す、すみません……」

「しかも、供の者も連れずに出掛けるなど……。お二人とも、ご自身のお立場のご自覚がおありではないようですわね」

「ほ、本当に、申し訳ない……」

微笑んではいるものの、見据える義妹の視線は凍《い》てつくほどに冷たい。その背後には、吹き荒れる雪片が見えるかのようだ。

にもかかわらず、弟はさほど気にした風でもない。平然と義妹の視線を受け止めている。

「迷惑を掛けた」

「……」

ぶっきら棒にそうとだけ言う弟に、おれは内心冷や汗を掻《か》く思いだった。

どうしてかこの弟は、義妹にメロッメロに惚れ込んでいるくせに、変なところで意地を張るのだ。男としての矜持《きょうじ》、なのかもしれないが、傍で見ている人間にはヒヤヒヤものだ。怒り狂う妻には逆らうな、という古来からの有難い教えを弟は知らないらしい。

無言で睨み合うかのような二人の遣り取りを固唾《かたず》を呑んで見守る。

しばらくして、息の詰まるような沈黙に耐えきれなくなったおれは、その場の空気を変えるかのように、明るい声で二人の間に入った。

「アニエス様、そう弟を責めないでやって下さい」

「……」

「無断で城を抜け出した私を、弟が心配して迎えに来てくれたのですよ。ですから今回の非は、全て私にあります。本当、ご心配をお掛けして申し訳ありませんでした」

にこりと微笑んで、手を胸に当てる。謝罪の意を示す仕草だ。

「それと。遅くなったのには、わけが」

言いながら目配せを送ると、弟が渋々といった様子で、手に持った物を義妹に差し出した。

「これは……？」

「最近巷《ちまた》で評判の菓子です。アニエス様は、甘いものがお好きでしょう？」

「……ええ、そうですが……」

戸惑った表情を浮かべる義妹には、先ほどのような威圧感はない。

そこでおれは、すかさず畳み掛けるように言葉を続けた。

「弟が、アニエス様のために、買い求めたのですよ」

「殿下が……？」

受け取った菓子の袋と弟とを交互に見遣《みや》って、義妹が戸惑いを深める。

その雰囲気は、随分と柔らかい。

「ええ。アニエス様は甘いものがお好きだからと、わざわざ弟自身が並んで買い求めたのです。……それで、こんな時間に」

嘘《うそ》ではない。バロンと別れた後、そのまま帰ろうとしたおれを引き留めて、街中にある菓子屋に寄ると言い出したのは弟だ。

その店は菓子の焼き上がり時間には長蛇の列ができる。その列に並ぶと言い出した弟に、さすがにそれはまずいだろうとおれは諭《さと》したのだが、弟は頑として譲らなかったのだ。

それもこれも、つまりは義妹のためで。

その店は貴族も通う店のため、目深にフードを被っただけの弟が、周囲に気付かれるのではないかとおれはハラハラし通しだった。しかし、どうみても怪しい風体の弟にもかかわらず、店員の対応は普通で、特に何事もなく菓子を買って帰ることができたのだ。

なのに、弟の義妹の前での態度といったら。

「……別に。たまたま通り掛かったから、寄っただけだ」

そっぽを向いて、不貞腐れたようにそう言う。

全く、どこの子供だ。

けれどもそんな弟の態度にもかかわらず、義妹は嬉しそうだ。菓子と弟とを見比べた後で、ふわりと笑顔になる。

弟はといえば、更に顔を背けているところを見るに、照れているのか。

なんだかんだ言って、この二人も結婚して上手くやっているらしい。弟のこの態度も、もしかしたらおれがいるから、なのかもしれない。

以前では考えられないような二人の姿に、兄としてほっと胸を撫で下ろす。

そのままそっと、部屋を後にしようとしたところで、それに気付いた義妹がおれに声を掛けてきた。

「オーブリー殿下。今お茶の支度をさせますから、一緒に召し上がっていかれませんか？」

「え？　や、私は……」

「そうだな。兄上も一緒に並んだのですから、食べれば良いではないですか」

いい雰囲気になったところで、せっかく人が気を利かせてやろうとしたというのに、全くこの二人は。

だが、らしいと言えばらしい。

侍女にお茶の用意をさせて、三人で席に着く。弟夫婦の向かいに座ったおれは、ゆったりとソファーに腰掛けて二人の様子を眺めることにした。

そして、ふと、あることに気が付いた。

「そういえば。アニエス様は、隣国の方々とお親しいのですよね？」

「はい。祖母があちらの出身になりますので」

彼女は、隣国の王家の血を引いている。正確にはあちらの国の侯爵家の血筋だが、その侯爵家は隣国の王家と所縁《ゆかり》が深いのだ。

「……ご親戚《しんせき》、もしくはお知り合いに、金の髪に金の瞳の方はいらっしゃいませんか？」

エリーが誰かに似ていると弟は言っていたが、今おれの脳裏には、ある一人の人物が浮かんでいた。

「あ、はい。金の髪に金の瞳といいますと、あちらでは王家の方々がそうかと」

その言葉に、おれは良く知られた向こうの国の情報をすっかり失念していた自分に、内心呆れを感じていた。

こちらの国では、銀の色が王家の血筋に現れるが、向こうの国では金の色がそうなのだという。そのため口さがない連中は、王家の金と銀の色合いと国力の差を揶揄《やゆ》して、あちらを太陽、こちらを月に例えることも多い。

そして特に瞳が金なのは、王族でも血が濃い人間にしか現れないと聞く。

つまりエリーは、あちらの国の王族か、王族に類する家柄の人間、ということだ。

「……どなたかそういった色合いの方に、お会いになったのですか？」

「いえ、そういうわけでは。……………それよりも、お茶の準備ができたようですね」

義妹の問いに、首を振って微笑む。丁度その時、お茶の支度が並べられて、おれは話を変えるようにカップを手に取った。

弟が言っていたエリーと似た人物、それは義妹の親戚であるあちらの国の侯爵家の人間だ。義妹が兄様と呼ぶハトコに当たるその人物は、弟の天敵でもある。といっても、一方的に弟が嫌っているだけなのだが。

言われてみれば、髪や瞳の色こそ違うが、義妹のハトコとエリーは雰囲気が似ている。そして義妹のハトコは、あちらの国の王太子の従弟に当たる。

つまりエリーは、間違いなく王家に連なる血筋の人間なわけだ。まさか姫君ではなかろうが、それでも随分な階級の人間であることには違いない。

その事実に内心冷や汗を掻きつつ、努《つと》めて平静を装う。

義妹も弟も、自分達のことに関しては驚くほど鈍いくせに、それ以外のことにはやたらと敏《さと》いのだ。

案の定、訝し気な視線を向ける弟に、おれは笑みを深くして菓子を手に取った。

ただでさえ色々としょい込んでいる弟に、これ以上心配ごとを増やすわけにはいかない。それに、エリーの態度から察するに、あれは本当にただのお忍び旅行だろう。

おれの正体を知られてしまったのは誤算だが、だからといって何かあるとも思えない。

だったら、わざわざ弟を煩《わずら》わせることもないだろう。

「並んだだけあって、やはり美味しいですね」

「ええ、とても」

ニコニコと微笑む義妹は嬉しそうだ。弟が自分のために買ってきてくれたのが嬉しいのだ。

「……しかもその菓子、一つだけ種類が違うでしょう？　それは、アニエス様がその菓子がお好きだからと、わざわざ弟がもう一店舗寄って買い求めたのですよ」

さらりと笑って視線を送れば、弟は既に横を向いてしまっている。

しかし、その耳は真っ赤、だ。視線を戻せば、義妹の頬もじわじわと赤くなっている。

仲睦《むつ》まじいこと、何よりだ。

そんな二人にクスクスと笑みを漏らしたおれは、手に持った皿をテーブルに戻してから立ち上がった。

「お茶とお菓子、ご馳走《ちそう》さまでした。とても甘くて」

「兄上っ……！」

「ははは！　じゃあリュシー、またな」

邪魔者は、退散するに限る。

扉のところでちらりと振り返れば、赤い顔のままぎこちなくソファーに並んだ二人が。漂う雰囲気は、何とも甘酸っぱい。

なんのかんのあっても、上手くいっているのだろう。独《ひと》り身の自分を顧みて少し寂しい気もするが、兄としては喜ばしい限りだ。

それにこの調子なら、甥《おい》っ子姪《めい》っ子ができる未来もそう遠くはあるまい。二人の子供であれば、さぞかし可愛いことだろう。

二人にそっくりな子供達に囲まれた自分を想像して思わず忍び笑いを漏らしたおれは、そっと部屋を後にしたのだった。

あとがき

この度は本作、『どうせ捨てられるのなら、最後に好きにさせていただきます』をお手に取ってくださり、誠にありがとうございます。

実はこのお話は、友人の「悪役令嬢物を読みたい」という言葉から書き始めたお話になります。といっても、アニエスは転生者でも悪役令嬢でもなく、あくまで〝悪役令嬢っぽい〟というだけなので、非常に恐縮なのですが。

加えて丁度その時期に、『復縁企画』という企画が開催されているのを目にしまして、もし自分が復縁物を書くとしたら、一体どういう状況であればやらかしたヒーローを許せるのだろうか、といったことに着想を得まして書き始めた次第です。

最初は三万文字程度の短編にするつもりだったのですが、書き始めてすぐに、短編では自分が書きたいものは収まらないと気付き、早々に予定文字数を変更することになりました。その為、期間内での完結は難しく、残念ながら企画には参加しなかったのですが、このお話を書くきっかけを下さった企画者様には、心から感謝をしております。本当に、ありがとうございます。

さて、本作のヒーロー、リュシリュール君ですが、彼は「いけ好かないスカしたクールイケメン（ただしヒロインにはポンコツ）が、これまで馬鹿にしてきたヒロインにいいように手玉に取られて、無理矢理感じさせられてしまったりしたら楽しいな」という、邪な作者の思惑から誕生したヒーローであります。スカしたクールイケメンという設定から、クールっぽいという理由で銀髪になりました。はい。作者単純であります。

対してアニエスは、私が好きな「気の強い、だけどどこか脆い」女性を体現したヒロインになります。頭もよく決断力があり、その上魔法まで使える彼女はとても強い女性です。現実的で、感情よりも理性を優先させようとします。

しかしながら、一途に子供の頃からの初恋の相手を思い続けるアニエスは、どこかロマンチストで、「恋」という一点においては盲目です。そして、強くあろうとするその内側には、ガラスの様な繊細な心が隠されています。

同様に、王太子であるために強くあろうとし続けるリュシリュールもまた、非常に繊細な心を隠し持っています。繊細ながらプライドが高いために、自らの恋心を認めようとせず、複雑に拗らせてしまいます。ヒーローにあるまじき面倒臭い男ですね。

そんな二人が、本編の最後では、互いに歩み寄り、素直になることで理解し合いますが、それでもまだまだお互い照れや気恥ずかしさで、自分を曝け出すまでには至っていません。あくまで、夫婦としての一歩を踏み出しただけです。

そんな二人に、もう少し夫婦らしくなって欲しいなという思いから誕生したのが、今回の書下ろしの番外です。そして一応番外の最後には、お互い甘えてみせるという姿勢を見せるまでになりました。ぜひともこのまま、二人にはずっとイチャイチャしていて欲しいものです。

多分二人には、この先数えきれないほどくさんの苦難が待ち構えているのは間違いありません。しかしそれでも、紆余曲折を経たこの二人ならば、必ずや打ち勝っていってくれるに違いないと思っております。

今回本作がこうやって本という形で皆様のお目見えに叶いましたのは、編集の皆々様、校正様、美麗なイラストを描いて下さったすらだ様、その他多くの方々のお陰と思っております。心より、御礼申し上げます。

それと、こんな私を応援して下さった多くの皆様、励まし、時に笑わせてと、ここまで支えてくれたチーベコの皆様とＷＰＧの皆様、本当にありがとうございます。

そして何より、最後になりましたが、このお話を読んで下さった全ての皆様に心より感謝申し上げます。

ありがとうございました。

碧　貴子

どうせ捨《す》てられるのなら、最後《さいご》に好《す》きにさせていただきます

碧 貴子

2020年7月5日　初版発行

著者　碧 貴子

発行者　野内雅宏

発行所　株式会社一迅社
〒160-0022 東京都新宿区新宿3-1-13　京王新宿追分ビル5F
電話　03-5312-7427（編集）
電話　03-5312-6150（販売）
発売元：株式会社講談社（講談社・一迅社）

印刷・製本　大日本印刷株式会社

DTP　株式会社三協美術

装丁　AFTERGLOW

ISBN978-4-7580-2119-7

●本書は「ムーンライトノベルズ」（http://mnlt.syosetu.com/）に掲載されていたものを改稿の上書籍化したものです。
●この作品はフィクションです。実際の人物・団体・事件などには関係ありません。

MELISSA